소슈 Sousyu
Illustration : 사메가미

탑을관리 1
해보자

에세냐

슈레인

원리

낭낭

실비아

콜레트

슈미트

탑을 관리해보자 ①

소슈 Sousyu
Illustration : 사메가미

CONTENTS

프롤로그

코스케는 눈앞에 펼쳐진 광경을 바라보며 멍하니 서 있었다.

바로 조금 전까지, 퇴근길 전철에서 내려 집으로 가고 있었다. 여느 때였다면 일반적인 주택가 인도를 걸어가고 있었을 것이니까 눈앞의 광경이 튀어나올 리가 없다.

애초에 소문으로만 듣던 몽골 대초원처럼 지평선 너머까지 보이도록 초원이 펼쳐진 곳이 이 동네에 있다는 이야기는 접한 적이 없다. 그런 대자연 속에 넥타이를 맨 정장 차림으로 서 있는 건 이상하기만 하다.

코스케는 그저 멍하니 서서 무심코 그런 아무래도 좋은 생각만 하고 있었다. 그러나 이마에 닿는 부드러운 바람이 이것을 현실이라고 알려주고 있었다.

다소의 혼란은 있었지만, 이런 상황임에도 불구하고 어째서인지 침착한 자신이 신기했다.

"그런데, 여기는 대체 어디지?"

무심코 혼잣말을 중얼거리고 말았지만, 그걸 듣는 사람은 코스케 말고는 없을…… 터였다. 적어도 조금 전 주변을 확인했을 때, 보이는 범위에서는 아무도 없었다.

그러나, 갑자기 뒤에서 목소리가 들렸다.

"이곳은 [상춘정(常春庭)]입니다."

"네……?!"

갑자기 여자 목소리가 들리는 바람에 깜짝 놀라 돌아봤지만, 역시 아무도 없었다. 몇 번이고 주변을 확인하다가 전방을 바라봤을 때 그 현상이 일어났다.

눈앞에 작은 빛이 생기더니, 그게 서서히 커졌다. 빛은 코스케 정도의 크기가 되자 바로 사라졌고, 그 자리에는 아름다운 여성이 혼자 서 있었다. 나이는 코스케와 비슷하거나 조금 위일까. 코스케가 보기에는 무슨 파티에라도 나가는 건가 싶을 만큼 펑퍼짐한 파란색 드레스를 입고 있었다.

일반적으로 있을 수 없는 사태이지만, 코스케는 그렇게나 빛났는데 눈이 부시지는 않았다고 아무래도 좋은 생각을 하고 말았다.

"코스케 님? 왜 그러시죠?"

코스케가 침묵하고 있는 걸 의아하게 여겼는지, 여성이 고개를 갸웃하며 물었다.

"헉?! 아, 아뇨. 아무 일도 아닙니다. 으~음. 저기, 어째서 내 이름을 알죠?!"

갑작스러운 일이었기에 코스케도 몹시 혼란스러웠다.

적어도 코스케는 눈앞에 있는 인물을 처음 본다. 솔직히 TV에서도 본 적이 없는 미녀이니까 직접 만난 적은 확실하게 없다. 한순간 대답이 늦어진 이유가 넋을 잃고 바라봤기 때문이라는 건 혼자만의 비밀이다.

"이런저런 자세한 이야기는 잠시 후 제 주인께서 하실 겁니다. 일단 지금은 저와 함께 이동해 주실 수 있을까요?"

갑자기 나타나서 자기를 따라오라고 해도 뭔가 이상하다는 느낌밖에 들지 않는다. 그러나 이런 곳에 죽치고 있어도 별수 없으므로, 코스케는 따라가기로 했다. 결코 미인이 불러서 운이 좋다고 생각한 건 아니다.

(아마도……)

코스케는 마음속으로 얼버무리면서 끄덕였다.

"아, 네. 알겠습니다. 그래서, 어디로 가면 되죠?"

"일단, 손을 이리 주시죠."

"응? 네."

미인이 오른손을 내밀었기에, 코스케도 악수하듯 오른손을 내밀었다.

그리고 서로 손이 닿은 순간, 눈앞의 풍경이 순식간에 변하더니 어느새 저택 복도처럼 보이는 곳에 서 있었다. 미인은 놀라는 코스케를 아랑곳하지 않고 가까이 있는 문을 노크했다.

"아수라 님. 코스케 님께서 찾아오셨습니다."

"그래. 들어와."

방 안에서 목소리가 들리자, 미인이 문을 열어 코스케를 안으로 불렀다.

"수고했어, 에리스. 코스케 님. 찾아와 주셔서 감사합니다."

그렇게 말하며 맞이해 준 아수라라 불린 여성을 본 코스케는 완전히 굳고 말았다.

여기까지 안내해 준 여성도 난생 처음 볼 만큼 미인이었는데, 지금 눈앞에 있는 은발 여성은 그걸 월등히 능가하는, 그야말로 절세 미녀였다. 이 자리에 존재하기만 해도 압도당하는 게 느껴진다. 은발 여성은 TV나 만화 말고는 본 적도 없는 희미한 푸른색을 띤 화려한 드레스를 입었는데, 그 화려함에 밀리지 않을 만큼의 미모를 가졌다.

(미의 여신이라고 해도 납득할 수 있겠어…….)

코스케는 어찌어찌 그 말을 입 밖으로 꺼내지 않았지만, 눈앞의 절세 미녀는 방긋 웃으며 말했다.

"감사합니다. 일단 저도 미를 관장하는 존재의 말석에 있으니, 그렇게 생각해 주시는 건 기쁘네요."

"네……?!"

(어라? 지금, 말하지 않았잖아?!)

당황하는 코스케를 본 눈앞의 여성은 손을 입가에 대며 키득키득 웃었다. 그 모습을 보고, 코스케를 이 자리까지 데려온 에리스라 불린 여성이 말했다.

"아수라 님. 시간이 한정되어 있지 않습니까?"

"아아, 그랬었죠. 코스케 님. 일단 이리로 오시죠."

아수라는 웃는 걸 그만두고 코스케를 자기 근처로 불렀다.

코스케는 그 말에 거스르지 않고 아수라에게 압도당한 채 휘청휘청 다가갔다. 어째서인지 이때는 경계심이 전혀 들지 않았지만, 나중에 생각해 보면 위험한 상태였을 가능성도 있었다. 그 이유도 이후에 판명되었지만.

"손을 이리 주시겠어요?"

코스케가 들은 대로 오른손을 내밀자, 아수라도 악수하듯 자기 오른손을 내밀었다.

(……?!)

그 손이 닿은 순간, 코스케는 몸속으로 무언가 흘러드는 것을 느끼고 저도 모르게 손을 떼고 말았다. 아수라는 그런 코스케를 바라보면서 마음을 놓은 듯 안도의 표정을 보였다.

"저기, 지금 이건 뭐죠……?"

"죄송합니다. 여러모로 묻고 싶으시겠지만, 일단 그것들에 대답하기 전에 하나만 이쪽에서 여쭈고 싶은 게 있어요. 코스케 님은 여기에 오기까지의 일을 어디까지 기억하고 계시죠?"

"네? 아니, 에리스 씨, 였던가요? 이분이, 데려왔는데……??"

눈앞의 미녀가 던진 질문에 대답하려던 코스케는, 그녀가 묻고 싶은 건 그 이전의 일이라는 걸 짐작하고 초원에 오기 전에 있었던 일을 떠올리려 했다.

(음, 퇴근하고, 역 개찰구를 나와서, 집으로 걸어갔는데…….)

'그때' 광경을 떠올리던 코스케의 표정이 점점 새파래졌고, 마침내 휘청거리다가 바로 옆에 있던 에리스에게 부축을 받았다.

"코스케 님. 괜찮으신가요?"

새파란 얼굴을 한 코스케의 눈을 아수라의 푸른 눈이 들여다봤다. 그 눈을 바라보면서 크게 심호흡한 코스케는 어떻게든 조금씩 침착함을 되찾았다.

"아, 네. 감사합니다. 이제 괜찮아요. 아무래도 저는, 차에 치인 모양이네요…….”

확실히 되살아난 기억 때문에 여전히 심장이 쿵쾅쿵쾅 뛰지만, 차분함을 되찾아서 그런지 그것도 서서히 가라앉았다.

“네. 그렇습니다. 코스케 님. 당신은 그 세계에서 이미 사망하셨습니다.”

“하하하……. 그런가요……. 그렇다면, 여기는 사후 세계 같은 곳인가요?”

쓴웃음을 지을 수밖에 없던 코스케에게 부드러운 미소를 지은 아수라가 설명을 시작했다.

원래는 세계에서 죽은 자의 영혼은 다음 세상에서 다시 태어나도록 윤회에 들어가지만, 코스케가 사고로 죽었을 때 원래 가야만 했던 본래 세계의 윤회에 들어가지 못하고 다른 세계인 이곳 [상춘정]에 와버렸다. 그 원인은 아직 알 수 없고, 원래 있어야 할 곳이 아닌 다른 세계에 오는 바람에 아수라가 황급히 에리스에게 부탁해서 코스케를 자신이 있는 곳으로 불렀다. 조금 전 손을 잡았을 때 흘러든 힘 같은 것은 코스케가 이곳에 존재할 수 있도록 하기 위한 것이다. 원래 세계로 돌아가는 건 가능하지만, 이미 코스케는 사망했기에 그대로 윤회에 들어가 새로운 삶으로 다시 시작해야 한다. 원래 세계로 돌아가지 않는다면, 아수라가 관리하는 세계에 다시 태어나거나 소환되어서 살아갈 수도 있다 등등. 그런 이야기를 아수라에게 들었다.

그 설명이 끝나자, 코스케는 아수라에게 확인했다.

"아~, 네. 어찌어찌 상황은 이해했습니다. ……그럼, 하나 여쭤봐도 될까요?"

코스케가 묻자, 아수라는 고개를 갸웃했다.

"뭔가요?"

"으음……. 아수라 님은…… 저기…… 신이신가요?"

코스케의 질문을 받은 아수라는 미소를 지었다.

"글쎄요? 적어도 코스케 님이 계셨던 세계의 일신교에서 말하는 전지전능한 존재가 아니라는 건 확실하네요. 모르는 것도 많이 있고요."

"그런가요?"

"그렇죠. 군이 따지자면, 코스케 님이 계시던 나라에서 말하던 '신령' 같은 존재라고 생각하시는 게 좋겠네요. 저는 몇몇 세계를 관리하고 있을 뿐인 존재예요. 세계를 창조하거나 하는 거대한 힘은 가지고 있지 않아요."

코스케는 '아니, 그걸로도 대단한데요.' 라든가, '어차피 이 생각도 읽고 있겠지' 라고 생각했지만, 아수라는 바로 고개를 좌우로 흔들며 부정했다.

"아뇨. 아무리 그래도 마음을 읽는 건 실례이니까, 직접 읽거나 하지는 않거든요?"

"네……?"

의아한 표정을 지은 코스케를 본 아수라가 키득 웃었다.

"코스케 님. 생각이 얼굴에 너무 잘 드러나네요."

"어어……?!"

웃음거리가 된 코스케는 무심코 얼굴에 손을 대고는 고개를 풀썩 떨궜다. 그 모습을 본 아수라는 더 진한 미소를 지었다.

"뭐…… 뭐어. 그건 넘어가고, 앞으로 어떻게 할지는 제가 선택해도 되는 건가요?"

"네. 그렇죠."

"원래 세계로 돌아간다면 지금 기억은 유지할 수 없지만, 이쪽 세계에서 다시 태어나거나 소환되거나 하면 가져갈 수 있죠?"

"네. 그렇게 인식하시면 될 거예요."

"그럼, 기억을 유지할 수 있는 새로운 세계로 소환해 주세요."

코스케가 그렇게 대답하자, 아수라는 약간 고개를 갸웃했다.

"결정이 빠르시네요."

"그게, 모처럼 이렇게 됐으니까 기억은 유지하고 싶고, 아무리 그래도 기억을 가진 채 갓난아기부터 다시 시작하는 건 힘들 것 같아서요."

"과연, 그런가요. 그럼 그렇게 진행할게요. 그래도 준비가 필요하니, 코스케 님은 한동안 [상춘정]에서 보내시다가 준비가 끝나는 대로 제가 관리하는 세계로 가게 될 거예요."

"알겠습니다. 잘 부탁드립니다."

코스케는 그렇게 말하며 고개를 숙였다.

◆

7일 후([상춘정]에는 밤낮이 있었다). 코스케는 준비가 끝났다는 아수라의 지시에 따라 마법진 위에 있었다.

지난 일주일 동안 소환될 세계('아스가르드' 라고 불리는 모양이다)에 관한 지식을 익혔고, 때로는 [상춘정]을 어슬렁거렸다.

아스가르드의 주민들은 [상춘정]을 신들이 사는 불가침 성역으로 인식하는 모양이었다. 게다가 소환되는 대륙에 관한 자세한 사항도 배웠고, 소환될 때는 이후에 곤란하지 않도록 몇몇 도구도 받게 되었다.

이른바 치트에 관해서는, 받을 수 있나 물어봤지만 줄 수 없다며 거절당했다.

코스케의 지금 상태는 영혼만 있는 존재이므로, 이 상태로 힘을 받아봤자 육체에 들어갔을 때는 의미가 없어진다고 한다. 또한, 육체에 힘을 부여하고 영혼을 넣는다고 해도 이전의 육체와 너무나 다른 상태가 되기에 영혼이 거부 반응을 일으킨다.

그런 이유로 치트 능력 같은 건 받을 수 없었지만, [상춘정]에서 신력(神力)을 쓰는 법을 배웠다.

신력이란 이른바 마력 같은 것으로, 마력보다도 상위의 힘이라고 한다. 신력은 육체가 아니라 원래 영혼이 가진 힘이라서 [상춘정]에서 배우더라도 문제없었다.

소환되기 전에 코스케는 용사의 임무 같은, 소환된 곳에서 뭔가 할 일이 있는지를 제일 먼저 물어봤는데…….

"딱히 없어요."

아수라는 웃으면서 그렇게 대답했다.

요 7일 동안 알게 된 것인데, 코스케가 소환된 곳에서 자유롭게 지내기만 해도 아수라의 목적은 달성된다고 한다. 이 세계를 관리하는, 그야말로 신과 같은 존재가 보장한 거니까 코스케도 지금은 마음 편히 생각하고 있었다.

"준비는 다 됐어?"

마법진 안에 선 코스케에게 아수라가 마지막 확인을 했다.

"응. 괜찮아."

참고로 코스케는 요 일주일 사이 아수라와 무척 친해졌다. 신 같은 존재를 이런 식으로 대해도 되는지 고민한 적도 있었지만, 아수라가 딱히 아무 말도 하지 않았기에 신경 쓰지 않기로 했다.

"그럼, 마지막으로 선물과 조언이네."

갑자기 아수라가 그렇게 말하자, 코스케는 고개를 갸웃했다.

"응? 선물?"

"코스케의 왼쪽 눈에 내 힘의 일부를 맡겼어. 어떻게 쓰는지는 직접 찾아보도록 해."

"어? 뭐야 그게. 처음 들었는데?!"

코스케가 무심코 외치자, 아수라는 굉장히 멋진 미소를 지으며 답했다.

"지금, 처음 말했으니까."

(조금 더 일찍 가르쳐 주지…….)

"미안해. 이쪽도 이런저런 사정이 있거든."

신들의 사정이겠지. 코스케는 그렇게 생각하기로 했다. 그보다도 자연스럽게 표정을 읽지 말았으면 좋겠다는 생각도 들었다. 그걸 실제로 말로 꺼내봤자, 코스케가 자기 생각을 표정에 너무 쉽게 드러내서 그렇다는 대답이 돌아올 뿐이겠지만.

신들의 사정까지 파고들어서 물어볼 생각이 없었던 코스케는 순순히 고개를 끄덕였다.

"알았어……."

"조언은, 소환된 곳에서 약간의 이벤트가 발생할 텐데, 그 선택의 결과로 이후의 루트가 변할 테니까 신중히 선택해."

아수라는 그런 말을 태연하게 했지만, 이건 신탁에 해당하는 것 아닐까? 코스케는 내심 그렇게 생각했지만 입 밖으로는 꺼내지 않았다.

어차피 표정으로 읽을 테니까, 루트가 대체 뭐냐고 딴지를 거는 것도 그만뒀다.

"알았어."

말할 필요가 있었다면 확실히 설명해 줬을 테니, 설명을 생략한다는 건 여기서 물어봤자 대답해 주지 않는다는 뜻이다. 지난 일주일 동안 코스케도 신들의 사정이라는 걸 어찌어찌 이해할 수 있게 되었다.

"그럼, 열심히 해."

뭔가 여행하러 떠나는 사람을 보내는 듯이 미묘한 말투였지만, 이때의 코스케는 미처 더 생각하지 않고 평범하게 흘려넘겼다.

"지금까지 고마웠어."

"다녀와."

코스케가 고개를 숙이자, 아수라는 손을 흔들고 웃으면서 보내

줬다. 코스케가 고개를 들었을 때 이미 아수라는 눈앞에 없었다.

코스케가 사라지자마자, 에리스는 웃는 얼굴로 마법진을 바라보던 아수라에게 물었다.

"굉장히 많이 도와주시는군요?"

"당신이라면 이유를 알잖아? 코스케는 마지막까지 눈치채지 못했지만."

그렇게 말한 아수라는 키득키득 웃었다.

"어째서죠……?"

잠시 침묵하던 에리스가 다시 물었다.

"그거야말로 이유가 필요해?"

"……."

"고민해도 해답은 없어. 나도 모르는걸."

그리고 잠시 뜸을 들인 아수라가 에리스를 놀리듯 봤다.

"게다가 당신도 똑같잖아?"

"아수라 님……!!"

지금까지 거의 들은 적이 없던 에리스의 비명 같은 목소리가 터져 나오자, 아수라는 한동안 키득키득 웃었다.

제1장 탑으로 가자

(1) 만남과 이름 짓기

[상춘정]에서 아스가르드로 보내진 코스케는 차분하게 주변 상황을 확인할 여유도 없이 눈앞에 닥친 상황에 대처해야만 했다. 도착했다고 생각한 순간 바로 근처에서 폭발음이 들렸기에 차분하게 있을 경황이 없었다.

(뭐야?! 무슨 일이야? 뭐가 일어난 거야?)

허둥대며 상황을 확인할…… 것도 없이 폭발음의 원인을 알 수 있었다. 코스케가 시선을 든 곳에서 일대일의 전투가 펼쳐지고 있었기 때문이다.

조금 떨어진 곳에서 전투가 벌어졌기에 어떤 인물(?)인지는 확인할 수 없었다. 코스케가 인물(?)이라고 의문이 든 이유는, 멀리서 봐도 명백하게 코스케가 아는 인간이 아니기 때문이다. 모습은 인간과 같지만, 등에 달린 것이 인간과는 다른 종족임을 알려주고 있었다. 양쪽 모두, 등에 날개 같은 게 달려있다.

조금 근처로 가서 확실하게 확인해 보려고 해도, 현재 진행형으로 전투가 벌어지고 있기에 접근할 수가 없었다.

이때 코스케는 어쩌면 좋을지 하고 느긋하게 생각하고 있었기에, [상춘정]에서 배운 것을 완전히 잊고 있었다. 아스가르드로 오기 직전까지는 확실히 기억하고 있었다. 왜냐하면 목숨이 걸린 일이니까. 그러나 오자마자 들린 폭발음으로 날아가고 말았다. 이 세계는 잠깐의 판단이 죽음으로 이어진다는 것을.

두 사람의 전투를 보던 코스케의 귀에 부스럭하고 뭔가 풀을 밟는 소리가 들렸다. 게다가 전투가 벌어지는 쪽이 아니라 코스케의 바로 뒤쪽이다.

어쩌다 보니 그 소리를 눈치챈 코스케는 뒤를 돌아봤다. 그리고 바로 등에 식은땀이 흘렀다. 눈앞에 팔을 들어 올린 곰 한 마리가 있었기 때문이다.

그냥 곰이 아니다. 아니, 물론 이전 세계에 있던 평범한 곰이라도 코스케가 이길 수 있는 상대는 아니지만, 지금 눈앞에 있는 건 더욱 흉악한 존재라고 들었다.

"우와아아아아아아아아악!"

코스케는 제자리에서 비명밖에 못 질렀다. 도망칠 수도 없다. 몸을 돌려 그 곰(나중에 블랙 베어라고 불린다는 걸 알았다)을 본 순간 다리가 엉켜서 넘어지고 말았으니까.

절규한 코스케는 이제 눈을 감고 그 순간을 기다릴 뿐이었다.

그러나 원래 와야 했던 충격은 오지 않았고, 쿵 하고 묵직한 소리가 코스케의 귀에 닿은 순간, 여성의 목소리가 두 개 들렸다.

"주인님!!"

"코스케 님. 괜찮으신가요?!"

겨우 그 목소리에 반응한 코스케가 조심조심 눈을 뜨자, 바로 옆에 블랙 베어가 쓰러져 있었다. 그리고 코스케 바로 옆에 금발 여성과 은발 여성이 서 있었다.

은발 여성은 키가 코스케와 비슷하고, 금발 여성은 그보다 조금 작다. 모두 아름다운 얼굴에 불안한 표정을 보이며 코스케를 보고 있었다.

"아, 네. 딱히 다친 데는 없는 것 같으니까, 괜찮아요."

얼이 빠진 상황에서 어찌어찌 대답한 코스케는 다시금 두 여성을 바라봤다.

우선 처음으로 눈에 들어온 건, 등에 달린 세 쌍 여섯 장의 날개다. 색깔은 하얀색과 검은색으로 달랐지만, 둘 다 굉장히 아름다운 날개다.

하얀 날개의 여성은 금발 금안에 딱딱한 반장 같은 인상을 주는 미녀로, 고전 시대의 메이드풍 의상을 입었다. 검은 날개의 여성은 은발 은안에 다정한 누나 같은 인상을 주는 미녀로, 치마 기장이 무릎에 닿는 메이드 의상을 입었다.

여러 의미에서 대조적인 두 사람이다.

지구에 있었을 때는 볼 기회조차 없던 미녀 두 사람이 걱정해 주자, 한심하게 주저앉은 상황이라는 것에 부끄러움을 느낀 코스케는 저도 모르게 고개를 수그리고 말았다.

그걸 보고 뭔가 착각했는지, 하얀 날개의 여성이 검은 날개의 여성을 비난하는 시선을 보냈다.

"당신이 쓸데없는 짓을 하니까 주인님께 걱정을 끼쳤잖아요."

"어머나. 애초에 당신이 쓸데없는 말을 하지 않았다면 그런 일은 일어나지 않았다고 생각하는데?"

두 사람은 말다툼을 하면서 서로를 노려봤다.

"뭐……?"

"뭔네……?!"

처음 만났지만, 두 사람 사이에서 뭔가 불온한 분위기를 느낀 코스케는 황급히 화제를 돌리기로 했다.

"저, 저기……. 구해 줘서 고마워. 그런데, 저기…… 주인님이라니? 그게 무슨 소리야?"

아까부터 신경 쓰인 것이 있다.

처음 만났는데 그런 거창한 호칭으로 불릴 이유는 없다. 그러나 하얀 날개의 여성이 한 대답은 대답이 되지 못했다.

"주인님은 주인님입니다."

당연하다는 듯이 나온 대답을 듣자, 코스케는 고개를 갸웃할 수밖에 없었다.

"으~음……?"

코스케가 곤혹스러워하자, 검은 날개의 여성이 터무니없는 말을 꺼냈다.

"저희는 코스케 님을 위해 창조된 존재니까, 주인님이 당연하다고 봅니다."

코스케는 놀라서 눈을 크게 떴다.

"어……?! 그게 뭔 소리야?!"

놀란 코스케를 본 검은 날개의 여성이 어리둥절한 듯이 말했다.

"어라? 못 들으셨나요? 코스케 님은 이 세계에 익숙하지 않다면서 아수라 님이 안내인 겸 전투용으로 저희를 창조하셨습니다."

(아니, 창조했다니……. 그렇게 간단히…….)

아무것도 듣지 못했던 코스케는 깜짝 놀랐다.

그런 코스케에게 하얀 날개의 여성이 더 터무니없는 말을 했다.

"그러니까 주인님은, 지금부터 저희 중 누구와 행동을 함께할지 선택해 주셔야 합니다."

"어……?! 선택해야 해?!"

"그렇죠. 둘이나 있을 필요는 딱히 없으니까요."

기대감이 담긴 두 사람의 표정을 느낀 코스케는 무심코 표정을 실룩거렸다.

뭐랄까, 누구를 고르더라도 좋지 않은 상황이 벌어질 것 같았다. 두 사람이 아까 싸우던 이유를 안 좋은 의미로 알게 되었다.

"아……. 으~음……."

두 사람이 웃으며 코스케를 보고 있다. 그런데도 코스케의 등에서는 지금 식은땀이 흐를 것만 같았다.

현실에서 보는 건 처음이지만, 이 패턴은 좋지 않은 일이 일어날 가능성이 있다.

(아니, 이거 한쪽만 골랐다가는 무조건 아웃 아니야? 아니, 고른 쪽이 어떻게든 해 줄 느낌도 들지만…….)

그렇다고 언제까지고 시간을 들일 수는 없다. 어떻게든 없는 지혜를 쥐어짜 큰맘 먹고 물어봤다. 그렇다. 이런 상황에서 코스케의 우유부단함이 발휘되었다.

"으~음……. 두 사람 모두 고르는 건, 안, 되나?"

말한 순간 기분 탓인지 냉기가 느껴졌지만, 코스케는 기분 탓이라고 생각하고 싶었다.

동시에 두 사람을 고른 것에 미안함이 들었기 때문인지, 코스케는 두 사람이 마지못해 수긍하는 것처럼 보였다.

"그게 코스케 님의 선택이시라면, 딱히 안 되는 건 아니겠죠."

"그렇죠."

이 화제를 계속 이어가는 건 좋지 않아 보였기에, 코스케는 바로 화제를 바꿔서 조금 전부터 신경 쓰이던 걸 물었다.

"그래서, 아직 두 사람의 이름을 듣지 못했는데 가르쳐 줄래?"

"없습니다."

"뭐……?"

이번에도 예상 밖의 대답이었기에 코스케는 고개를 갸웃했다.

"조금 전에도 말씀드렸듯이, 저희는 코스케 님을 위해 창조된 존재라서 딱히 이름은 받지 못했습니다. 코스케 님께서 지어주시는 게 좋겠죠."

검은 날개의 여성이 그렇게 말하자, 코스케는 약간 놀라서 눈을 크게 떴다.

"어? 그래?"

코스케가 확인하기 위해 바라보자, 하얀 날개의 여성이 고개를 끄덕였다.

"꼭 부탁드립니다."

두 사람이 기대하는 눈으로 바라보자, 코스케는 내심 머리를 감싸 쥐었다.

"이름……. 이름이라……. 갑자기 말해도……."

두 미녀가 애원하는 눈으로 바라보는 걸 거절할 수도 없었기에, 코스케는 얼마 안 되는 지식을 쥐어짜 고민했다.

(금발에 은발……. 안일하지만, 태양에 달? 태양, 빛에…… 달……. 으~음…….)

코스케는 필사적으로 고민해서 떠올린 이름을 제안했다.

"그럼 우선 너는, 코우히(光陽)라고 하는 게 어떨까?"

우선 금발 여성에게 물었다.

"코우히……인가요. 굉장히 좋다고 생각합니다."

방긋 웃는 걸 본 코스케는 후우, 하고 가슴을 쓸어내렸다.

"다음은 저네요."

은발 여성의 시선을 받은 코스케는 내심 조마조마하면서 생각한 이름을 입에 담았다.

"으~음. 너에게는 미츠키(箕月)라는 이름을 생각해 봤는데, 어때?"

"미츠키……인가요. 감사합니다. 오늘부터 저는 미츠키네요."

"저는 코우히입니다. 앞으로 잘 부탁드립니다. 주인님."

"잘 부탁드려요. 코스케 님."

기쁜 듯이 미소 짓는 걸 본 코스케는 어떻게든 머리를 쥐어짠 보람이 있었다며 두 미녀의 웃음을 넋 잃고 바라봤다.

코스케가 두 사람의 이름을 지어준 뒤, 언제까지고 똑같은 곳에 있으면 또 블랙 베어 같은 마물이 올지도 모르기에 세 사람은 두 패로 나뉘어 행동하게 되었다.

목적은, 식량과 이동 수단 확보다.

코우히의 말에 따르면, 세 사람이 나타난 곳은 가장 가까운 마을에서 상당히 떨어져 있다고 한다. 마을까지 걸어서 이동할 경우, 코스케가 도보 이동에 익숙하지 않아서 시간이 너무 오래 걸린다. 그래서 코우히나 미츠키 중 한 명이 이동 수단을 확보하기로 했다.

누가 가는지 정하기 위한 승부는 코스케의 제안에 따라 가위바위보가 되었지만, 고작 가위바위보로 정하는 것인데도 승부는 너무나도 치열했다. 물론 코스케가 본 인상이다. 승부 자체는 바로 정해졌지만, 사전 단계에서 두 사람에게 느껴진 박력이 굉장했다.

결과적으로 미츠키가 이동 수단 확보에 나서기로 했고, 코스케와 코우히는 주변에서 향후를 위한 식량을 찾게 되었다.

식량을 확보하면서 코스케는 코우히에게 실전적인 지식을 배웠다. 간단히 말하면, 캠프(간이 거점)를 만드는 방법이나 그 장소를 고르는 법 등등이다. 아수라나 에리스에게서는 모험에 필요한 걸 배우지 못했으니까.

아수라나 에리스에게는 아스가르드의 일반적인 지식, 그리고 아스가르드에서 신의 존재가 어떤지에 대해 들었다.

단, 자세하게 배운 건 아니고, 아스가르드의 주민들에게는 절대적인 존재로 알려진 이른바 삼대신(三大神)뿐이다. 장녀인 에리사미르, 차녀인 스피카, 삼녀인 자미르. 이들이 이 세계에서 삼대신으로 불린다.

모처럼 기회가 왔기에, 아스가르드에 관한 이야기도 코우히에게 재확인했다.

[상춘정]에서 이야기를 듣던 코스케가 먼저 제일 놀란 건, 아스가르드가 지구처럼 구체가 아니라 평면 세계라는 것이었다. 아스가르드에는 지금 코스케 일행이 있는 센트럴 대륙이라 불리는 곳을 중심으로 바다로 나뉜 동서남북 방향에 각각 대륙이 있다. 그 대륙 너머에는 바다이고, 아직 새로운 육지는 발견되지 않았다.

아수라가 창조한 존재인 코우히라면 그 너머도 알 수 있지 않을까 생각해서 물어봤지만, 그 지식은 주어지지 않은 모양이었다.

센트럴 대륙에는 마물이 득실댄다. 물론 다른 네 개의 대륙에도 마물은 존재하지만 그 힘과 숫자는 다른 대륙과 차원이 다르다. 그래서 센트럴 대륙 내륙에는 사람이 사는 마을이 없다.

과거에 몇 번 내륙에 마을을 만들고자 다른 대륙의 국가가 건설을 시도했지만, 일시적인 거점은 만들었어도 결국은 대량의 마물이 습격해서 무너졌다. 결과적으로 비교적 약한 마물밖에 존재하지 않는 해안에만 마을이 드문드문 존재한다. 마을에서 마을로 이동할 때는 백프로 마물이 습격하므로 모험가의 호위가 필수이고, 그것도 마을 발전이 진행되지 않는 원인이 되었다.

그래서 인간인 코스케에게는 가혹한 환경에 떨어진 셈이지만, 코우히와 미츠키의 존재 덕분에 그건 거의 해소되었다. 왜냐하면 두 사람은 대륙에 존재하는 마물 대부분을 일축할 수 있다고 대답했기 때문이다. 실제로 코우히와 함께 식량을 찾는 사이 블랙 베어 같은 마물이 계속 덤벼들었지만, 코우히가 일격에 해치웠다.

참고로 해치운 마물은 센트럴 대륙의 마을에서 소재로 팔 수 있다고 해서, 코우히가 마법으로 다른 공간에 넣어놨다.

그걸 처음으로 본 코스케가 "아이템 박스 같네."라고 중얼거리자, 그걸 들은 코우히가 "맞습니다."라며 가르쳐 줬다.

아이템 박스라고 뭉뚱그려서 말하지만, 넣을 수 있는 용량에 따라 상급, 중급, 하급의 세 종류로 나뉜다. 아이템 박스 마법을 사용할 때 뭔가 다른 점이 있는 건 아니기에, 옆에서 보면 그게 상급인지 하급인지 구별할 수는 없다.

둘이서 그런 이야기를 나누는 사이 미츠키가 돌아왔다.

그때 코우히는 이미 사냥을 마치고 식사 준비를 하고 있었다. 단, 멀쩡한 도구도 없기에 대단한 요리는 할 수 없다고 하지만.

그리고 미츠키가 데려온 '이동 수단'을 본 코스케는 멍하니 서 있을 수밖에 없었다.

"미츠키. 이거, 뭐야?"

"비룡이에요."

태연하게 대답하는 미츠키를 본 코스케는 머리를 감싸 쥐고 말았다.

코스케 일행 앞에는 몸길이 7미터, 좌우 날개를 펼치면 폭 5미터에 달하는 파충류(?)가 세 마리 앉아있었다.

"으~음……. 이걸 타고, 이동하자고?"

"맞아."

미츠키가 당연하다는 듯 끄덕였다.

코우히를 힐끔 보자, 당연하다는 표정으로 서 있었다.

"타본 적이 없어서, 탈 수 있다는 생각이 안 드는데……."

수치를 무릅쓰고 말해 봤지만, 미츠키는 방긋 웃었다.

"괜찮아. 등에만 올라타면 이후에는 비룡이 멋대로 날 테니까. 가능하면 움직이지 말고 가만히 있어."

식사가 다 될 때까지는 아직 시간이 있으니까 시험 삼아 타보라고 미츠키가 보채는 바람에 결국 거절하지 못한 코스케는 비룡 한 마리의 등에 타보기로 했다. 당연히 안장 같은 건 없기에 앉기 쉬운 곳을 찾아 고생하며 허리에 앉았다.

그동안 비룡은 그대로 가만히 있었다. 그래서 코스케는 비룡은 얌전하다는 엄청난 착각을 했다. 원래 비룡은 사나운 마물이고, 사람을 태우지 않는다. 이 비룡이 얌전한 건 오로지 미츠키의 '조련' 덕분이었다. 코스케에게는 절대로 거역하지 말라고 지시했으니까.

"그럼 날 테니까 일단 조심해. 그래도 몸에 괜히 힘을 주지 않는 게 나으려나?"

그 말을 듣고 몸에 힘을 뺀 순간, 코스케는 순식간에 하늘을 날게 되었다.

(우와앗?!)

신기하게도, 공포라는 감정은 떠오르지 않았다.

나중에 들었는데, 비룡은 날개의 힘만으로 나는 게 아니다. 태생적으로 가지고 있는 마법 같은 것으로 날고 있기에, 본래는 있어야 할 맞바람도 거의 느껴지지 않았다.

그래서 날아오른 지 몇 분도 지나지 않아 코스케는 주변 광경을 감상할 여유조차 생겼다.

(어라?)

하늘에서 주변 경치를 즐기던 코스케는 문득 이상한 느낌이 들었다.

"혹시, 너야?"

넌지시 비룡에게 묻자, 긍정적인 감정이 전해졌다.

"큐오."

겸사겸사라는 듯 비룡의 입에서 대답이 돌아왔다. 외모와는 반대로 귀여운 대답이다.

"말할 수는 없지만, 말은 통하는 건가?"

"큐오."

바로 대답이 돌아오자, 코스케는 이 위화감이 비룡의 감정이라고 확신했다.

"그런가."

이 대화 비스무리한 것이 즐거워진 코스케는 저도 모르게 비룡의 등을 어루만졌다. 그러자 이번에는 기뻐하는 감정이 흘러들었다. 이렇게 되니 처음의 겁먹었던 감정은 어딘가로 날아갔다. 그리고 어떤 일이 가능한지 이것저것 시험해 보게 되었다.

그 결과, 비룡은 어느 정도 코스케의 지시대로 가속이나 감속, 방향 전환을 할 수 있게 되었다. 물론 전투 같은 격렬한 움직임은 무리지만, 여행길 이동 수단으로는 충분했다.

　잠시 하늘을 나는 데 열중하던 중, 코스케의 귀에 코우히의 목소리가 날아들었다. 당연히 마법을 쓴 거다.

　"즐기시는 와중 죄송합니다. 식사가 다 되었으니 슬슬 돌아와 주세요."

　"앗, 미안해. 바로 그리로 갈게."

　이것저것 시험해 봤기에 상당히 오랜 시간 하늘을 날고 있었다. 황급히 코우히와 미츠키가 기다리는 곳으로 돌아갔다. 착륙도 무난하게 성공한 코스케를 본 두 사람은 놀란 표정을 지었다.

　"왜 그래?"

　"아뇨……. 역시 주인님이시네요."

　"그러게. 나도 놀랐어."

　두 사람은 코스케가 비룡에게 모든 걸 맡긴 채 나는 게 아니라 명백하게 자신의 지시대로 나는 모습을 보고 놀란 것이다.

　"왠지 모르게 이 아이의 감정 같은 걸 알게 되어서 이것저것 시험해 본 건데."

　"보통은 그런 걸 알 수 없어요. 어쩌면 주인님은 동물이나 마물을 거느릴 수 있는 테이머의 스킬이 있는 걸지도 모르겠네요."

　코우히의 의견에 미츠키가 고개를 갸웃하며 말을 이었다.

　"으~음…… 확정은 아니니까, 어디까지나 참고로 생각해두는 게 좋을지도."

　"흐~음. 그렇구나."

코스케도 테이머 소질이 있다는 말을 들어도 별로 실감이 나지 않았기에 그냥 그런 건가 하고 이야기를 반쯤 흘려넘겼다. 코우히와 미츠키도 그 이상은 딱히 더 언급하지 않아 이야기가 끝났다.

식사 중 세 마리 비룡에게 각각 이름을 붙여주게 되었다. 코스케가 타는 비룡은 코, 코우히의 비룡은 히, 미츠키의 비룡은 미로 결정되었다.

식사가 끝나고 코우히와 미츠키가 뒷정리를 할 때, 코스케는 딱히 할 일도 없이 코의 옆에서 멍하니 있었다. 정리를 도와주려고 했다가 거절당했으니까.

이미 해가 저물 것 같았기에 하늘을 나는 건 금지되었다. 밤의 비행은 익숙해지지 않으면 위험하기 때문이다.

이제는 잘 때까지 할 일이 없기에 아무것도 하지 않고 코의 낌새를 살피자, 문득 자신에게서 코에게로 무언가 흘러가는 게 보였다. 잘 보니 코에게서 자신에게 흘러들어오는 것도 있다.

(이게 뭐지?)

만져보려고 해도 만질 수 없었기에 물리적으로 이어진 건 아닌 모양이다. 사이에 손을 대봐도 흐름이 바뀌지는 않았다.

의식해 보자, 그 흐름을 강화하거나 약화할 수 있다는 걸 알았다. 그러나 일정 이상은 강하게 할 수 없었다.

(약하게 할 수 있네……. 그렇다면, 없앨 수도 있나?)

바로 시험해 보기로 했다. 그러나 좀처럼 잘 움직이지 않았다.

(약하게 한다……로는 안 되는 건가? 약하게 하는 게 아니라, 없

앤다? 이런 느낌인가?)

열중하는 코스케는 눈치채지 못했지만, 이때 코는 불안한 기색으로 코스케를 보고 있었다.

(없앤다…… 없앤다…… 이런 식, 인가?……됐다!)

조금 전까지 있던 연결이 뚝, 하고 사라진 것을 알 수 있었다.

그러나, 그와 동시에.

"큐오! ……큐오큐오!!"

옆에 있던 코가 소란을 부렸다.

"무슨 일인가요?!"

"뭐야? 무슨 일이야?!"

소란을 부리는 코를 본 코우히와 미츠키가 무슨 일이냐며 주변을 경계했다.

"아, 미안! 코, 미안."

연결이 없어진 동시에 조금 전까지 느껴졌던 코의 감정을 알 수 없게 되었다. 코도 마찬가지로 그것이 갑자기 끊어졌기에 소란을 부린 것이다.

코스케는 코에게 사과하면서 바로 처음과 같은 요령으로 연결을 원래대로 되돌렸다. 한 번 이어진 감각을 기억하고 있었기에 원래대로 되돌리는 건 간단했다. 연결된 동시에 코의 소란도 잦아들었다. 그리고 그것에 안심하는 듯한 감정이 흘러들어왔다.

다시 사과하면서 코의 목덜미를 툭툭 두드린 코스케는 의아한 표정을 보이는 코우히와 미츠키에게 지금 일어난 일을 설명했다.

"그런 이야기는 들어본 적이 없어요."

"나도 없네."

"그런가……."

이런저런 의문은 남지만, 일단 할 수 있는 일은 알아냈기에 나머지는 이후의 과제로 삼기로 했다.

참고로 아무 말도 하지 않고 연결을 끊으면 코가 반드시 소란을 부리기에, 앞으로는 끊기 전에는 사전에 신호 같은 것을 내고 나서 끊기로 했다.

(2) 예기치 못한 귀환과 치트?

다음 날 아침. 아침 식사 준비를 도와주려던 코스케는 미츠키에게 제지당해서 두 사람의 작업을 바라보고 있었다.

식사라고 해도 조리도구는커녕 조미료 부류도 없어서 기본적으로는 잡아온 사냥감의 고기를 굽는 간단한 것이다. 식사 내용을 개선하기 위해서라도 어서 마을에 도착하고 싶다는 게 전원의 일치된 의견이었다.

두 사람의 모습을 멍하니 바라보던 코스케는 시야에 노이즈 같은 게 생기는 걸 깨달았다.

(……? ……아니아니, 잠깐 기다려. 노이즈라니……. 낡은 TV 화면도 아니고. 눈, 이상해졌나?)

눈을 비벼도 상황은 변하지 않았다. 오른쪽 눈만 뜨면 나오지 않고 왼쪽 눈만 뜨면 노이즈가 생기는 걸 보면 왼쪽 눈에 뭔가 일이 생긴 모양이었다.

왼쪽 눈만 뜨고 우연히 눈앞에 있던 코우히를 주시해 봤다. 역시 노이즈가 생겼지만, 다음 순간 노이즈가 어디서 본 글자로 변하더니 컴퓨터에서 대량의 데이터를 읽는 것처럼 단숨에 글이 늘어났다. 막대한 양의 정보가 머릿속을 맴돌더니, 그게 뚝 끊어지면서 코스케는 저항하지 못한 채 의식을 잃었다.

"?……코스케 님?!"

근처에 있던 미츠키가 그걸 깨달았는지 자신의 이름을 부르는 걸 알 수 있었지만, 코스케는 어쩌지도 못한 채 흐름에 몸을 맡길 수밖에 없었다.

◆

"그리고 여기로 온 건가."

정신이 들자, 코스케는 어느새 기억에 있던 곳에 서 있었다. 미츠키가 멀리서 이름을 부르는 걸 들었다고 생각한 직후에 여기에 서 있던 거다. 그리고 주변을 본 순간, 이곳이 [상춘정]이라는 걸 알았다.

"아직 하루하고도 조금밖에 안 지났는데 말이지."

"그러게나 말이야."

지금까지 옆에는 아무도 없었지만, 대답이 들려왔기에 돌아보니 아수라가 재미있는 걸 본다는 표정으로 그곳에 서 있었다.

정보를 줄 존재가 나타나 주어서, 코스케는 바로 지금 상황을 확인해 봤다.

"[상춘정]에 있다는 건, 나는 또 죽은 건가?"

"아니, 이번에는 아니야. 아까 그걸로 육체에 부담이 너무 심해서 영혼이 피난한 느낌일까?"

"뭐야 그게? 무슨 소리야?!"

생각했던 것 이상의 상황이어서 무심코 당황한 코스케에게, 아수라는 오른손을 들어 진정하라는 신호를 보냈다.

"제대로 설명해 줄 테니까 진정해. 여기서 나갈 때 선물을 줬다고 했지?"

코스케가 아수라와 헤어졌을 때의 기억을 찾아보니, 깊이 생각하지 않고도 바로 나왔다.

"그러고 보니 왼쪽 눈에……. 왼쪽 눈? 설마?!"

[상춘정]에서 아스가르드 세계로 향할 때 아수라에게 들은 걸 떠올린 코스케는 탐색하듯 그녀를 바라봤다.

그 시선을 받은 아수라는 살짝 끄덕였다.

"맞아. 설마 세계에 내려서자마자 바로 쓰기 시작할 줄은 몰랐어. 게다가 폭주까지 시켰고."

"폭주?!"

아수라가 재미있다는 듯 웃자, 코스케는 경악했다. 그렇게나 위험한 걸 줬을 줄이야.

"아! 그 태도는 뭐야?! 원래는 폭주 같은 게 일어날 리가 없는데 코스케가 무리하게 써서 이렇게 된 거잖아?"

코스케의 태도가 마음에 안 들었는지, 아수라가 조금 화난 표정을 지었다.

(저기, 당신 같은 미인이 화내면 진짜 무서운데요.)

"뭐라고~?!"

코스케가 생각한 걸 알아챘는지, 아수라가 눈썹을 더욱 치켜세웠다.

아수라에게는 생각한 것이 모두 들통난다는 걸 완전히 까먹고 있었던 코스케는 곧장 순순히 사과하기로 했다.

"미안합니다. 그런데 결국 어떻게 된 건지 설명을 부탁드려도 될까요?"

저도 모르게 저자세로 대답한 코스케를 본 아수라가 천천히 끄덕였다.

"오냐! 아니, 무슨 말을 시키는 거야!"

지위가 지위이건만, 어째서인지 아수라는 코스케에게 거만한 태도를 보이는 걸 싫어한다.

"무신코?"

코스케가 고개를 갸웃하며 대답하자 아수라가 한숨을 쉬었다.

"무심코는 무슨. 하아. 이제 됐어. 설명할 테니까 똑똑히 들어. 알았지?"

"부탁합니다."

코스케가 순순히 고개를 끄덕이자 아수라는 자세히 설명하기 시작했다.

"당신, 그 왼쪽 눈의 힘을 해방했을 때 여기서 가르쳐 준 신력을 있는 힘껏 써버렸는데, 기억해?"

"아니, 그럴 리가……. 어라? 듣고 보니…… 썼던 것, 같기도?"

아주 순간적이어서 잘 기억하지 못했던 코스케는 살짝 고개를 갸웃했다.

"썼어. 그것도 그 한순간에 최대한 힘을 담아서."

"으엑. 정말로?"

"정말이야. 나 참……. 그렇게나 신력을 다룰 때는 주의하라고 말했는데……. 이렇게 말하는 건 조금 너무한가."

"무슨 뜻이야?"

코스케는 영문도 모른 채 고개를 갸웃했다.

"간단히 말하면, 몸이 신력의 사용에 익숙하지 않은 거야. 여기선 어디까지나 영혼 상태일 때 썼으니까."

"그렇구나."

아수라가 게슴츠레한 눈으로 코스케를 바라봤다.

"정말로 아는 거야?"

"괜찮아. 괜찮습니다."

(솔직히 위험했지만, 어떻게든 따라갈 수 있을, 거야…….)

그런 쓸데없는 생각을 하던 코스케를 아수라가 빤히 노려봤다.

"하아. 뭐 됐어. 일단 이번 일로 몸에도 신력이 어느 정도 정착했으니까, 이제 괜찮을 거야."

"응? 괜찮다니?"

그렇게 간단히 괜찮아지는 건지 알 수 없었던 코스케는 고개를 갸웃했다.

"이번처럼 바보같이 단숨에 능력을 해방하지 못하게 리미터를 설정했어. 상한을 올리려면 신력과 그 눈의 힘을 잘 쓸 수 있게 많이 써봐야겠지."

"하아. 참 편리하네."

"남 일처럼 말하지 마."

"네. 죄송합니다."

다시 게슴츠레하게 코스케를 쳐다봤기에 순순히 사과했다. 앞으로도 코스케는 아수라에게 고개를 들지 못할 것 같다. 앞으로도 이번처럼 직접 만날 수 있을지는 알 수 없지만.

"요컨대, 왼쪽 눈을 쓸 때 신력을 대량으로 소모하지 않게 제한이 걸렸고, 그걸 해제하려면 왼쪽 눈을 많이 쓰라는 거지?"

"그래. 대충 그렇게 알면 될 거야."

대답이 미묘했다. 완전히 맞는 건 아니지만 틀린 것도 아니라는 뜻이겠지. 일단 사용하면서 알아볼 수밖에 없다. 언제까지고 아수라에게 의지할 수는 없으니까……. 코스케가 이런 생각을 하자, 아수라가 방긋 웃었다.

"어머. 딱히 의지해 줘도 괜찮은데?"

코스케는 남의 마음을 읽고 대답하는 건 그만둬줬으면 좋겠다고 마음속으로 생각했다.

(이미 익숙하니까 괜찮지만…….)

"그럼 슬슬 저쪽으로 보내줄게. 언제까지고 이곳에 있을 수도 없으니까."

"그런가?"

"그렇지. 영혼과 몸이 장시간 떨어진 상태가 좋을 리 없잖아?"

"알았어. 그럼 보내…… 아니, 이번에는 시간이 걸리지 않네?"

"맞아. 저번에는 몸의 준비나 영혼의 정착 같은 게 이것저것 있었으니까."

"그렇구나. 그럼 부탁해."

코스케가 그렇게 말하자, 아수라는 오른손을 내밀었다.

"잘 가."

아수라가 그렇게 말한 순간, 코스케는 그 자리에서 사라졌다.

코스케의 영혼이 귀환하는 걸 본 코우히와 미츠키가 황급히 말을 걸었다.

"주인님!!"

"코스케 님!!"

두 사람의 부름에 반응한 코스케는 의식을 되찾았다.

의식을 되찾았을 때, 코스케는 미츠키의 무릎베개를 받고 있었다. 그걸 알아채고 황급히 몸을 일으켰지만 미츠키가 어깨를 눌렀다.

"아직, 안 돼."

코스케를 들여다보는 미츠키의 표정은 매우 무서웠다. 눈을 마주치지 않게 시선을 내리자 훌륭하게 솟은 두 개의 산봉우리가 보여서 당황했지만, 어깨를 눌렀기에 움직일 수 없었다. 코스케는 어쩔 수 없이 저항을 단념했다.

코스케는 아찔한 두 산 봉우리를 최대한 의식하지 않으려고 하면서 미츠키에게 물었다.

"으~음. 이제 괜찮을 텐데⋯⋯."

"안 됩니다. 영혼이 떨어진 시간이 꽤 길었으니까, 한동안 그대로 계세요."

도움을 요청하듯 코우히를 바라봐도 바로 고개를 내저었기에 코스케는 무릎베개에서 벗어나는 걸 단념하고 질문을 더 하기로 했다.

"꽤 길었다면 어느 정도?"

"한 시간 정도일까?"

"어?! 그렇게나?"

코스케는 [상춘정]에서 그렇게 오래 있었다는 감각이 없다.

이건 나중에 알게 된 일인데, [상춘정]과 아스가르드는 시간이 똑같이 흘렀다. 그런데도 시간이 더 지난 이유는, 영혼이 조건을 만족하지 않은 채 억지로 [상춘정]으로 향했기에 이동에 시간이 걸렸기 때문이다.

"네. 이대로 무슨 일이 있었는지 설명해 주세요."

"아니, 가능하면 일어나고 싶은데⋯⋯."

""안 됩니다.""

입을 모아 말하는 두 사람을 본 코스케는 반론을 포기했다.

그런 코스케의 마음을 이해했는지, 코우히가 쓸데없는 말을 꺼냈다.

"미츠키의 무릎이 불편하시다면 제가 대신할까요?"

"은근슬쩍 무슨 소리를 하는 거야?!"

(아니, 코우히 씨. 그렇지는 않거든요. 그리고 미츠키 씨. 눈이, 눈이 무서워요. 그런 눈으로 바라보며 코우히 씨를 도발하지 말아주세요. 미인이 그런 얼굴을 하면 익숙하지 않은 나는 정말 무섭다고요.)

일어나는 걸 포기한 코스케는 그 자세 그대로 화제를 돌리기 위해 [상춘정]에서 있었던 일을 두 사람에게 설명했다.

[상춘정]에서 있었던 이야기를 한 뒤, 아직 무릎베개에서 풀려나지 못한 코스케는 한가했기에 왼쪽 눈의 힘을 시험해 보기로 했다. 이번에는 같은 실패를 반복하지 않기 위해 신중하게 신력을 왼쪽 눈으로 보냈다. 그러나 코스케의 감각으로는 거의 신력을 쓰지 않았는데도 왼쪽 눈의 힘이 발동한 느낌이 들었다. 게다가 그이상의 신력을 쓰려고 해도 저번 같은 일은 일어나지 않았다.

(과연. 이게 그 리미터인가.)

그 상태의 왼쪽 눈으로 시야에 있는 미츠키를 바라보자, 마치 헤드 마운트 디스플레이를 보는 것처럼 눈앞에 글자가 주르륵 나타났다.

나온 글자는 이른바 게임에서 말하는 스테이터스 같은 것이었다. 대상의 이름이나 종족명, 주요 스킬까지 있다. 숨겨진 데이터인지 〈???〉라고 표시되어서 보이지 않는 것이나 〈미해방〉이라고 나온 부분도 있었지만, 그건 넘어가고 칭호라는 칸에 신경 쓰이는 기록이 있었다.

(【코스케의 권속】이 뭔데?!)

태클을 걸고 싶었지만, 하나뿐이라면 비교할 수가 없기에 코우히 쪽도 봤다.

(【코스케의 권속】……. 코우히도 있잖아……. 으~음. 일단 내 것도 볼 수 있는지 시험해 보자.)

그래서 자신의 몸을 시야에 넣자, 바로 스테이터스를 볼 수 있었다. 이름은 넘어가고, 종족명은 【인간족?】으로 되어있고, 코우히와 미츠키에게는 없었던 천혜(天惠) 스킬이라는 게 있었다. 게다가 칭호칸에는 【여신의 ??】, 【천상인(에리스)의 ??】라는 것까지 붙어있다.

(왜 종족명에 ? 마크가 있어?! 그리고 ??는 뭔데? 에리스 씨. 천상인이었구나…….)

여신이라는 게 누구인지는 짚이는 구석이 너무 많다.

일단 세 명을 확인해 봤지만, 지적할 것이 늘어났을 뿐이었다.

아무리 생각해도 모르는 건 모르기에, 순순히 미츠키에게 물어보기로 했다. 코우히는 바쁘게 불의 뒤처리 등등을 하며 출발 준비를 하고 있다.

"두 사람에게 【코스케의 권속】이라고 나오는데, 뭔지 알겠어?"

갑자기 코스케가 말을 걸자, 미츠키는 살짝 고개를 갸웃했다.

"갑자기 뭐야? 아, 그 왼쪽 눈의 힘인가. 으~음……. 예상이지만, 우리에게 이름을 지어줬잖아? 그것 때문일 거야."

"이름을 지어줬을 뿐인데?"

"맞아. 이름을 지어준다는 건 꽤 중요한 일이니까."

"흐응~."

부모님이 평범하게 이름을 지어줬던 코스케는 특별한 게 없다고 느끼지만, 여기서는 다른 모양이었다.

"그럼 칭호는?"

"그건 나도 모르겠네. 애초에 그런 게 보이는 건 코스케 님뿐이라고 생각하니까."

"으~음……. 그렇다면 지금은 보류할 수밖에 없나."

"그러게. 그게 좋을 것 같아."

코스케밖에 쓰는 사람이 없다는 건 하나하나 스스로 확인해야만 한다는 거다.

(뭐, 지금은 어쩔 수 없나. 이것저것 시험해 볼 수밖에 없겠어.)

그렇게 결론을 내리기로 했다.

일단 칭호에 관한 건 넘어가고, 다음은 〈미해방〉으로 뜬 부분에 관해서다. 이것은 짐작이 간다. 리미터다. 상한이 해방된다면 이 〈미해방〉으로 뜨는 부분도 볼 수 있게 될 거다.

아수라는 리미터의 상한을 해방하려면 많이 써보라고 말했다. 그걸 위해서라도 여러 가지를 보려고 해 봤지만, 유감스럽게도 무릎베개를 한 자세에서는 대단한 걸 볼 수 없다. 기껏해야 지면에 난 풀 정도다.

(응? 잠깐만? 어쩌면, 되려나?)

손을 뻗어서 만질 수 있는 풀을 대충 뽑아서 눈앞으로 가져왔다.

(아?! 빙고!)

바로 글자가 나타났다.

유감스럽게도 확인할 수 있는 내용은 손에 집은 풀의 이름밖에 없다. 단, 코스케 일행과는 달리 설명이라는 항목이 있었다. 설명 문 자체는 '평범한 풀'이라는 단순한 것이었지만.

(으~음. 이건 안 되겠네. 지금 단계에서는 아무것도 모르겠어. 역시 많이 써보면서 판단할 수밖에 없나.)

실제 사례가 적으니 뭐라 말할 수가 없다. 애초에 이 주변의 풀이라도 볼 수 있다는 건, 어떤 것이라도 표시될 가능성이 있다. 어디에서 어디까지가 유효한지는 결국 많이 써보고 판단할 수밖에 없다.

아수라에게 들은 충고도 있다. 사람을 볼 때는 조심해야겠지만 (특히 여성은), 들키지 않을 정도로 왼쪽 눈을 팍팍 써보기로 했다. 데이터를 팍팍 모아야 하니까.

(뭐, 그건 넘어가고······.)

"저기······ 나는 언제까지 이러고 있어야 할까?"

이제 슬슬 신경이 쓰였기에, 코스케는 무릎베개를 해 주고 있는 미츠키를 올려다보며 물었다.

"응? 언제까지고?"

"잠깐만?!"

미츠키가 터무니없는 말을 꺼내자 코스케는 당황했다.

코우히가 어이없다는 듯 끼어들었다.

"무슨 시시한 이야기를 하는 건가요. 언제까지고 여기에서 노숙할 수 있을 리가 없잖아요. 이제 몸은 괜찮으신 모양이니 슬슬 출발하죠."

"뭐~?! 그럴 수가~. 그런가. 그럼 어쩔 수 없네. 지금부터는 교대로 무릎베개를 하는 게 어때?"

미츠키의 매혹적(?)인 제안을 듣자, 코우히가 표정을 바꿨다.

"윽?! 어……?! 그건…… 굉장히 끌린다고나 할까……. 아니, 이게 아니라……?!"

간단히 낚이려는 코우히를 본 코스케는 상반신을 일으키면서 한숨을 쉬었다.

"아니아니, 그런 문제가 아니잖아. 이제 몸은 걱정하지 않아도 되니까 빨리 가자."

"하아…… 유감이네요."

"우~. 어쩔 수 없나."

양쪽의 원망스러운 시선을 받았다. 미인 두 사람이 그런 표정을 지으면 감정이 울리지만, 코스케는 어떻게든 떨쳐냈다.

"으극. 아니, 그런 눈으로 봐도 안 돼. 어서 제대로 된 침대에서 자고 싶으니까. 갈아입을 옷도 필요하잖아?"

갈아입을 옷 같은 건 없다. 여기에 있는 한 단벌 신사 상태다.

(빨래는 입은 채로도 할 수 있다지만. 마법 진짜 편리하네.)

그래도 코스케는 마법을 쓸 수 없기에, 코우히나 미츠키에게 부탁할 수밖에 없지만.

마물이 습격하는 곳에 언제까지고 눌러앉고 싶지는 않으니, 어서 인간다운 생활을 하고 싶었다.

보통은 비룡을 이동 수단으로 쓰는 사람은 없기에, 마을 근처에 있는 인적이 없는 곳까지 비룡으로 날아가고, 이후에는 걸어서 이동하기로 했다.

"아뇨. 저는 주인님만 계신다면 어디라도 괜찮은데요?"

"아, 치사해. 나도야."

(아, 안 되겠네. 두 사람에게 맡기면 언제까지고 마을에 도착하지 못할 것 같아.)

꽤 진지하게 위기감이 든 코스케는 바로 직접 움직이기로 했다.

"아~ 그래그래. 알았으니까 바로 갈 준비를 하자."

"그건 이미 제가 해놨습니다. 이제는 출발만 하면 돼요."

"아, 그래. 고마워. 그럼 바로 가자!"

쓸데없이 더 시간을 들이고 싶지 않기에 선언했다.

기본적으로 코우히와 미츠키는 적극적으로 움직이려 하지 않기에, 자신이 움직이지 않으면 앞으로 나아갈 수 없다는 것을 깨달은 코스케였다.

(3) 거래와 첫 마을

코스케가 아스가르드에 온 지 닷새째.

세 사람은 비룡에서 내려 걸어서 류센 마을을 향해 걸었다. 지금 걷고 있는 건 제대로 된 도로다. 그래도 코스케는 아스팔트로 굳힌 길밖에 모르는지라, 도로라는 걸 알 수 있는 명확한 특징이 있는 건 아니었다.

코우히의 말에 따르면, 앞으로 한나절 안에 마을에 도착할 수 있다고 한다.

코를 포함한 비룡들은 함께 가면 눈에 띄기에 도중에 있는 산기슭에 풀어줬다. 코스케가 코를 부르면, 거리가 꽤 떨어져 있어도 눈치채고 날아와 준다. 지금까지 이동하는 짬짬이 시험해 보다가 그런 걸 할 수 있다는 걸 알게 되었다.

이동 도중에도 코스케는 왼쪽 눈을 마구 써봤다. 그러나 유감스럽게도 대단한 걸 알 수는 없었다. 보는 대상이 식물이나 돌 같은 광물로 편중되어 있었기에 이건 어쩔 수 없다고 생각한다.

이 닷새 동안 코우히와 미츠키 말고는 누구와도 만나지 못했으니 어쩔 수 없다. 그보다 이렇게까지 사람을 만나지 못할 줄은 몰랐다. 마을로 가면 어느 정도 진전이 있겠지.

이야기로는 들었지만, 정말로 이 대륙은 거의 미개척지라는 걸 실감했다. 하늘을 나는 동안 가도로 보이는 것조차 거의 보지 못했다. 마지막 산을 넘어서 시야 너머에 바다가 보인 시점에서야 겨우 길 같은 걸 확인할 수 있었다.

지금은 그 길을 따라 마을로 향하고 있다.

참고로 코우히와 미츠키는 마법을 써서 등의 날개를 남에게 보이지 않게 숨겼다. 이 세계에서 날개가 달린 인간형은 힘의 상징, 단적으로 말해서 신의 사자로 비친다. 이상한 오해를 받아서 쓸데없는 소란이 일어나는 걸 피하기 위해서라도 필요한 일이었다.

풀이나 벌레를 왼쪽 눈으로 확인하며 걷던 코스케는 코우히와 미츠키가 시선을 나누는 걸 눈치챘다.

"무슨 일 있어?"

코스케가 묻자, 코우히가 대답했다.

"아무래도 이 앞에서 전투가 벌어진 모양이에요."

"전투? 아, 저거?"

코스케의 시력으로는 듣고 나서야 처음으로 무슨 일이 일어났는가? 정도밖에 알 수 없었다.

"어떤 상황인지 알겠어?"

이럴 때 코우히와 미츠키는 직접 움직이지 않는다는 걸 알고 있기에, 코스케는 먼저 물어보기로 했다.

미츠키와 코우히가 코스케의 질문에 순서대로 대답했다.

"으~음……. 마차 같은 게 있고, 그걸 마물이 습격하고 있다는 느낌일까?"

"습격당하는 쪽이 미약하게 열세인 것 같네요."

"그러게~."

그걸 들은 코스케는 이벤트가 왔다고 생각했다. 이걸 게임 같은 걸로 착각하는 거냐고 따지더라도 반박할 수 없지만, 유감스럽게도 그걸 지적할 사람은 여기에 없었다.

잠시 고민하던 코스케는 미츠키에게 물었다.

"미츠키, 늦지 않겠어?"

"괜찮아."

짧은 질문으로도 미츠키가 바로 수긍했기에, 코스케는 바로 지시를 내렸다.

"그럼 앞으로 가봐. 아, 날개는 집어넣고."

"네~에. 그럼 갔다 올게."

이 세계는 인간족을 제외하고도 종족이 있지만, 아무리 그래도 날개를 가진 종족은 없으니까 날개는 꺼내지 말라고 했다.

미츠키를 앞으로 보낸 뒤, 코스케와 코우히도 서둘러 앞으로 향했다.

코우히는 코스케의 호위다. 도중에 마물이 나올 수도 있기 때문이다. 조금 정도는 괜찮지 않을까 하는 게 물러터진 생각이라는 건 지난 며칠 동안 학습했다.

단지, 아마 코스케가 둘이서 가라는 지시를 내렸더라도 분명 누구 한 명은 남았을 거다.

코스케와 코우히가 현장에 도착했을 때는 이미 전투가 끝났다. 현장에서는 마차의 호위 같은 사람 몇 명이 주로 마물 소재 채집 등의 뒷정리를 하고 있었다.

선행한 미츠키는 두 인물과 대화를 나누고 있었다. 코스케가 미츠키에게 다가가자, 작업하던 남자가 막아섰다.

"너희는 웬놈이냐? ……끄엑?!"

(아~아……. 갑자기 검 같은 걸 겨누니까…….)

검을 들이밀며 이쪽을 경계한 남자를 코우히가 집어던졌다. 갑작스러운 일이었기에 바로 낙법을 쓰기도 어려웠는지, 꽤 불쌍한 목소리가 나왔다.

역시 그 소리와 목소리로 이쪽을 눈치챈 다른 남자들이 살기를 보내왔다.

"그만둬!"

미츠키가 남자들에게 일갈했다. 그 고함을 듣자 남자들이 살기를 거뒀다. 미츠키와 대화를 나누던 사람 중 한 명이 그 모습을 지켜보고 미츠키에게 물었다.

"미츠키 공. 아는 사이입니까?"

미츠키는 그 질문에 이렇게 대답했다.

"나의 주인님이야."

미츠키가 그렇게 말한 순간, 코스케는 주변 분위기가 지금까지와는 다른 종류의 살기로 변한 기분이 들었다.

(기분 탓이겠지. 기분 탓……. 아니, 현실 도피는 그만두자.)

말할 것도 없이 미츠키는 몸매도 끝내주는 미인이다. 그런 인물이 갑자기 주인님이라고 불렀으니 남자들이 어떻게 생각할지는 상상하기 어렵지 않다. 게다가 코스케 옆에는 미츠키와 똑같은 레벨인 코우히까지 있으니까.

뒤늦게나마 코스케는 그런 두 사람을 데리고 마을을 돌아다니는 위험성을 깨달았다. 그렇다고 어쩔 도리는 없지만.

그건 넘어가고, 미츠키와 함께 코스케를 향해 다가온 남자가 이 집단의 리더 같았다.

바로 왼쪽 눈으로 확인했다.

이름은 슈미트 아나키, 종족명은【인간족】이다.

언뜻 봐도 전투직 같지는 않고, 상인 같은 풍모였다. 입은 옷이 아랍 상인풍이라 선입관으로 그렇게 생각했을 가능성도 있지만, 그건 바로 부정되었다. 스킬 내역이 완전히 상인용이었고, 천혜 스킬에《행운》까지 붙어있다. 게다가 칭호에는【장사의 은혜】라는 것도 붙어있다.

(오오우. 뭔가 굉장히 상인에 어울리는 사람이네.)

코스케가 그런 생각을 하던 와중, 슈미트 쪽에서 자기소개했다.

"처음 뵙겠습니다. 슈미트 아나키라고 합니다. 이 상단의 단장을 맡고 있습니다. 그래도 상인은 저뿐이고, 다른 사람들은 제가 고용한 호위지만요."

고개를 숙인 슈미트에게 코스케도 고개를 숙였다. 아무래도 악수가 아니라 고개를 숙이는 게 풍습인 모양이었다. 그래도 이 세계에서 사람과 접촉하는 건 처음이라 이게 일반적인지는 알 수 없지만.

"안녕하세요. 처음 뵙겠습니다. 코스케라고 합니다. 미츠키와는 파티를 맺고 있습니다."

"조금 전 미츠키 공에게 들었습니다. 당신이 저를 구하라는 지시를 내리셨다는데요. 덕분에 살았습니다."

"아뇨아뇨. 늦지 않아서 다행이네요."

웃으며 인사를 나눈 코스케는 슈미트가 이쪽을 탐색하듯 바라보는 걸 눈치챘다. 역시 장사꾼이다. 어떤 때라도 장사의 기회를 놓치지 않는다는 것이리라.

"미츠키 공과도 이야기를 나눴습니다만, 이번 일의 답례에 관해 여쭤보니 당신에게 확인해 달라고 하시더군요. 어떻습니까?"

그 말을 들은 코스케는 잠시 고민했다.

애초에 시세 같은 걸 알 리가 없다. [상춘정]에서는 센트럴 대륙에 관한 기초 지식을 배웠지만, 아무리 그래도 이런 종류의 시세까지는 듣지 못했다. 코스케 개인으로서는 자신이 움직인 것도 아니니 답례 같은 건 필요 없지만, 미츠키는 확실히 이 상단을 구했으니까 이후의 일을 고려하면 뭔가 받는 게 좋다.

그렇게 생각하던 코스케는 문득 떠오른 게 있어서 슈미트를 바라봤다.

"글쎄요⋯⋯. 맞다. 두 가지 정도 부탁드릴 게 있습니다만, 어떻습니까?"

"듣기로 하죠."

"첫 번째는, 류센까지 저희를 마차에 태워주셨으면 좋겠네요. 또 하나는, 소재를 특정 조건으로 매매하고 싶습니다."

"마을까지 보내드리는 건 문제없습니다. 소재를 매매하는 것도 문제없습니다만⋯⋯. 조건입니까?"

슈미트가 고개를 갸웃하자, 코스케는 고개를 끄덕이며 말을 이었다.

"네. 조금 사정이 있어서⋯⋯. 저희와 매매했다는 것을 알 수 없게 해 주셨으면 좋겠습니다."

"아아, 그렇군요. 그런 거라면 딱히 문제없습니다⋯⋯. 하지만 그렇다면 저희 쪽에 너무 이득이 큰 것 같은데요?"

슈미트가 수긍하면서 말하자 코스케는 쓴웃음을 지었다.

상인치고는 너무 정직하다. 만약 이 세계의 사람들에 비해 너무 조심스러운 코스케의 성격을 간파하고 이런 말을 했다면 대단한 인물이다.

"그럴까요? 솔직히 이런 상황에서의 시세를 잘 알지 못해서요. 일반적인 의뢰와는 다르니까요."

코스케의 모습을 보고 깨달았는지 슈미트가 미소를 지었다.

"이번 일은 확실히 저희만으로도 대처할 수 있었습니다만, 아무리 그래도 지금처럼 완전히 무사하지는 못했을 겁니다. 그걸 고려하면 답례로 금전을 지불하는 것도 당연하다고 생각하지 않으십니까?"

"그렇군요."

코스케 일행에게 뭔가 사연이 있다는 걸 어렴풋이 눈치챈 슈미트는 이 자리에서 답례를 정하는 걸 피하기로 했다. 언제 마물이 습격해도 이상하지 않다. 다행히 마차로 동행할 것을 요청했으니, 안쪽에서 이야기를 해 보면 된다. 그렇게 판단한 슈미트가 살짝 끄덕였다.

"알겠습니다. 일단 마차로 들어가서 이야기를 나누시지 않겠습니까? 언제까지고 여기에 있으면 위험하니까요."

"그렇겠죠. 잘 부탁합니다."

코스케가 수긍하는 걸 본 슈미트는 주변에서 일하던 이들에게 출발 지시를 내렸다.

슈미트가 지시를 내리는 사이, 코스케는 호위대 리더로 보이는 남자에게 말을 걸었다.

"미안합니다. 여러분의 장사를 방해하게 되지 않았나요?"

남자는 순간 당황한 표정을 짓고는 와하하 웃으면서 코스케의 어깨를 탁탁 두드렸다.

"신경 쓰지 마. 우리는 고정으로 돈을 받았으니까. 몇 마리를 해치우는지는 상관없다고. 게다가 도움을 받아서 희생이 생기지 않았으니까."

"그런가요. 그건 다행이네요."

"그럼. 그나저나 댁도 참 성실하네."

"그런가요?"

"뭐, 그렇지. 보통 그런 말을 하는 녀석은 없다고."

그 말을 듣자 코스케는 쓴웃음을 지으며 얼버무렸다. 자신의 생각이 이 세계에서는 일반적이지 않다는 건 앞으로 얼마든지 자각하게 될 테니까.

코스케가 남자와 그런 이야기를 나누는 사이, 슈미트가 와서 마차에 오르라고 권했다.

슈미트는 코스케 일행과 같은 마차에 탄다. 바로 조금 전의 장사 이야기를 계속할 작정인 거다. 덤으로 지금 이야기한 남자도 올라탔다. 예상대로 호위대의 리더이며, 이름은 고젠이라고 슈미트가 소개해 줬다.

이렇게 코스케 일행이 탄 두 대의 마차가 겨우 류센을 향해 출발하게 되었다.

◆

상인 슈미트의 마차에 탄 코스케 일행은 마물의 습격을 받는 일 없이 순조롭게 이동했다.

다행히 마차나 말 자체에는 피해가 없었기에 다시 습격당하지 않는다면 두 시간 정도면 도착한다고 한다.

"그럼 다시금, 도와주셔서 감사했습니다. 조금 전 들은 바로는 뭔가 사정이 있으신 모양입니다만, 매매 자체는 딱히 문제없습니다. 이후에는 답례인데요……. 매매하는 금액에 이것저것 더 얹어드리는 건 어떨까요?"

"네. 그거면 됩니다. 어느 정도를 얹어주실지는 맡기겠습니다."

코스케의 가벼운 대답을 듣자, 고젠은 조금 어이없다는 투로 말했다.

"욕심이 없다고 해야 할지. 보통은 바가지를 씌워도 되는데?"

"하하하. 그렇게 되면 이후의 교섭에 영향을 주니까요. 그만두기로 하죠."

오히려 상대에게 맡기는 게 좋은 면도 있다. 상인, 특히 행상인이라면 이후의 일까지 고려해서 나름대로 크게 얹어줄 거다. 고정손님이 없는 행상인은 인맥이 매우 중요하기 때문이다.

그런 코스케의 생각을 읽었는지, 슈미트는 코스케와 고젠의 대화를 웃으면서 들을 뿐이었다.

"그럼, 슬슬 제공해 주시는 소재를 보여주실 수 있을까요?"

두 사람의 대화를 듣던 슈미트가 본론을 꺼냈다.

그에 응한 코스케는 코우히를 바라보며 소재를 꺼내달라고 요청했다. 코우히가 공간에 오른손을 뻗어 어떤 케이스에서 물건을 꺼내는 듯한 동작을 취하자, 그 오른손에 모피 한 장이 나왔다.

그걸 본 슈미트와 고젠이 두 가지 의미로 놀랐다.

"설마?! 아이템 박스 마법입니까!"

"게다가 그 모피, 블랙 베어의 것이잖아?!"

실은 코우히가 쓴 건 아이템 박스 중에서도 상급 부류지만, 그런 건 가까이서 봐도 구별되지 않는다.

애초에 아이템 박스 마법에 종류가 있다는 것조차 별로 알려지지 않았으니까.

"네, 뭐. 이번에는 상당히 오지까지 갈 수 있었으니까요. 아이템 박스 마법에 관해서는 비밀로 부탁드립니다."

코스케가 제안하자, 슈미트와 고젠은 미묘한 표정을 보였다.

"그렇군요. 그게 좋아 보입니다."

"아이템 박스는 상인들이 너무나도 갈구하는 마법이지. 그게 좋겠어. 게다가 블랙 베어라. 미츠키의 실력이라면 쓰러뜨릴 수 있겠지만…… 굉장히 안쪽까지 갔군."

그걸 들은 코스케는 한순간 실수했다고 생각했지만, 보여준 건 어쩔 수 없다. 게다가 고젠의 이야기를 들어보니 딱히 드문 일은 아닌 모양이었다. 코우히와 미츠키와 함께 행동하는 한 어차피 눈에 띄게 된다. 이 정도는 허용 범위라고 생각을 전환했다.

"그랬었군요. 뭐, 마법에 관해서는 굉장히 편리해서 쓰고 있습니다. 블랙 베어는, 좋은 가격을 받을 수 있다는 걸 알고 있어서 일단 모피만 확보해놨죠."

"그렇구만."

맞장구를 친 건 고젠이고, 슈미트는 코우히에게 받은 블랙 베어 모피를 바로 감정해 봤다.

"그런데, 고기는 없나? 그 고기는 꽤 맛있으니까. 아이템 박스가 있다면 가져올 수 있었을 텐데."

"유감이지만, 용량 문제로 확보하지 못했습니다. 가능하면 가져오고 싶었지만 말이죠."

그걸 들은 슈미트가 감정을 도중에 멈추고 조금 유감스럽다는 표정을 지었다.

"그렇다면, 모피 말고는 처분하셨다는 겁니까?"

"유감이지만요……."

"그렇군요. 유감입니다. 블랙 베어의 내장 같은 것도 약의 재료로 매우 중하게 쓰이는데 말이죠."

고젠도 아깝다는 표정이었다.

"과연. 그렇습니까……. 그래도 아까 말씀드렸듯이 용량 문제도 있으니까요. 어쩔 수 없죠."

참고로 코스케가 이 자리에서는 용량 문제가 있다고 말했지만, 코우히나 미츠키가 쓰는 아이템 박스는 거의 무제한으로 들어간다. 그러나 굳이 그런 걸 말할 생각은 없었다.

"뭐, 장기간 내륙에서 행동한다면 뭘 챙길지도 잘 선택해야 할 테니까요."

"그렇습니까. 그건 넘어가고, 이쪽 모피는 소재로는 충분합니다. 그렇군요……. 대금화 두 닢 정도가 어떨까요?"

그걸 들은 코스케는 놀랐다. 대금화 한 닢이 100만 센트(1센트가 대략 1엔=100원)이므로, 모피 한 장이 200만 센트의 액수인 거다.

옆에서 듣던 고젠도 놀랐다.

"어이어이. 슈미트 씨. 진심이야?!"

"네. 진심이고말고요. 블랙 베어의 모피는 모험가들의 방어구 소재로도 쓰이지만, 귀족 부인들의 코트용으로도 인기가 많습니다. 애초에 모피는 부피가 매우 크니까, 모험가들이 가져올 때는 작거나 흠집이 나는 게 대부분이죠. 그러나 이 모피는 상태가 완벽한데다 크기도 충분합니다. 솔직히 말씀드리면, 이보다 더 비싼 값을 매겨도 원하는 고객이 수두룩하게 있을 겁니다."

"호오. 그렇구만."

슈미트의 설명을 듣자, 고젠이 감탄한 표정을 지었다.

한편, 그 설명을 듣던 코스케는 내심 머리를 감싸 쥐었다.

실은 블랙 베어가 습격한 건 처음 한 번만이 아니었다. 그 숫자는 모두 합쳐 열 마리. 그 모피는 코우히와 미츠키의 아이템 박스에 나눠서 넣어놨다. 그걸 전부 팔아버린다면, 모두 똑같은 가격이라고 치면 합계 2천만 센트라는 뜻이 된다.

원래 전부 꺼낼 생각은 없었지만, 한 장만이라도 충분하고도 남을 액수였다. 너무 눈에 띌 생각은 없었는데, 처음 한 장으로도 충분히 눈에 띄고 말았다.

"어라? 코스케 님, 왜 그러시죠?"

그런 코스케의 갈등을 간파했는지, 아니면 상인으로서의 후각이 움직였는지 슈미트가 웃으며 물었다.

그걸 본 코스케는 각오를 다지기로 했다.

"으~음. 실은 말이죠……. 모피, 이것만 있는 게 아닙니다."

"예……?"

슈미트가 웃는 얼굴로 굳었다.

"아~. 코우히. 전부 보여줘."

"알겠습니다."

코스케가 지시하자, 코우히가 아이템 박스에서 블랙 베어 모피를 모두 꺼냈다. 당연히 지시하지 않은 미츠키는 움직이지 않았고, 쓸데없는 말도 하지 않았다.

추가로 모피 네 장을 받은 슈미트는 황급히 체크하기 시작했다.

그걸 옆에서 살핀 고젠이 어이없다는 듯 코스케 일행을 보며 말했다.

"아~, 코스케 씨. 나는 부러워하면 될까? 아니면 어이없어해야 할까?"

기분상으로는 어느 쪽이든 상관없다고 말하고 싶었다.

그러나 덕분에 다른 소재는 가져올 수 없었다는 변명을 할 수 있게 되었다. 고젠도 슈미트도 설마 모피를 다수 가지고 있을 줄은 생각하지 못한 모양이었다.

"으~음……. 뭐, 말씀드리자면, 저 자신은 전투를 전혀 못 하지만요……."

"그런 건 어느 정도 실력이 있는 녀석이 보면 일목요연해."

"그렇겠죠."

"뭐, 들킨다면 틀림없이 코우히와 미츠키에게 스카우트가 쇄도하겠지."

블랙 베어가 나오는 곳까지 가서 다수의 블랙 베어를 사냥한 데다 무사히 연안부까지 돌아올 수 있는 실력자가 주목받지 않을 리 없다.

"그렇겠죠……."

코스케와 고젠은 둘이 함께 코우히와 미츠키를 바라봤다.

"주인님이 아닌 자의 지시를 듣는다니 있을 수 없습니다."

"그렇다니까. 우리 주인님은 코스케 님이니까."

단호하게 말한 두 사람을 본 고젠은 코스케의 어깨를 토닥였다.

"뭐, 아무튼 힘내라고."

"하…… 하하하……."

고젠의 격려를 받은 코스케는 허탈하게 웃을 수밖에 없었다.

코스케가 슈미트에게 내놓은 블랙 베어 모피 다섯 장은 감정에 따라 합계 대금화 10닢의 가격이 매겨졌다.

슈미트는 처음에 더 고액의 견적을 냈지만, 코스케가 그걸 거절했다. 그리고 당초 이야기대로 모피의 출처를 발설하지 않겠다는 확약을 받았다.

물론 고젠에게도 똑같이 말했다. 고젠의 입막음 비용은 슈미트가 냈다. 처음에는 고젠도 그런 건 필요 없다고 말했지만, 반쯤 억지로 줬다.

코스케도 이 두 사람이 대대적으로 퍼뜨릴 리는 없다고 생각하지만, 이후에 이 일로 폐를 끼치게 될 것 같다고 하자 두 사람도 납득했다.

슈미트는 행상 중이어서 당장 수중에 대금화 열 닢을 가지고 있지 않았기에, 현금은 마을에 도착하고 나서 받기로 했다. 슈미트가 언제나 이용하는 여관까지 가서, 그곳에서 코스케에게 대금을 치른다고 한다.

일단 처음에 준 모피 한 장 몫인 대금화 두 닢은 받았다. 마을 가게에서 대금화를 내봤자 거스름돈이 나올 곳은 적다고 하므로, 대금화 한 닢 치는 잔돈으로 받았다.

그런 것들을 상의하는 와중에 류센 마을의 문이 다가왔다.

마을에 들어가기 위한 신분증은 아수라가 준비해 줬다. 어떤 경위로 입수했는지는 깊이 파고들지 않았다. 신의 파워로 입수했다고 멋대로 납득했다.

그래서 마을로 들어갈 때 문에서 어느 정도 질의응답은 받았지만, 딱히 문제없이 류센 마을로 들어갈 수 있었다.

마을로 들어간 마차는 그대로 똑바로 오늘 묵을 여관으로 향했다. 고젠과 호위대도 같은 여관에서 숙박한다. 여관에 도착할 때까지 호위하는 게 계약 내용이라고 한다.

마차는 목적지인 여관에 바로 도착했다. 나중에 모피값을 지불할 슈미트는 별도로 두고, 고젠과는 여기서 헤어진다. 그래도 같은 여관에 묵고 있으니 스쳐 지나갈 수는 있겠지만.

이후의 예정은, 먼저 방을 잡은 뒤에 공적 길드로 향하기로 했다. 길드에서 의뢰 내용을 확인한 뒤에는 생활용품을 구입한다.

참고로 현금은 대부분 코우히에게 맡겼다. 잔돈으로 받은 대금화 한 닢 분량의 은화나 동화는 그대로 가지고 있으면 부피가 커서 쓸 수가 없다. 그래서 아이템 박스를 쓸 수 있는 코우히에게 일시적으로 맡겼다. 마을에 들어온 이상, 앞으로 현금을 어떻게 쓸지는 오늘 밤에라도 상의해봐야겠지.

그래서 이번에는 현금을 가진 코우히가 체크인 수속을 하게 되었다.

여관으로 들어오자 바로 카운터 같은 게 보였고, 그곳에는 한 여성이 있었다.

아니, 확실하게 말하자. 풍채 좋은 아줌마 한 명이 앉아있다.

코스케 일행을 알아채고, 코우히와 미츠키를 보고 순간 놀란 표정을 짓더니 바로 미소를 보내왔다.

"어서 오렴."

아줌마에게 묻는 건 돈을 가진 코우히다.

"방은 있습니까?"

"방 배분은 어떻게 할 거니?"

"3인실은 있습니까?"

코우히가 당연한 듯이 말하자, 코스케는 잠깐 기다리라고 하려 했지만 자기 옆에 서 있는 미츠키도 당연하다는 표정이었기에 점점 혼란스러워졌다.

(응?! 어라? 이상하지 않아? 내가 이상한가?)

코스케의 혼란과는 상관없이, 코우히와 아줌마의 이야기는 이어졌다.

"침대 세 개 방은 없지만, 침대 하나 방이라면 있지."

"그럼 그걸로."

"그래. 잠깐 기다리렴."

코스케가 끼어들기 전에 바로 방이 정해졌다. 그리고 어영부영하는 사이 방까지 오고 말았다.

방 자체는 그럭저럭 넓었지만, 방 안에 존재감을 드러내는 건 커다란 침대 하나였다. 세 명은커녕 네다섯 명이 자도 괜찮아 보인다.

귀족이 쓰는 여관은 아니었기에, 코스케는 이 방의 수요가 궁금해졌다.

(역시, 그런 목적의 수요가 있는 거겠지…….)

코스케는 약간 현실 도피하고 있는 머리로 그런 생각을 했다.

정신이 들었을 때 여기까지 안내해 준 아줌마는 이미 사라졌다.

"으~음. 왜 1인실이 아니라 같은 방? 게다가 침대 하나……?"

"아까우니까요."

"그런 문제?!"

코스케가 무심코 외치자, 코우히는 어리둥절한 표정으로 답했다.

그 대화를 보던 미츠키가 방긋 웃었다.

"코우히. 그게 아니라, 코스케 님께서 하고 싶은 말은, 같은 침대에서 자는 건 문제가 있지 않냐는 거야."

"네? 뭔가 문제라도?"

미츠키가 한 말의 의미를 알아채지 못한 코우히가 고개를 갸웃했다.

"우리에게는, 없지?"

"응? 없다고?!"

미츠키가 즉답하자 코스케가 무심코 그렇게 반론했다.

여전히 아리송한 기색인 코우히와는 달리 미츠키는 코스케의 걱정을 알고 있는 것 같았다.

미츠키가 코우히도 알아듣게 말했다.

"요컨대 코스케 님은, 우리와 그런 관계가 되는 것을 주저하고 있다는 뜻이야."

"어!! 그런가요?! 저희에게 뭔가 문제라도?!"

코우히가 경악한 표정으로 코스케를 바라봤다. 미츠키는 그걸 보며 히죽히죽 코스케를 보고 있다.

아무리 그래도 여기까지 들었는데 모를 만큼 코스케도 둔하지는 않다.

애초에 코스케도 싫은 건 아니다. 오히려 이런 미인이, 그리고 이렇게 직접적으로 구애하는데 거절할 이유가 없다. 언제까지고 현실에서 눈을 돌려 봤자 별수 없기에 곧바로 각오를 다지기로 했다. 덤으로, 변명 같은 생각을 하는 것도 그만뒀다.

솔직히 말해서 두 사람은 코스케가 좋아하는 타입이다. 문제가 있을 리는 없었다.

"음……. 아니, 미안. 딱히 문제는 없어. 조금 갑작스러워서 초조했을 뿐이고…….."

두 사람을 보며 확실하게 말했다.

그 말을 듣자 코우히는 안심한 표정을 보였고, 미츠키는 방긋 웃었다.

그걸 본 코스케는 일단 눈앞의 문제를 해결하기로 했다.

"뭐, 그건 넘어가고, 오늘 예정을 정하자."

"네."

"그래야겠네."

"그래도 생활용품을 구하는 정도지만, 다른 게 있을까?"

다른 세계에 와버린 주인공이 모험가 길드에서 처음으로 신분증을 만드는 건 이야기의 정석이지만, 아수라 덕분에 이미 가지고 있으니 필요가 없다.

"모험가로 활동을 이어간다면, 저희는 몰라도 주인님의 장비를 마련하는 게 좋을 것 같네요."

코우히의 말에 미츠키도 수긍했다.

"그러게. 호위는 우리 중 누군가가 하더라도, 파편이 날아와서 다칠 수 있으니까."

"그건 그런가. 그래도, 말이지……. 갑옷 같은 건 입어본 적이 없으니까 제대로 움직일 수 없을 것 같은데?"

"딱히 금속 갑옷을 고집할 필요는 없죠. 마법이 걸린 옷 같은 선택도 있습니다."

코스케도 무거운 금속 갑옷을 입는 건 왠지 저항감이 있다. 그쪽을 내다본 코우히의 제안에 코스케도 납득했다.

"그렇구나. 그쪽은 방어구 가게에 가서 살펴보기로 할까."

"그러게. 그게 좋겠어."

"나머지는, 뭔가 있을까?"

코우히와 미츠키는 고민에 잠겼다.

"저는 딱히 생각나지 않네요."

"글쎄……. 어딘가 정보를 입수할 수 있는 곳에 가고 싶어."

"아~. 확실히, 그러네. 이대로는 세상 물정을 너무 몰라."

코우히는 미츠키의 말에 고개를 갸웃했지만, 코스케는 동의했다. 블랙 베어 모피 건으로 톡톡히 깨달았기 때문이다.

코스케의 지식은 [상춘정]에서 배운 것뿐. 코우히나 미츠키는 이 세계의 지식 같은 건 받았지만, 그건 책에서 읽고 얻은 수준이다. 생생한 정보는 없다.

코우히의 모습을 보면, 이쪽은 미츠키에게 맡기는 게 나을지도 모른다.

"이건는 서두르지 않아도 되니까 미츠키에게 맡겨도 될까?"

"맡겨둬."

믿음직한 누나였다.

아니, 실제로는 창조된 지 얼마 되지 않았지만, 코스케는 그냥 분위기상 그렇게 생각하고 있다.

"그럼, 가 볼까."

""네.""

딱히 짐이 없는 세 사람은 빙에 놔둘 것도 없기에 그대로 문만 걸고 방을 나섰다.

(4) 공적 길드

공적 길드.

그것은 일정한 크기의 마을에는 반드시 존재하는 공적 기관이 운영하는 길드다.

공적 길드의 멤버는 딱히 모험가에 한정되지 않는다. 상인, 직공 등등…….

공적 길드 입회는 건 사람이 뭔가 직업을 가질 때 반드시 지나가는 길이라고 불린다. 이른바 직업 알선 사무소와 직업 훈련소를 합친 듯한 조직이다. 직업 훈련소라고 해도 어디까지나 실전적인 경험을 쌓는다. 물론 귀족의 장남, 장녀가 가문을 잇는 특수한 경우에는 다르지만.

공적 길드에는 반드시 게시판이 있다. 그 게시판에 각종 의뢰가 붙어있고, 그 의뢰를 카운터로 가져가서 접수한다. 의뢰를 받는 데는 딱히 인원 제한을 두지 않는다. 다수를 받을 때는 파티 단위로 받게 된다.

파티 인원의 상한은 6인. 그 이상의 인원이 모여서 행동할 때는 다수 파티, 혹은 사적 길드가 된다.

공적 길드 측에서는 다수 파티와 사적 길드에 하는 의뢰를 구별하지 않는다. 의뢰 내용에 따라 대인원으로 대응할 필요가 있을 때 다수 파티가 받느냐 사적 길드가 받느냐의 차이만 있을 뿐이다. 공적 길드 쪽에서 의뢰에 인원 제한을 두지는 않는다. 인원은 어디까지나 받는 쪽이 정한다.

의뢰에는 랭크가 설정되어 있으며, 그 랭크에 대응하는 파티밖에 받을 수 없다.

랭크란 개인에게 설정되는 게 아니라 파티 단위로 설정된다. 아무리 개인이 등록하더라도 그때는 하나의 파티를 설정하게 된다. 랭크는 S, A, B, C, D, E, F까지 일곱 랭크가 있으며, 파티의 랭크에 따라 받을 수 있는 의뢰가 정해지는 구조다.

F랭크 파티는 F랭크의 의뢰밖에 받을 수 없고, E랭크 파티는 E와 F의 의뢰를 받을 수 있고, 더 높은 랭크의 파티는 아래 랭크의 의뢰를 받을 수 있지만, 자신의 랭크보다 두 단계 아래(예를 들어 B랭크라면 D) 이하의 의뢰를 받는 건 좋게 보지 않는다. 저랭크 파티가 육성되지 않기 때문이다.

참고로 사적 길드의 설립은 딱히 정해진 법적 절차 같은 게 없다. 설립했다고 선언하기만 하면 된다. 그렇기에 어느 기관에서도 모든 사적 길드를 파악하고 있지는 않다. 세계의 온갖 장소에서 제멋대로 새로운 사적 길드가 생겼다 사라졌다 하고 있으니 당연하다면 당연하다. 그렇기에 세간에 이름이 알려진 사적 길드는 모두의 존경이나 동경의 대상이 되고, 질투와 질시의 대상도 된다.

유명 길드의 멤버가 되거나, 혹은 길드를 설립하는 건 일종의 스테이터스 심볼이라고 할 수 있다. 그렇기에 연줄이 없는 젊은이는 유명 길드에 스카우트되기를 바라며 노력한다고 한다. 일부에서는 공적 길드의 직원이 알선해 주기도 하는 모양이다.

이상이 코스케가 [상춘정]에서 배운 이 세계의 모험가 길드에 대한 개요다.

이 세계에서 이른바 마법적인 현상을 일으키는 힘은 두 종류 있는데, 성력과 마력으로 불리고 있다. 그리고 각각의 힘으로 일어나는 현상을 성법, 마법이라 부른다. 먼 옛날에는 성법과 마법이 명확하게 구별되어 있었지만, 지금은 각각 연구가 진행되어 일으키는 현상이 거의 같아졌기에 그 구별은 거의 사라졌다. 성직자가 성법을 쓰는 정도다.

공적 길드의 멤버증에는 소유자의 성력과 마력의 패턴이 등록되어 있다.

성력과 마력의 패턴은 지문처럼 개인마다 다르고, 두 개 모두 똑같은 게 없어서 신분증으로는 최적이다.

코스케가 받은 멤버증에는 다음과 같이 기록되어 있다.

이름 : 코스케

나이 : 20세

파티명 : 영원한 여로

길드명 : 없음

매우 심플하다. 개인 스킬 같은 기록은 없다.

그보다도, 이 세계에서 스킬의 존재가 인정되고 있는지는 아직 모른다. 코스케는 왼쪽 눈의 힘으로 볼 수 있지만, 그게 일반적으로 알려졌을 가능성은 적었다.

파티명은 셋이서 정했다. 왠지 중2병 냄새가 나지만, 더 생각하기 귀찮아서 바로 정해버렸다. 나중에 변경할 수도 있으니까 별로 깊이 생각하지 않았다.

길드는 무소속이므로 '없음' 표시다.

참고로 나이는 자기 신고이고, 전생할 때 아수라에게서 외모 나이는 20세 정도로 해둔다고 들어서 20세로 적었다. 원래 나이보다는 몇 년 젊어졌지만, 결코 10년 단위는 아니다.

길드의 분위기를 확인하러 온 세 사람은 바로 바깥에 나가지 않고 게시판에서 의뢰를 체크했다. 어떤 의뢰가 있는지 조사하기 위해서다.

게시판을 보니 정말로 여러 의뢰가 있었다. 그래도 코스케에게는 게임 등으로 익숙한 것뿐이다. 모험가라면 마물 토벌이나 채집. 상인이라면 상품 매매. 직공이라면 아이템 제작 등등.

게시판에서 의뢰를 체크하던 중, 코스케 일행은 꽤 주목받았다. 정확하게는 코우히와 미츠키가 그런 거지만.

게시판이 있는 곳은 식당 겸 술집이어서 길드 멤버들이 정보 수집을 겸해 쉬고 있었다. 그 모험가들의 주목이 쏠린 것이다. 남녀 불문하고. 동성이라도 그녀들의 용모엔 눈길이 가는 거겠지. 하지만 두 사람은 그 시선을 완전히 무시하고 있다.

코스케 일행은 이제 막 등록해서 받을 수 있는 의뢰가 F랭크밖에 없지만, 뭐가 있는지 확인하고자 일단은 모든 의뢰를 살폈다.

오늘 의뢰를 받지 않는다는 건 이미 정해놨다.

"어때?"

어느 정도 본 코스케가 코우히와 미츠키에게 물었다.

"딱히 문제없습니다."

"그러게. 저랭크일수록 상설 의뢰가 많은 모양이니까, 받을 수 있는 건 받는 게 좋을 것 같아."

"그래. 확인은 이제 됐지?"

코스케의 말에 코우히와 미츠키가 수긍했다.

"그럼 장을 보러 갈까."

코스케가 그렇게 말하자, 세 사람은 함께 공적 길드에서 나왔다.

안에 있던 사람들은 그걸 그저 보고만 있었다. 원래는 낮에도 술을 마시며 초심자를 놀리는 사람이 나오지만, 이번만큼은 그런 일도 일어나지 않았다.

그게 딱히 이상하다고 생각하지 않은 채, 그들은 다시 평상시로 돌아왔다. 단, 그 화제는 조금 전 미인 두 사람에 대한 것이다. 유감스럽다고 해야 할지 당연하다고 해야 할지, 코스케를 기억하는 사람은 거의 없었다.

공적 길드에서 나온 세 사람은 그대로 예정에 따라 생활용품을 사러 나섰다. 옷부터 일용품, 장기간 모험에 필요한 것들까지 떠오른 건 닥치는 대로 샀다.

시간이 아까웠기에 도중부터 미츠키가 따로 행동했다. 잡담이라도 하면서 조금이라도 좋으니 여러 정보를 모을 작정인 모양이다.

코스케와 코우히는 슈미트와의 약속이 있기에 장보기를 조금 빠르게 접고 여관으로 돌아왔다.

두 사람이 여관으로 돌아오자 슈미트가 카운터 옆에서 기다리고 있었다.

"죄송합니다. 기다리셨나요?"

"아뇨아뇨. 그렇게 기다리지 않았습니다. 게다가 약속 시간도 아직 남았고요."

슈미트는 코스케의 말에 한 손을 흔들며 답했다.

잠깐의 인사를 마친 세 사람은 조금 안쪽 자리로 이동했다. 역시 금액이 고액인지라 너무 눈에 띄는 곳에서 양도할 수는 없었다.

자리에 앉자, 슈미트가 코스케에게 남은 액수의 대금화를 내밀었다.

"그럼 이게 전부이니 확인해 주세요."

코스케는 슈미트가 그렇게 말하며 내민 대금화를 눈앞에서 확실하게 셌다.

코스케의 감각이라면 상대를 믿고 그대로 넣어도 되었겠지만, 상대의 눈앞에서 매수를 확실히 확인하는 것이 이 세계에서의 예의다. 넣은 뒤에 부족하다며 따지는 것을 막기 위해서다.

받아야 하는 금액을 잘 확인한 코스케는 고개를 끄덕였다.

"확실히 받았습니다. 감사합니다."

"아뇨아뇨, 저야말로 좋은 거래를 했습니다."

그렇게 말하는 슈미트는 활짝 웃고 있었다. 물론 장사용 웃음이기도 하겠지만, 실제로도 상당히 수익이 나왔을 거다.

"그러고 보니 여쭤보고 싶습니다만, 시세는 그리 간단히 움직이는 건가요?"

코스케는 기왕 이렇게 됐으니 이 세계에서의 시세 움직임을 슈미트에게 물어보기로 했다.

갑자기 질문을 받은 슈미트는 잠시 고민하다 대답했다.

"그건…… 취급하는 것에 따라 다르다는 말밖에 할 수 없군요. 뭔가 장사를 생각하고 계십니까?"

그런 질문을 받자 코스케는 오른손을 흔들며 부정했다.

"아뇨아뇨. 아무리 그래도 거기까지는 생각하지 않았어요. 모은 소재 때문에 시세가 무너지기라도 하면 귀찮으니까 여쭤봤을 뿐이에요."

"과연, 그러시군요……. 글쎄요……. 예를 들어, 코스케 님께서 이번에 내놓으신 것으로 따져서 100장 단위로 판다면 역시 가격선이 무너지겠죠. 그건 어디까지나 귀부인들을 대상으로 생각해서 구입한 것이니까요. 반대로 소모품으로 쓰이는 소재, 예를 들어 약초 같은 건 언제나 수요가 있으니 어지간한 양을 가져오지 않는 한 가격선이 무너질 일은 없을 겁니다."

슈미트의 이야기를 들어보니, 아무래도 원래 있던 세계와 큰 차이는 없어 보였다. 설령 마법 같은 게 있더라도 어느 세계에서든 경제 활동에는 커다란 차이가 없는 걸지도 모른다.

코스케를 그런 생각을 하면서 슈미트에게 고개를 숙였다.

"그렇군요. 감사합니다. 참고가 되었습니다."

상인에게 소재를 직접 가져오는 건 간단하고 빨리 벌 수는 있지만, 너무 지나치면 과하게 눈에 띄는 요인이 될 수 있다는 걸 알았다. 너무 눈에 띄지 않고 견실하게 해나가려면 길드에 나온 의뢰를 해결하는 게 좋은 거겠지.

"아뇨아뇨. 이런 일이라면 얼마든지 말씀드릴 수 있습니다."

가볍게 웃은 슈미트는 그럼, 하고 양해를 구하고는 자기 방으로 떠났다.

코스케와 코우히가 저녁 식사를 마치고 구매한 것의 정리를 마친 무렵, 미츠키가 방으로 돌아왔다.

노크 소리가 들렸기에 코스케가 문을 열고 미츠키를 안으로 들였다.

코우히는 마침 짐 정리를 하고 있어서 손을 떼어놓을 수 없었다.

"어서 와."

"다녀왔어. 조금 지쳤으니까, 상 줘."

"미츠키?!"

돌아온 미츠키가 코스케를 끌어안고 입술을 쭈~욱 내미는 걸 본 코우히가 화를 냈다. 미츠키의 얼굴이 약간 빨갛다. 알코올이 들어간 거겠지. 저녁 식사는 따로 먹겠다고 사전에 이야기했으니 그건 딱히 문제없다.

코스케는 미츠키가 취했다고 생각했지만, 그녀의 눈이 웃고 있는 걸 본 코우히는 장난을 치는 것뿐이라는 걸 바로 알아챘다.

"일단 짐 정리를 끝내자."

그런 두 사람의 모습을 바라보던 코스케가 짐을 가리켰다.

그걸 본 미츠키가 약간 불만스러운 표정을 보였다.

"에이. 키스 정도는 괜찮잖아. 어차피 나중에 더 굉장한 걸 할 텐데."

술이 들어간 만큼, 약간 평소보다 감정이 잘 드러나는 걸지도 모른다. 미츠키가 직접적으로 말했다.

"그, 그런가요……."

빨개져서 고개를 수그린 코우히를 본 코스케는 무심코 시선을 돌렸다. 터무니없는 파괴력이었다. 그걸 본 미츠키도 장난이 성공했다는 듯 웃었다. 취한 척이 성공했다는 표정이다.

결국 세 사람이 이 세계에서 처음으로 침대에서 잠들게 된 것은 밤이 꽤 깊은 무렵이었다.

(5) 드디어 탑으로

류센에 도착하고 나서 14일이 지났다. 그동안 코스케 일행은 파티 랭크를 올리기 위해 공적 길드의 의뢰를 최대한 많이 받았다.

결과, 오늘 '영원한 여로'는 경사스럽게도 D랭크로 승격했다. 코스케의 심경으로는 코우히&미츠키의 치트 덕분이라는 느낌이었다.

두 사람이 E랭크 정도의 마물 따위에게 밀릴 리는 없었기에, 세 사람은 두 패로 나뉘어서 행동했다.

한 명은 의뢰를 많이 받기 위해 코우히나 미츠키 둘 중 한 명이 가고, 다른 한쪽은 코스케 육성팀으로 그와 나머지 한 명으로 이루어진 2인 파티다. 앞으로 무슨 일이 일어날지 모르기에, 아무리 생각해도 코스케가 강해지지 않으면 안 될 것 같아 그가 스스로 제안한 거다. 코우히와 미츠키도 딱히 반대하지 않았고, 코스케의 육성이 시작되었다.

그 수행(?)의 결과 훌륭하게 회피 스킬이 늘어났다.

코스케의 곁에는 언제나 코우히와 미츠키가 있다. 그래서 유사 시에 일격에 죽지 않기만 하면 그걸로 충분하다는 두 사람의 방침으로 단련한 결과다.

코스케는 류센에 오고 나서 종종 여러 사람의 스테이터스를 확인하고 다녔다.

그리고 마을 사람들이 가진 각종 스킬 중에 LV5 이상을 가진 사람의 비율이 꽤 적다는 걸 알게 되었다. 또한, 코스케 자신은 코를 부를 때 편리하다는 이유로 소환 스킬을 익혔다.

스킬이 편중된 기분도 들지만, 코우히와 미츠키가 만족하고 있으니 코스케는 따로 생각하지 않기로 했다.

참고로 고작 2주에 이 정도로 레벨이 오른 건 교사를 맡은 두 사람 덕분이라고 생각하고 있다. 그러니 살아남는 것에 관해서는 딱히 문제없는 레벨이 되었을 거다.

파티 랭크도 D가 되었으니 앞으로 어떻게 할까 생각했을 때, 마침 딱 좋은 타이밍에 이 세계와 어떻게 얽혀야 할지에 대한 중요한 정보가 코스케에게 들어왔다.

◆

파티 랭크가 D로 올라간 다음 날 저녁. 소소하게 축하 모임을 열었다. 발안자는 고젠이다. 우연히 어제 여관에서 고젠을 만났을 때 D랭크가 되었다고 했더니 축하 모임을 열자는 권유를 받았다.

고젠 자신은 솔로지만, 오랜 세월 류센을 중심으로 모험가를 해 왔기에 본인의 말로는 어느 정도 다른 모험가에게 얼굴이 알려졌다면서 다른 파티 멤버를 불렀다. 코스케 일행은 세 명 출석. 고젠

쪽은 그를 포함해서 남성 두 명과 여성 한 명의 세 명이 출석했다. 각각 순서대로 크리크, 긴, 아이네라는 소개를 받았다. 세 사람은 각각 파티의 리더를 맡고 있다고 한다. 그것만이 아니라 아이네에 이르러서는 조만간 길드를 설립할 예정인 모양이다.

대화를 진행하면서 코스케는 축하 모임이 열린 이유를 알게 되었다. 빠르게 자기 진영으로 권유, 그게 무리라도 얼굴을 알려두고 싶었던 것이다.

고작 2주일 사이에 D랭크로 올라선 '영원한 여로'는 코우히와 미츠키의 미모와 어우러져서 모험가들 사이에서 나름대로 유명해졌다. 몇 번 직접 코우히와 미츠키를 사적 길드나 파티에 권유하는 움직임도 있었지만, 두 사람은 모두 거절했다.

코스케는 그런 경위도 있어서 이런 모임이 열렸다고 추측하고 있다.

그러나 시간이 흐르면서 세 사람 모두 권유에서 얼굴 알리기로 전환했다. 아무리 생각해도 코우히와 미츠키는 코스케에게서 떨어지지 않으리라는 걸 깨달은 것이리라. 게다가 코스케는 '영원한 여로'를 해산할 생각은 없다고 단호하게 말했다. 여기에 모인 사람들은 억지로 권유하는 것보다는 우호적인 관계를 쌓는 게 낫다고 판단한 거다.

축하 모임은 때로는 활기차게, 때로는 유익한 정보가 오가면서 진행되었다. 그런 와중, 고젠의 어떤 말이 코스케의 귀에 들어왔다.

"그나저나, 댁들이라면 언젠가 탑을 소유할 수도 있을 것 같네."

상당한 양의 술이 들어간 모임의 종반, 고젠은 대화 소재로 농담을 섞어서 한 말이었으리라. 실제로 크리크를 포함한 세 명도 조크 정도로 웃어넘겼다.

그걸 들은 코스케는 의문으로 여긴 걸 물었다.

"소유? 탑은 개인이 소유할 수 있는 건가요?"

탑 자체에 관해서는 이야기를 들었지만, 개인 소유에 관해서는 [상춘정]에서도 들은 적이 없다.

코스케가 [상춘정]에서 얻은 지식은 꽤 편중되어 있다는 건 지난 2주일 동안 알 수 있었다.

"뭐야. 몰랐어?"

"탑은 말이지. 최초로 최상층을 공략한 자가 소유할 수 있다는 게 옛날부터 이어져 온 원칙이야."

크리크와 긴이 코스케의 의문에 자세한 대답을 해 줬다.

"뭐, 유감스럽게도 센트럴의 탑은 단 하나도 공략된 적이 없긴 하지만."

지금까지는 몰랐던 정보였기에 코스케는 문득 신경 쓰인 점을 물었다.

"탑은 국가가 소유하는 것이라고만 생각했는데요."

"아아. 그건 이야기가 반대야."

"반대?"

크리크의 말을 이해하지 못한 코스케가 고개를 갸웃했다.

"탑을 공략할 수 있는 강자나 영웅이 이윽고 국가의 왕이 되었다는 게 정답이야. 아무튼 탑에서 얻는 이익이 막대하니까."

"그렇군요. 그런 거였나요."

납득한 코스케가 수긍했다.

"뭐, 그래서 이 센트럴에 있는 탑도 당연히 그 대상이 되었지만……. 아직까지 그걸 성공한 자는 없다는 거지."

"뭐니 뭐니 해도 그 탑은 가는 것만으로도 고생이거든. 거기에 탑까지 공략해야 하니까……."

세 명의 선배 모험가들의 말을 들은 코스케는 납득한 표정을 지었다.

어느 의미로는 센트럴에 있는 모든 모험가의 꿈이기도 한 것이리라. 탑 공략을 위해 일부러 다른 대륙에서 건너온 자도 있을 정도라고 한다. 그뿐만 아니라 다른 대륙의 국가가 과거 몇 번이고 대군을 이끌고 공략에 나서기도 했지만, 결과적으로 한 번도 성공하지 못했다.

휴먼(인간족)을 포함한 인류종이 센트럴에 상륙한 이래, 탑의 공략은 하나의 커다란 목표가 되었다.

그 후에 딱히 별일 없이 모임이 끝난 뒤, 코스케 일행 세 명은 빌린 방으로 돌아왔다.

"그래서? 우리 코스케 님은 탑 공략을 진심으로 바라는 거야?"

방 문이 닫힌 뒤 미츠키가 말했다. 코우히도 입 밖으로는 내지 않았지만 똑같은 걸 묻고 싶다는 표정이었다.

코스케는 역시 두 사람에게는 숨길 수가 없다고 생각했다.

"글쎄. 아직 결정하지 못하고 있다는 게 본심이려나. 공략되지 않았다는 건, 뭐가 나올지 모른다는 뜻이니까. 애초에 전력이 두 사람뿐이라 어떻게 할 수 있을 것 같지도 않고."

"공략할 수 있으면 공략하고 싶다?"

미츠키가 고개를 갸웃하며 묻자, 코스케는 수긍했다.

"그야 그렇지."

"어째서?"

"우리는 뭘 하더라도 앞으로 눈에 띌 테니까. 그렇다고 몰래몰래 지내는 것도 뭔가 아닌 것 같고. 그렇다면 차라리 탑을 거점으로 쓸 수 없을까 해서 말이야."

탑이 있는 장소가 장소인 만큼, 어딘가의 세력에 들어가는 것보다는 훨씬 귀찮지 않을 것 같았다.

어차피 눈에 띈다면 확실하게 안전이 확보되는 곳을 거점으로 삼는 게 좋다. 그런 의미에서 탑을 소유한다는 건 생각해 볼 수 있는 것 중 하나였다.

거점으로 쓸 수 있을지는, 탑이 어떤 곳인지 모르기에 판단할 수가 없지만.

"그럼 탑을 공략하는 걸 전제로 두고 생각해 보죠."

고민하는 코스케를 보던 코우히가 제안했다.

"우선, 탑까지 이동하는 건 딱히 문제없을 겁니다."

"그러게. 비룡이 있으니까. 다른 사람들보다는 훨씬 편하게 도착할 수 있어."

코우히의 의견에 미츠키도 수긍했다. 코스케도 같은 의견이다.

"다음으로 탑 자체에 관해서인데, 이건 결국 가 보지 않으면 모르지 않을까요?"

코우히의 지당한 의견에 코스케도 동의했다.

"그렇지. 공략은 고사하고 도달조차 하지 못했다고 하니까, 정보도 거의 없을 테고."

결국 탑에 관해서는 아무것도 모르는 상황이다. 탑의 소유를 목표로 세운다는 건, 무슨 일이 일어날지 알 수 없는 미지의 영역에 들어간다는 뜻이다.

(딱히 탑만이 아니라, 미개척지에서 위험한 건 당연한가.)

"뭐, 일단은 술도 마셨으니까 지금 당장 결론을 내리는 건 그만둘까. 내일까지 잘 생각해 보자."

"알겠습니다."

"네~에."

코스케의 결론에 코우히와 미츠키도 여느 때처럼 수긍하면서 이야기는 끝났다.

다음 날. 위험하다고 판단한다면 바로 도망칠 태세를 확보하면서 탑 공략에 본격적으로 나서기로 정했다.

코스케의 그 결단이 결과적으로 이후의 세계에 커다란 영향을 주게 된다는 건, 이때는 아무도 알지 못했다.

◆

탑을 공략하기로 정한 날부터 며칠에 걸쳐 원정 준비를 했다. 적어도 식량은 탑까지 가는 필드에서 사냥 등으로 현지에서 조달할 수 있기에, 준비하는 건 텐트나 조리도구 등이다. 탑까지 가는 길은 비룡으로 이동하고, 탑을 어떻게 공략할지는 현지 조사를 하며 고민하기로 했다. 센트럴 대륙의 탑에 관한 정보는 거의 없기에 정보다운 정보를 모을 수 없었기 때문이다.

그런 와중에 알게 된 정보로는, 대륙 안에 있는 탑은 전부 일곱 개. 그것이 전부 대륙 중앙부에 모여 있다는 것이었다. 그 위치는 대륙 한복판에 하나. 그 중앙탑을 둘러싸듯이 여섯 개의 탑이 있다. 내부 정보는 전혀 모른다고 할 정도로 모이지 않았다.

기왕 이렇게 되었으니 중앙탑으로 가보기로 했다. 비룡 만세다.

결국 도중에 식재료 등으로 곤란한 일 없이 열흘 정도 걸려서 목적지인 탑에 도착했다.

"크네……."

그게 탑의 기슭에 도착했을 때 코스케의 첫마디였다.

멀리서 봤을 때는 그야말로 '탑' 이라는 느낌으로, 뭔가 막대기 같은 게 꽂혀있는 것처럼 보였다. 정상이 흐릿해서 보이지 않는 게 조금 신경 쓰였지만, 그것뿐이다. 이후에는 코를 타고 가는데도 좀처럼 도착할 수가 없어서 이상하다고 생각했다. 그러나 비룡의 속도를 아직 완전히 파악한 게 아니라고 생각했기에 실제로 접근할 때까지 얼마나 큰지는 알 수가 없었다.

그리고 완전히 탑 기슭에 도착한 지금, 눈앞에 있는 탑의 벽을 본 코스케는 그저 멍하니 서 있었다.

높이도 그렇지만 폭도 터무니없었다. 폭은, 지구로 따지면 어느

나라에 있는 ○○장성 같았다. 실제로 본 적도 없는데 떠올린 이유는, 양쪽 끝을 눈으로 확인할 수 없을 만큼 거리가 멀었기 때문이다. 높이는 멀리서 봤을 때부터 예상했지만, 올려다봐도 정상을 눈으로 확인할 수 없었다.

보이는 범위 안에서, 탑은 새하얗다.

지면에서 2~3미터 정도 높이까지는 덩굴이 휘감고 있지만, 손으로 쳐내자 간단히 떨어졌다. 그리고 이후에는 새하얀 벽이 나타났다. 벽이 어떤 소재로 되어있는지는 전혀 모르겠다. 금속으로도, 도기로도 보인다. 시험 삼아 코우히를 시켜서 벽을 마법으로 공격해 봤지만, 흠집이 날 기색은 전혀 없었다.

그런 신기한 소재로 된 벽이 마치 바위처럼 이음매가 어디에도 없는 상태로 좌우로, 위로 뻗었다. 오랫동안 방치되었을 텐데도 갈라진 곳 하나 없는 새하얀 벽이 탑의 신비성을 더욱 늘려 주고 있는 것처럼 보였다.

언제까지고 입구에서 멍하니 있을 수도 없었기에, 코스케 일행은 안으로 들어가기로 했다.

입구에는 문이 없고, 커다란 입이 뻥 뚫려있었다. 일행은 그곳을 향해 한 발을 내디뎠다. ……그러나.

"탑……?"

"탑인데요……?"

"탑이네…….."

탑에 들어온 세 사람은, 멍하니 위를 올려보게 되었다. 탑 안에 들어왔을 텐데, 그곳에 푸른 하늘이 펼쳐져 있었다.

일단 확인해 보니 비룡들도 문제없이 날 수 있었기에, 비룡을 타고 조사해 보기로 했다.

결과. 안에 탑이 또 있다는 결말은 아니었고, 이 푸른 하늘이 펼쳐진 초원이 탑의 1층이라는 걸 알아냈다.

어떻게 해서 1층이라는 걸 알아냈을까 하면, 간단하다. 조사하던 와중에 정중하게도 '2층 입구'라고 적혀있는 전이문을 발견했기 때문이다. 참고로 코우히가 먼저 조사해서 전이문이라는 게 판명되었다.

그대로 전이문을 지나 2층으로 들어오자, 1층과 똑같은 광경이 펼쳐졌다.

1층은 비룡을 타고 이동하는데도 상당히 오랜 시간이 걸릴 정도로 무척 넓었다. 끝에서 끝까지 이동한 건 아니라서 어느 정도인지는 판별할 수 없었지만, 칸토 평야 정도는 되어 보였다.

전이문을 지난 코스케 일행은 2층도 마찬가지로 비룡들을 타고 조사했다. 지상(?)에는 마물도 있는 모양이었지만, 비룡을 타고 있기에 무시. 코스케가 일단 미즈키에게 확인해 보니, 오히려 탑 주변에 있던 마물이 더 강하다고 한다.

앞으로 나아가자 1층 때와 마찬가지로 이번에는 3층 입구를 발견했기에 "아, 안녕하세요(마물)."만 일어나지 않도록 주의하며 전이문을 지났다.

그러자 이번에도 똑같은 초원이(이하 생략).

◆

탑을 공략하면서 새삼스레 알게 된 것.

예전부터 알고는 있었지만, 코우히&미츠키는 치트다. 탑에 나오는 마물 대부분은 그녀들의 상대가 되지 못했다.

그래도 높은 계층으로 갈수록 일격에 토벌까지는 하지 못하게 되었지만, 두 사람이 연계해서 이기지 못할 상대는 없었다. 그것도 확실히 코스케를 보호하면서.

91층 이후에 나온 드래곤조차도 그다지 수고를 들이지 않고 빠르게 쓰러뜨리는 걸 보자 코스케도 메마른 웃음밖에 나오지 않았다. 그래도 한 명이 토벌을 담당하는 동안 다른 한 명은 코스케의 호위에 전념할 수밖에 없었지만. 그걸 몇 번이고 반복하게 되자 코스케도 마지막에는 익숙해지고 말았다.

도중에는 함정 같은 것도 있었지만, 일반적으로는 틀림없이 즉사할 레벨조차도 힘(마법)으로 회피했다. 덕분에 코스케의 함정(회피+발견) 스킬의 레벨이 올라간 건 여담이다.

계속 탑 안에 있었기에 날짜 감각이 이상해졌지만, 코스케 일행은 나름대로 시간을 들여서 탑을 공략해나갔다.

이하, 공략하기 직전까지의 요약.

1층~10층

초원. 가끔 숲이 있기도 함.

슬라임이나 고블린 등등, 판타지의 정석인 저랭크 마물이 출현.

함정 없음(비룡 이동 가능).

11층~20층
삼림. 가끔 탁 트인 곳이 있음(전이문이 있는 곳 등등).
팽(늑대)이나 미네캣(고양이), 식물 마물이 출현.
함정 없음(비룡 이동 가능).

21층~30층
산간지대. 층에 따라서는 활화산도 있다.
골렘 등이 출현.
함정 없음(비룡 이동 가능).

31층~40층
사막지대. 덥다.
곤충계 마물이 출현.
함정 없음(비룡 이동 가능).

41층~50층
초원+삼림?
지금까지 나온 마물의 상위종이 출현.
함정 없음(비룡 이동 가능).

51층~60층

던전. 지금까지와 같은 하늘이 아니라 천장이 존재한다.

좀비 등 불사형 마물이 출현.

함정 있음(비룡 이동 불가).

61층~70층

던전 개량형. 이전 층보다도 함정을 중시한 계층.

좀비 등 불사형 마물이 출현.

함정 있음(비룡 이동 불가).

71층~80층

초원+삼림. 공중에도 함정 있음.

비행형마물도 많다.

함정 있음(비룡 이동 가능).

81층~90층

삼림+성. 성내는 비룡 이동 불가.

상위 불사형 마물이 출현.

함정 있음(비룡 이동 가능+불가).

91층~100층

삼림+산.

드래곤 출현+지금까지 나온 마물의 상위종이 출현.

함정 있음(비룡 이동 가능).

　100층 전이문을 지나자 오두막이 나왔다. 게다가 오두막에서 방문을 지나자 커다란 크리스털이 세 개 떠 있는 조금 넓은 방으로 나왔다.

　비룡들은 이전 층에서 지상으로 돌려보냈다. 아무리 비룡이라도 그 상위종에 해당하는 드래곤 등의 마물이 나오는 100층에 방치한다면 살아남기 힘들기 때문이다.

　방으로 진입한 코스케는 바로 왼쪽 눈으로 주변을 확인했다.

명칭 : 마력의 크리스털

비고 : 마력을 저장할 수 있는 크리스털. 탑 각층, 신력의 크리스털과 이어져 있다.

명칭 : 성력의 크리스털

비고 : 성력을 저장할 수 있는 크리스털. 탑 각층, 신력의 크리스털과 이어져 있다.

명칭 : 신력의 크리스털

비고 : 신력을 저장할 수 있는 크리스털. 탑 각층, 마력&성력의 크리스털과 이어져 있다.

명칭 : 탑 운영 제어판

비고 : 탑의 운영을 제어하는 장치. 여기서 지령을 내릴 수 있다.

 각각을 확인한 뒤에 셋이서 제어판과 크리스털로 다가갔다.

 어느 정도 제어판에 다가가자 방에 변화가 일어났다. 어두웠던 방에 불이 켜졌다. 그와 동시에 코우히와 미츠키가 경계했다.

 "탑의 공략을 확인했습니다. 탑의 지배를 바라는 자는 이곳에 손을 올려 주세요. 탑의 지배를 바라지 않는 자는 안쪽 전이문을 통해 밖으로 이동할 수 있습니다."

 제어판 쪽에서 그런 목소리가 들렸다.

 코스케는 아직 경계하는 코우히와 미츠키에게 괜찮다고 신호했다.

 "주인님?"

 "코스케 님?"

 "괜찮아. ……아마도."

 지금 들린 목소리는 아수라의 목소리였다. 유감이지만 녹음 같은 느낌이었기에 직접 대화할 수 있는 건 아니지만.

 "그런데, 정말 내가 해도 되겠어?"

 새삼스럽지만 코스케는 두 사람에게 확인했다.

 아무리 편애해서 보더라도, 코스케는 자신이 탑 공략에 도움이 되었다고는 생각하지 않는다. 그러나 코우히&미츠키도 코스케의 질문에 당연한 듯 수긍했다.

 "당연하죠."

"코스케 님 말고 누가 있는데? 나와 코우히, 두 사람이 납득할수 있는 건 코스케 님밖에 없어."

코스케는 미츠키에게 등을 떠밀려서 제어판으로 다가갔다. 제어판에 손을 올리기 전, 다시 몸을 돌아봐서 두 사람이 끄덕이는걸 확인했다.

코스케는 결의를 다지고 오른손을 제어판 위에 올렸다.

"제어판에 접속 확인. 탑의 지배자 등록 개시⋯⋯. 각 탑에 접속개시⋯⋯. 완료되었습니다. 지배자로서의 이름을 등록해 주시길바랍니다."

조금 망설이던 코스케는 다른 이름을 대기로 정했다. 그게 여러모로 움직이기 쉬울 것 같았으니까.

"아마미야(천궁天宮)."

"아마미야, 로 등록 완료되었습니다. 축하합니다. 이것으로 탑의 지배자 등록 절차를 완료했습니다."

이렇게 사상 최초로 센트럴 대륙 중앙탑의 지배자가 탄생했다.

나중에 알게 된 일이지만, 탑이 새로 공략되거나 혹은 지배자가바뀌면 이미 공략이 완료된 다른 탑에 통지가 간다고 한다. 이때의 코스케는 그걸 알 도리가 없었지만.

이날을 기해, 아스가르드의 역사가 새롭게 움직이기 시작한 것이다.

제2장 탑의 관리를 시작하자

(1) 관리 스타트

세계에서는 역사상 최초의 사태에 충격이 내달리고 있다는 것도 모른 채, 탑 안에서는 절차가 자동으로 진행되었다.

흐르는 음성은 조금 전까지의 목소리가 아니라 기계적인 목소리로 변했다. 지금은 자동으로 수속이 진행되고 있는지, 코스케 일행은 딱히 할 일도 없이 작업이 끝나기를 기다렸다.

"등록자 분석 개시……. 지배자의 조건 합치 확인……. 탑의 관리 체제 확인……. 서포트 구성 확인……. 완료……."

코스케 일행 세 명은 그 음성이 흐르는 걸 묵묵히 듣고 있었다.

이제 코스케는 제어판을 만지고 있지 않다.

"최적화 완료……. 작업용 영역 작성……. 모든 작업을 완료했습니다."

"오? 끝났나?"

기계음이 완료를 알리는 것을 들은 코스케는 일어나서 주변을 확인했다.

　제어판 쪽을 보니 조금 전까지 없었던 투명한 판이 있었다.

　"관리 모니터에, 손을 대주세요."

　"이거 말이야?"

　투명한 판을 가리키며 물어봤지만, 당연하게도(?) 대답은 없었다. 어쩔 수 없기에 판을 만졌다.

　손이 판에 닿은 순간, 글자가 나왔다.

《튜토리얼을 실행하시겠습니까? 예 or 아니오》

코스케의 좌우에서 코우히와 미츠키도 흥미롭게 지켜봤다.

《예》를 터치하자, 탑 관리에 대한 튜토리얼이 시작됐다.

◆

☆탑 관리 룰 메모

1 : 관리층에 있는 세 종류의 크리스털에 힘을 저장할 수 있다. 그 힘을 사용해 관리층이나 탑에 다양한 것을 배치할 수 있다.

2 : 세 종류의 크리스털(신력, 성력, 마력)의 힘을 교환할 수 있다. 단, 변환 효율은 다르다. 신력〉성력=마력. 1000성력=1000마력=1신력.

3 : 관리층 메뉴와 탑(계층) 메뉴는 다르다. 배치할 수 있는 것도

관리층과 탑이 다르다. 관리층은 방의 확장&개장. 탑은 자연이나 그 밖의 건축물, 마물, 소환진 등 여러 가지를 배치할 수 있다.

4 : 세 종류의 크리스털이 가진 힘은 탑에 존재하는 자연, 생물, 건축물 등에서 입수한다. 생물에게서는 살아있는 상태에서도 힘을 미약하게 입수할 수 있다. 단, 입수량은 토벌하는 쪽이 훨씬 많다(살아있을 때는 성력, 마력으로 입수하고, 쓰러뜨렸을 때는 신력으로 입수하기에). 자연사일 때는 토벌할 때보다 신력 입수량이 감소한다.

5 : 탑의 각층은 확장할 수 있다. 단, 막대한 신력을 소비한다. 현재는 디폴트 상태로, 각 계층은 똑같은 넓이. 관리층도 확장 가능. 탑의 관리에 비하면 사용하는 신력이 적다.

6: 관리층과 탑에 배치할 수 있는 것은 탑 LV(레벨)이 상승함에 따라 늘어난다. 탑 LV은 다양한 요인으로 올라간다. 레벨업 조건은 관리자가 찾을 수밖에 없다.

7 : 탑 외부에서 탑으로의 반입과 배치는 가능. 외부에서 들여온 생물이 그 계층에 뿌리를 내릴 수 있을지는 계층 환경에 달렸다(추운 곳에서밖에 살 수 없는 건 추운 환경에 배치할 것).

8 : 관리 메뉴에 없는 것을 가져오는 것도 가능하다. 가져온 것은 그 후 관리 메뉴에 표시되기도 하고, 되지 않기도 한다. 조건은 관리자 자신이 확인할 것.

9 : 보물상자나 함정 등도 배치 가능. 보물상자 안에 들어가는 것을 메뉴에서 선택할 수도 있다. 관리자가 준비하는 것도

가능.

10: 이동할 수 있는 생물은 전이문을 통해 지정한 계층으로 이
동할 수 있다. 생물에 따른 이동 제한은 없다. 관리자가 이동
가능/불가를 지정하는 것도 가능.

11 : 외부와의 출입은 1층 입구와 전이문뿐. 전이 마법으로의 출
입은 관리자의 허가제. 입구는 개폐 가능. 이것으로 외부에
서 침입하지 못하게 하는 것도 가능.

12 : 탑은 매우 튼튼하게 구성되어 있으며, 세계를 파괴할 정도
의 힘이 아니라면 탑을 부술 수 없다.

◆

튜토리얼이 매우 길어서 코스케는 이런 식으로 내용을 메모했
다. 빠진 게 있을지도 모르지만, 대략적으로는 이 정도다. 튜토리
얼을 흥미롭게 바라보던 코우히와 미츠키에게도 확인해 보자 괜
찮다며 수긍했다.

도중에 관리층 메뉴와 관리 메뉴가 나오는데, 이 두 가지는 다르
다. 관리층 메뉴는 코스케 일행이 살게 되는 관리층을, 그리고 관
리 메뉴는 탑 전체를 조정한다. 엄밀하게는 관리층 메뉴도 관리
메뉴에 포함되지만, 코스케 자신이 복잡해지기에 구별하기로 했
다.

현재, 크리스털에는 신력이 100만 PT, 성력과 마력이 각각 10

만 PT씩 저장되어 있다. 코스케는 우선 이 PT를 써서 무엇을 할까 생각해 봤지만, 딱히 고민할 것도 없이 바로 결론이 나왔다.

우선은 거점을 충실하게 만들어야 한다. 현재 관리층에는 제어판과 크리스털이 있는 방과 탑으로 이어지는 전이문이 있는 방밖에 없다. 이곳을 생활할 수 있는 환경으로 바꿔야 한다.

이후의 생활에 관련되는 문제이므로, 코우히와 미츠키에게도 양해를 구했다.

"알겠습니다."

"나도 찬성."

두 사람도 그렇게 말하며 바로 찬성해 줬다. 역시 이대로 가면 거점으로 활용할 수 없기에 당연하다.

관리층 메뉴에서 뭘 선택할 수 있나 확인해 보며 이것저것 설치했다.

중간 방×2=신력 1500PT×2
작은 방×2=신력 1000PT×2
가구(이것저것)=신력 150PT
부엌=신력 5000PT
책=신력 1500PT
각종 조미료+부엌 용품+식재료=신력 75PT

전이문 방과 제어판이 있는 방 사이에 방을 네 개 추가했다.

중간 방을 거실과 침실, 작은 방을 서재와 식당(부엌 포함)으로 두고, 가구를 배치했다. 언젠가는 각 방을 크게 만들 예정이지만, 지금은 이거면 된다.

신력은 100만 PT나 있는데 쪼잔하게 쓴다는 느낌도 들지만, 이후에 할 예정인 탑 계층 관리로 대량으로 쓸 예정이니 낭비할 수는 없다.

참고로 부엌은 코스케의 의견은 거의 들어가지 않았다. 그보다도 코스케가 말을 꺼낼 것까지도 없이 코우히와 미츠키가 차례차례 거론하는 걸 그대로 추가만 했다. 그만큼 식사가 충실하게 나올 것이 기대되니까 코스케도 딱히 문제는 없었다.

책에 관해서는, 마법 관련 서적이나 이 세계의 역사서 등이 있었기에 모았다. 의외로 비쌌지만, 마을에서도 책은 매우 고가였기에 어쩔 수 없다며 각오를 다졌다.

마지막 결정을 하고, 새로워진 관리층의 모습을 셋이서 돌아봤다.

코우히는 서재에, 미츠키는 식당에 눈을 반짝였다.

그리고 두 사람 모두 침실을 확인할 때 기대하는 시선으로 코스케를 바라봤지만, 그는 눈치채지 못한 척을 했다. 당연하지만(?) 침실이 하나인 건 두 사람의 희망이다. 어차피 개별적으로 만들어 봤자 안 쓸 테고, PT가 아깝다면서 바로 만류했다.

"일단 거점은 이 정도면 될까?"

코스케가 확인하자, 코우히와 미츠키도 수긍했다.

"문제없습니다."

"괜찮아."

만약 부족한 게 있다면 나중에 추가하면 된다.

두 사람 모두 문제없다고 해서, 관리층 구축은 이걸로 종료됐다.

코스케는 이어서 탑 계층 관리를 시작했다. 탑 계층에 관해서는 디폴트 상태로도 하루에 신력이 100PT 들어온다.

이건 낮은 계층의 마물들이 서로 세력 다툼을 벌이고 있어서 토벌 PT가 들어오기 때문이다.

중, 고계층 마물들이 한 마리당 토벌로 들어오는 PT가 많지만, 고랭크 마물은 지능이 높고 완전히 거처가 나뉘어 있기에 거의 싸우지 않는다. 그렇기에 중, 고계층에서는 토벌 PT가 정기적으로 들어오는 일이 거의 없다.

참고로 저계층은 1층~40층, 중계층은 40층~70층, 고계층은 71층~100층이다.

각 계층에서 마물이 발생하는 방법은 두 종류 있다. 하나는 계층별 자연환경에 따른 자연 발생. 또 하나는 관리 메뉴에서 소환진을 계층에 배치하여 강제로 발생시키는 방법이다.

소환진을 배치할 때는 당연히 세 종류의 PT를 이용하게 된다.

예를 들어 [슬라임 소환진]이라고 치자.

명칭 : 슬라임 소환진

랭크 : 마물 랭크 F

설치 코스트 : 100PT(신력) 혹은 성력+마력 합계 5만 PT

설명 : 슬라임을 랜덤으로 최대 천 마리까지 소환한다. 천 마리
　　가 토벌되면 얻을 수 있는 PT는 신력 약 110PT

　소환진을 써서 마물을 소환하는 건, 기본적으로 신력을 쓰기보다는 성력과 마력을 써서 설치하는 게 비용 면에서 싸게 먹힌다.
　그럼 성력과 마력을 어떻게 회수하는가. 답은 1일 1회 멋대로 회수된다.
　애초에 성력과 마력은 각 계층에 배치된 자연으로부터 그야말로 자연스레 발생한다. 그것 말고도 마법을 쓰거나 성법을 쓰거나 하면 사람이나 마물에 한정하지 않아도 발생하지만, 자연에서 발생하는 양에 비하면 미미한 수준이다. 코스케가 관리하는 탑은 100층이나 있기에, 성력과 마력이 각 층에서 매일매일 멋대로 충전된다. 단, 보충은 하루에 한 번, 상한은 성력, 마력 크리스털 각각의 최대 용량인 100만 PT로 제한된다.
　또한, [슬라임 소환진]의 경우 소환되는 슬라임의 숫자는 랜덤이다.
　신력 100PT를 써서 설치하고, 이후에 소환된 슬라임이 전부 토벌되더라도 신력을 100PT 얻지 못할 경우가 있다. 소환되는 숫자는 완전히 운에 맡겨야 하고, 코스케가 조정할 수 있는 게 아니다.
　게다가 현재 설치할 수 있는 소환진은 저레벨 마물밖에 없어서, 토벌로 얻을 수 있는 PT도 적다. 노력과 코스트의 배율이 전혀 맞지 않는다.

"이렇게 되어있는데……."

코우히와 미츠키는 코스케가 관리 화면을 바라보며 자신의 생각을 중얼중얼 정리하는 모습을 감탄한 듯 끄덕이며 듣고 있었다.

"과연, 역시 대단하시네요."

"하아. 굉장하네."

"그런가……? 이런 건 익숙하다고 생각하는데?"

코우히와 미츠키는 감탄하고 있지만, 코스케는 딱히 대단하다고 생각하지 않았다.

코스케의 발상은 틀림없이 게임 두뇌에서 나오고 있다. 이 정도는 대략적으로 계산하면서 진행하는 게 코스케의 기본 플레이였다.

"익숙, 하십니까……."

"손익을 확실히 고려하지 않으면 바로 파탄이 날 테니까. 뭐, 성력과 마력은 멋대로 저장되니까 자멸하지는 않겠지만."

"그래서? ……어떻게 할 거야?"

"소환진을 배치하겠어."

코스케가 즉답하자, 코우히는 의문이라는 표정을 지었고 미츠키는 의심스러운 표정을 지었다. 소환진을 설치해도 적자가 될 가능성이 있다고 바로 아까 코스케 자신이 말했기 때문이다.

"무슨 소리야?"

코스케가 꺼낸 말의 의미를 알 수 없었던 미츠키가 고개를 갸웃했다.

하는 말이 모순되어 있다는 걸 알고 있던 코스케도 고개를 끄덕이며 말을 이었다.

"지금 설치하는 소환진은 확실히 손익이 안 맞을 가능성이 크지만, 이후에 나오는 건 모른다는 뜻이야. 아마 탑 LV이 올라가면 설치물 종류가 늘어나겠지. 그리고, 탑 LV이 어떻게 오르는지 모르니까. 이건 완전히 예상인데, 소환진을 얼마나 많이 설치했는지 같은 게 조건일지도 몰라. 결국 해 보지 않으면 모른다는 뜻이 되겠네."

"그럼, 저희가 마물을 토벌해야 한다는 건가요?"

코우히가 의문을 던졌지만, 코스케는 고개를 내저었다.

"아니, 그게 아니야. 아까도 말했듯이, 두 사람에게 해달라고 하는 건 낭비가 너무 심해. 처음에는 그래도 될지도 모르겠지만."

"그럼, 어떻게 할 건데?"

"딱히 탑에 들어오는 게 우리만이 아니라도 돼. 그렇잖아?"

애초에 센트럴 대륙의 탑이 지금까지 공략되지 않았던 건 도착하는 게 어려웠기 때문이다.

"아까 확인했을 때 좋은 걸 찾았거든."

"좋은 것? 뭔데뭔데?"

두 사람이 흥미진진한 모습을 보이자, 코스케는 관리 화면에 있는 어느 걸 표시했다.

명칭 : 전이문(외부)

설치 코스트 : 1만 PT(신력)

설명 : 탑 외부 임의의 한 지점과 탑의 특정 계층을 연결하기 위

한 전이문. 왕복, 일방통행 설정 가능

　마을에서 너무 멀어서 모험가가 올 수 없는 이 탑과는 그야말로 찰떡궁합인 시설이라 할 수 있다.

　코스케가 표시한 전이문을 본 미츠키가 납득한 듯 끄덕였다.

　"흐응, 그렇구나. 이걸 써서 모험가를 불러들이고 그 사람들에게 토벌을 맡긴다는 거네."

　"그것도 목적 중 하나지만, 그것만은 아니야."

　이걸 찾았을 때, 코스케는 어떤 생각을 떠올렸다. 코우히는 그걸 몰라 고개를 갸웃했다.

　"그 말씀은? 어떻게 하시려는 건가요?"

　"우선 전이문은 통행료를 받을 거야. 탑 안에 들어오기만 하면 돈을 벌 수 있다고 생각하게 된다면, 모험가들은 통행료를 내더라도 틀림없이 전이문을 쓰겠지. 하지만 그것만으로는 의미가 없어. 어디까지나 탑의 일시적인 손님이 되니까."

　코스케는 일단 이야기를 접고 한숨 돌린 뒤, 계속 말을 이었다.

　"그러니까 탑 안에서 계속 활동할 사람들을 부르기 위해, 탑 안에 도시를 만들 거야. 물론 처음에는 집 몇 채 정도의 레벨이겠지만. 이 탑의 한 계층 정도의 넓이라면 충분……할 것 같은데, 어떻게 생각해?"

　코스케가 단숨에 말을 쏟아놓자, 두 사람은 한동안 고민하며 침묵했다.

　이윽고 그녀들도 마음속으로 정리가 되었는지 떠오른 질문을 코스케에게 던졌다. 코스케의 계획을 뭉개버리기 위함이 아니다. 계획을 진행하기 전에 최대한 구멍을 메우기 위해서다.

우선 코우히가 물었다.

"사람이 살려면 거주지가 필요한데, 어떻게 하실 건가요?"

"그것도 조사해 보니 설치물 안에 있었어. 일반적인 크기의 집 한 채가 신력 2만 PT. 처음에는 열 채 정도 지으면 될 거야."

"그 후에는?"

"직공들을 불러서 지으라고 하는 게 좋겠지. PT 절약을 위해서라도."

"탑 안에 있는 거주지에 살려는 사람이 있을까요?"

코우히는 계속해서 의문을 입에 올렸다. 미츠키는 묵묵히 그 모습을 지켜봤다. 다른 구멍이 없을까 고민하는 거다.

"처음에는 꽤 어렵겠지. 하지만 이쪽에 거점이 있는 편이 편리하다고 생각하게 된다면, 우리의 뜻대로 될 거야."

"탑의 전체적인 마물 배치도 조정해야겠네요."

"돈이 벌린다고 생각하게 해야 하니까."

차례차례 의문을 던지고, 그걸 실행할 수 있게끔 줄여나간다.

이야기를 나누는 사이 코스케도 의문이 생겼고, 그걸 해소하기 위한 제안을 두 사람이 모색하는 과정을 반복했다.

셋이서 이것저것 대화하는 사이에 시간이 점점 흘렀고, 겨우 형태가 잡히자 마지막으로 미츠키가 말했다.

"이건 제안인데, 크리스털에 모인 마력을 한동안 나에게 나눠주지 않을래?"

"응? 무슨 소리야?"

코스케가 의문을 던지자, 코우히가 단적으로 답했다.

"소환이네요."

"맞아. 지금 이야기하는 걸 실행하려면 아무리 생각해도 인원이 부족해. 그렇다고 외부의 인간을 쓰는 건, 나중에는 몰라도 처음에는 그만두는 게 좋아."

"탑의 관리로 바빠지실 주인님이 전면에 나서지는 마시고, 외부와의 교섭은 소환으로 불러낸 이들에게 맡기는 게 좋을 것 같습니다. 참고로 저는 성력을 나눠주셨으면 좋겠네요."

코스케는 그 제안을 받아들였다. 인원을 소환한다는 발상은 없었다.

"알았어. 어차피 한동안 탑의 관리로 바쁠 테니까, 그동안 소환해서 외부와 조정해달라고 하는 게 좋겠지?"

"그래. 그렇게 하자."

"알겠습니다."

두 사람이 수긍했기에 이후의 방침이 완전히 정해졌다.

아직 주먹구구로 진행하는 구석은 있지만, 이제부터는 실제로 실행해 보지 않으면 무슨 일이 일어나는지 모르니까 어쩔 수 없다.

이렇게 탑의 관리가 본격적으로 시작됐다.

(2) 소환과 탑의 정비

소환술. 그것은 술자가 바라는 대상을 불러내는 술법이다.

여기서 말하는 대상이란 유기물, 무기물을 불문한다. 술자의 역량이 높다면 이론상 어떤 것이라도 불러낼 수 있다……고 한다.

주의해야 하는 건, 소환술은 대상을 불러내기만 하고 그냥 끝날 수도 있다. 그렇기에 술자 자신보다 강한 걸 불러낼 경우, 소환시에 뭔가 제약을 걸어두지 않으면 불러낸 것이 술자를 쓰러뜨릴 수도 있다.

그렇기에 소환술은 기본적으로 소환과 제약이 한 세트다.

제약이란 즉 계약이며, 기본적으로 술자가 상위자가 되도록 소환할 때 술법에 그런 계약을 집어넣는다.

단, 무슨 일이든 예외는 있다. 그건 소환하는 대상이 이미 술자와 계약을 맺었을 경우다. 코스케의 경우 코가 그에 해당한다. 미츠키가 데려온 코는 소환 계약을 하기 전에 주종 계약을 맺었다. 주종 계약 후에 소환 계약을 맺은 형태다.

어느 쪽도 소환자가 피소환자의 상위 존재가 되는 것이 소환술이다. 그럴, 터였다. 적어도 코스케는 코우히나 미츠키에게 마법을 배울 때 그렇게 들었다.

"그런데, 코우히, 미츠키……. 이건 어떻게 된 거야?"

코스케는 눈앞의 광경을 일단 못 본 척하고 코우히와 미츠키에게 물었다.

"뭔가 문제라도 있었나요?"

"미안해. 나도 코스케 님께서 무슨 말을 하려는 건지 모르겠어."

진심으로 모르겠다는 기색인 두 사람을 본 코스케는 한 번 하늘을 올려다보며 소환술에 관해 반추했다. 그러나 몇 번을 반추해도 눈앞의 상황이 될 요소는 없었다.

그런데도, 어째서인지 코스케의 눈앞에는 두 명의 남녀가 무릎을 꿇고 있었다. 이 두 사람은 조금 전 코우히와 미츠키가 각각 소환한 이들이다. 남자는 와히드, 여성은 에쿠라는 이름을 댔다.

소환술의 규칙에 따르면, 코스케가 아니라 각각 코우히와 미츠키에게 무릎을 꿇어야 한다.

코스케는 체념한 표정으로 두 사람을 보며 말했다.

"아니, 왜 이 두 사람이 이러고 있나 해서⋯⋯."

"아아⋯⋯!"

코스케의 질문을 듣자 미츠키가 그렇게 말하며 양손을 탁 두드렸고, 코우히가 덤덤히 설명했다.

"그건, 간단합니다. 소환자는 피소환자에게 상위자. 그 소환자인 저희는 주인님의 권속. 두 사람이 주인님에게 무릎을 꿇는 건 당연한 거죠."

(어, 당연하다고?! 그런가. 당연한 건가⋯⋯.)

코우히와 미츠키는 물론이고 소환된 두 사람도 그 이야기를 듣고 고개를 끄덕이는 걸 본 코스케는 깊이 생각하는 걸 포기했다.

"흐~응. 그렇구나. 그럼 뭐, 잘 부탁해."

코스케의 그 말을 듣자, 눈앞의 두 사람은 더욱 깊이 고개를 숙였다.

"예······!"

"잘 부탁드립니다."

앞으로 함께 보내야 하는데도 굉장히 딱딱해 보이지만, 그걸 일일이 고치는 건 그만뒀다.

"그건 넘어가고, 이번 소환은 이들로 끝은 아니지?"

예정으로는, 코우히와 미츠키가 각각 세 명씩. 합계 여섯 명을 소환하기로 했다.

"그렇긴 한데, 조금 예정이 달라져서 하루에 한 번 소환하게 될 것 같아."

"아무래도 크리스털에서 힘의 보충이 잘 안되어서요."

"응? 그래?"

"네. 보충 자체는 할 수 있지만, 크리스털 안의 마력을 잘 꺼낼 수가 없어. 크리스털에서 직접 꺼내면 아무래도 손실이 발생하는 모양이야."

"저희가 직접 가져가서 사용하는 것보다는, 탑 관리에 사용하는 게 효율이 좋아 보입니다."

두 사람의 말을 듣자, 코스케는 팔짱을 끼며 고민했다.

"그렇구나. 그렇다면 오늘부터 이쪽에서 모두 쓰는 게 낫나?"

"그렇게 되겠죠."

"그쪽이 좋아."

"알았어. 그럼 해 보고 싶은 게 있으니까 그것에 써보기로 할게."

소환한 두 사람은 코우히와 미츠키에게 맡기고, 코스케는 탑의 개변을 진행하기로 했다.

코스케가 생각하고 있는 건, 각 층에 나오는 마물을 모험가가 해치우게 해서 신력을 획득하는 것이다.

문제는 어떻게 모험가를 이 탑으로 부르는가인데, 처음에는 전이문으로 직접 탑까지 올 수 있다는 걸 이점으로 삼을 수 있다.

그러나 코스케는 그것만으로 충분하다고 생각하지 않았다.

애초에 센트럴 대륙에 있는 모험가는 이 세계의 평균 레벨보다 높은 사람들의 비율이 많다. 초급 클래스의 마물이 나오는 층이 40층까지 이어지는 건, 레벨이 높은 모험가에게는 수익이 적다. 하나하나의 계층이 매우 넓은 이 탑에서는 더더욱 그렇다.

센트럴 대륙은 마을에서 조금만 안쪽으로 들어와도 중급 클래스의 마물이 많이 나오기에, 지금 이대로라면 일부러 탑에서 돈을 벌 필요가 없다.

그럼 어떻게 하는가.

코스케는 관리 메뉴의 어느 기능을 찾았다.

(……있다! 이거야!)

찾던 기능이 보여서 안심했다.

이걸 할 수 없었다면, 계획이 무너질 가능성도 있었다.

명칭 : 계층 교환

설치 코스트 : 10만 PT(신력)

설명 : 임의의 두 층을 뒤바꾼다.

(비싸?! ……지는 않나? 이게 없이 하나부터 환경을 다시 바꾼다고 생각하면, 그럭저럭 괜찮은 가격인가……. 그래도 지금 남아있는 신력이라면 예정대로 하기에는 부족하네. 그렇다면……)

층을 한 번만 바꾸는 거라면 문제없지만, 몇 개씩 바꿀 예정이었기에 신력 PT가 부족하다.

일단 [계층 교환]은 보류로 두고, 다른 기능을 찾아봤다.

명칭 : 전이문(계층 지정)

설치 코스트 : 1만 PT(신력)

설명 : 전이하는 층을 임의로 지정할 수 있는 전이문. 지정할 수 있는 층은 한 층뿐. 왕복, 일방통행 설정 가능

"이거다! ……아, 미안."

무심코 목소리를 냈다가 옆에 있던 코우히가 놀라서 돌아봤기에 일단 사과했다.

지정한 층으로 유도하는 건 이 [전이문(계층 지정)]으로 어떻게든 될 것 같았기에 바로 설치해 보기로 했다.

우선은 마을을 만들 예정인 5층을 기준으로 동선을 짰다.

1층부터 6층까지는 그대로 놔뒀다. 6층에 [전이문(계층 지정)]을 하나 설치해서 41층으로 연결했다. 다음으로 45층에 [전이문(계층 지정)]을 하나 설치해서 71층으로 연결되게 했다. 마지막으로 72층에 [전이문(계층 지정)]을 하나 설치해 7층으로 연결했다.

이어서 6층과 7층 사이에 낀 계층을 건너뛰게 설정했다. 40층, 70층에 각각 전이문(계층 지정)]을 하나 설치해서 46층, 73층으로 연결했다.

이것으로 전이문의 설정은 일단 종료했다.

이대로 가면 탑의 동선 관리가 귀찮아지니까, 6층, 40층, 45층, 70층, 72층에 원래 있던 한 층 위로 가는 전이문을 철거했다. 참고로 철거에는 PT가 들지 않았다. 유감스럽게도 아무것도 획득할 수는 없었지만.

그리고 1층과 탑 바깥을 연결하는 문도 폐쇄할 수 있었기에 폐쇄했다.

이것으로 전이문 관련 작업은 끝났고, 탑 내부의 동선은 다음과 같이 변했다.

1층(외부 폐쇄)~5층(마을 예정)↔6층↔41층~45층↔71층↔72층↔7층~40층↔46층~70층↔73층~100층

※ '~'는 한 층마다 연결되어 있다. ↔는 상호 통행 가능.

덤으로 매일 계층에서 회수할 수 있는 성력과 마력이 아까우니까 어떻게 할 수 없을까 확인해 보니 각 층에서 크리스털로 오는 접속을 끊는 항목이 있었기에, 실험 삼아 7층에서 40층까지는 크리스털과의 접속을 끊었다. 남아도는 성력과 마력은 어디로 사라지는지 의문이 들었지만, 생각해도 답이 나오지 않을 것 같아서 코스케는 도중에 생각을 그만뒀다.

일단 5층부터의 동선은 확정되었기에, 다음은 마을 제작을……

하려다가 미츠키가 말을 걸어왔다.

"코스케 님. 잠깐 괜찮아?"

"응. 왜 그래?"

"와히드와 에쿠를 마을에 보내주고 올게."

코우히와 미츠키는 관리장 보좌로 설정했다. 그리고 와히드와 에쿠는 관리원으로 해놨다.

관리장, 관리장 보좌, 관리원으로 지정하면 전이문을 사용해서 어느 계층으로도 자유롭게 드나들 수 있게 된다.

전이문을 사용하면 단숨에 1층까지 갈 수 있다. 거기서 탑 밖으로 나갈 수도 있다.

미츠키라면 탑 밖으로만 나간다면 바로 마을까지 마법으로 전이할 수 있다.

기본적으로 마법을 이용한 전이로는 탑 밖, 혹은 탑의 어느 계층에서 다른 계층으로 전이할 수 없다. 이건 이미 코우히나 미츠키가 확인한 사항이다. 그래서 지금 탑의 각 계층으로 출입하려면 전이문을 통한 방법밖에 없다.

미츠키의 말에 수긍하려던 코스케는 1층 문이 닫힌 걸 떠올렸다.

"아, 잠깐만. 1층 출입구를 열 테니까……. 이제 괜찮아."

"고마워."

미츠키는 코스케에게 그런 말을 남기고는 코우히 쪽으로 다가가서 뭔가 말을 걸었다.

그 후에 둘이 함께 코스케를 보더니, 어째서인지 코우히는 빨개져서 고개를 수그렸고, 미츠키는 즐겁게 웃었다.

"응? 뭔데?"

"아…… 아무것도 아닙니다!"

코스케가 고개를 갸웃하며 묻자, 코우히는 얼굴을 붉힌 채 부정했다. 평소에는 그다지 당황하는 모습을 보이지 않는 코우히의 빨간 얼굴을 보고 귀엽다고 생각한 건 코스케만의 비밀이다

"괜찮아. 코스케 님에게도 나쁜 이야기는 아니니까. 아마도."

"흐음……. 뭐, 됐어."

마지막 한마디가 굉장히 신경 쓰였지만, 그걸 지적해도 제대로 된 대답은 돌아오지 않겠지. 이런 느낌의 여자에게 억지로 캐물어 봤자 좋은 결과는 오지 않는다. 코스케도 그런 건 알 수 있었다.

"그럼, 언제 돌아올 거야?"

"나는 내일에는 돌아올 거야."

"알았어."

"그럼 갈게."

그렇게 대답한 미츠키는 와히드와 에쿠를 데리고 마을로 갔다.

미츠키는 내일 돌아올 예정이지만, 와히드와 에쿠는 한동안 마을에서 활동한다.

"저는 저녁 식사 준비를 하겠습니다."

"잘 부탁해."

코우히는 아직 빨간 얼굴로 관리실에서 나갔다.

남은 코스케는 이번에야말로 5층에서 마을 제작에 들어갔다.

우선 5층의 거의 중앙에 해당하는 곳에 주택 열 채와 점포를 하나 지었다.

그리고 각 건물에는 결계를 설치했다. 5층에는 고블린도 나온다. 사람이 살 때까지 어지럽히지 못하게 하기 위함이다. 정기적으로 코우히나 미츠키에게 마을 주변 마물을 토벌해달라고 하는 게 좋을지도 모른다.

마을 중앙에 해당하는 곳에는 외부와 왕래하는 전이문을 설치할 예정이기에, 덤으로 그걸 위한 신전도 지었다.

전이문은 아직 설치하지 않았다. 류센 마을 밖에 전이문 설치용 건물을 지을 예정이라, 그게 완성되면 설치하기로 했다. 류센 쪽의 준비는 와히드 쪽에서 해 주기로 했다.

류센의 전이문 설치용 시설은 사람의 손으로 만들어야 하기에 전이문을 설치하는 건 나중이 된다.

일단 이것으로 5층 마을 제작은 끝이다.

마침 좋은 타이밍에 코우히가 저녁 식사가 완성되었다고 부르러 와서, 여기서 작업을 중단했다.

"저녁 식사 뒷정리가 끝나면 5층에 가고 싶은데 괜찮을까?"

식사 도중, 코우히에게 물었다.

"5층 말입니까? 상관은 없지만, 뭔가 있나요?"

"건물을 지었으니까 주변 마물을 되도록 토벌하려고 해서."

"상관은 없지만……. 시간이 없으니 대단한 숫자는 쓰러뜨릴 수 없는데요? 미츠키도 없으니까요."

"문제없어. 굳이 따지자면 오늘의 주요 목적은 마을 주변의 낌새를 살피기 위함이니까. 본격적인 토벌은 코우히와 미츠키가 모이고 나서 할게."

"알겠습니다. 함께하겠습니다."

5층에 나오는 마물이라면 코스케도 문제없이 대처할 수 있지만, 코우히와 미츠키가 그걸 용납하지 않기에 본격적인 토벌은 후일에 하기로 했다.

너무 과보호라고 생각하기도 하지만, 걱정해 주는 건 고마운 일이니까 그냥 따르고 있다.

저녁 식사를 마친 코우히가 뒷정리를 하는 동안, 코스케는 관리실에서 추가 작업을 하기로 했다. 관리층에 와히드와 에쿠 소환팀의 방을 추가한 거다. 소환팀은 한동안 바깥에서 활동하니까 관리층에 방을 둘 필요는 없지만, 뭔가 용건이 있어서 돌아올 때 방이 없는 것도 문제다.

그래서 일단 6인분의 방을 추가했다. 각각의 방 안에 침대와 작은 선반만 설치해놨다. 그것 말고는 개인마다 정하는 거다.

그리고 코스케는 생활하면서 가장 중요한 것을 잊어버렸다는 걸 깨달았기에 그걸 설치하기로 했다.

목욕탕(넓이 표준, 탈의실, 잡화 포함)=1만 PT(신력)

사실 코스케는 목욕을 좋아한다. 원래 세계에서 시간 날 때마다 노천탕 순회를 돌았던 건 좋은 추억이다.

PT를 절약하기 위해 최고 수준을 설치할 수는 없었지만, 그건 나중의 즐거움으로 놔뒀다.

참고로 이때 코스케는 전혀 엉큼한 마음이 없었다. 그저 순수하게 목욕탕에 들어가고 싶었다. 유감이지만 이 세계는 게임이 아니기에, 현재 코스케에게는 유일하다고 할 수 있는 오락이었다.

관리층에 [목욕탕] 설치가 끝난 참에 코우히가 왔기에 5층으로 향하기로 했다.

전이문에서 5층 중심으로 가서 설치한 집과 신전을 확인했다.

우연히 소굴 근처에 지어서 그런지 건물 옆에 회색 늑대가 어슬렁거렸다. 결계가 있어서 안에는 들어오지 못한 모양이다.

먼저 늑대를 토벌하고 나서 주택을 확인하기로 했다. 그래도 코우히가 바로 토벌해버렸지만.

주택은 당장에라도 살 수 있는 상태였다. 그때, 여기서 코스케는 치명적인 실수를 깨달았다.

"우물을 짓는 걸 까먹었어……."

"그러네요. 그러고 보니 하수도에 관해서는 어쩌실 건가요?"

함께 따라온 코우히가 질문하자 코스케는 주변을 돌아봤지만, 배수로 같은 건 보이지 않았다.

"그건, 처음 집을 지었을 때 자동으로 지하에 생긴 것 같아. 신력 10만 PT가 날아갔지만, 뭐 필요 경비네."

"그런 건가요."

덤으로 상수도는 어떤가 했지만, 이 세계에서는 상수도가 완비

된 마을이 없다. 관리 메뉴에도 없어서 설치하지 못한 것이리라.

이 세계의 직공에게 부탁해서 만들어달라고 할 수도 있겠지만, 지금으로서는 그렇게까지 이 세계의 문명에 간섭해서 커다란 변화를 일으킬 생각은 없었다.

일단 본격적인 토벌은 내일 이후로 미루고, 코스케와 코우히는 관리층으로 돌아왔다. 잊고 있었던 [우물]을 설치한 뒤, 코스케는 바로 목욕탕에 들어가기로 했다.

지금의 탑에서는 그런대로 많은 PT가 들었지만, 애초에 이 세계에 상시 온수를 쓸 수 있는 목욕탕이 일반 가정에 있을 리가 없기에 이 정도 드는 것이리라.

코스케가 그런 생각을 하면서 천천히 온수에 잠겨있던 와중, 어째서인지 코우히가 들어왔다.

"코, 코우히?! 어쩐 일이야?"

끝내주는 몸매를 자랑하는 몸을 타월을 써서 최소한으로만 가리고 들어온 코우히는 얼굴을 붉히면서 다가왔다. 코스케에게는 파괴력 있는 표정이라 심장이 두근두근 울렸다.

이미 익숙한 미모지만, 이런 기습에는 전혀 내성이 없었다.

"모처럼 기회가 왔으니, 함께하려고 해서…… 방해되셨나요?"

"아, 아냐……. 그렇지는 않아. 오히려, 기쁘……. 아니, 아무것도 아니야."

생각지도 못한 서프라이즈였기에 코스케는 초조해졌지만, 거절할 이유가 없달까 심정적으로는 오히려 대환영이었기에 그대로 함께 들어가기로 했다.

(그러고 보니, 이런 상황에서 단둘이 있는 건 처음이네…….)

애초에 코우히와 미츠키가 따로 행동하는 일 자체가 거의 없다. 이런 상황은 처음 있는 일이다.

결국 이날 밤의 행위가 매우 격렬해진 건 남자로서 어쩔 수 없다고 억지로(?) 납득할 수밖에 없었던 코스케였다.

(3) 레벨업과 권속

다음 날. 코스케는 아침을 먹은 뒤 관리 화면을 보다가 탑 LV이 두 개 올라간 걸 확인했다.

어째서 올라갔는지 확인하려다가 '알림'이라는 항목이 있었기에 그곳을 봤다. '알림'에는 탑 LV이 올라갔다는 메시지만 있었지만, 거기서 상세 링크가 있었기에 확인했다.

아무래도 어제 설치한 시설이 레벨업을 위한 두 가지의 조건을 만족한 모양이다. 전이문이나 다른 것을 설치하면서 경험치를 얻어 필요 수치를 달성한 거다.

그러나 이 두 가지의 조건을 만족한 직후는 레벨업이 되지 않았다. 탑의 LV 상승은, 예를 들면 오전 0시 등 특정 시간에 이루어지는 걸지도 모른다. 아직 한 번의 레벨업밖에 하지 못했으니까 확정된 건 아니지만.

일단 LV 상승에 관해서는 정보가 적으니 나중에 고민해 보기로 했다.

레벨업으로 설치할 수 있는 것이 약간 늘어나서 체크해 보니 신경 쓰이는 걸 발견했다.

그건 소환진이었는데, 똑같은 회색 늑대를 소환하는 것이라도 명칭에 (10마리 소환 가능)이 붙어있는 것과 붙어있지 않은 게 있었다. 회색 늑대의 경우 (10마리 소환 가능)이 붙어있는 쪽이 소환진 하나당 사용 PT가 낮았고, 설명칸에 '파수견으로 쓸 수 있다.' 라고 기재되어 있었다. 구체적으로는 [회색 늑대 소환진]이 신력 100PT에 약 천 마리를 소환할 수 있는 반면, [회색 늑대 소환진(10마리 소환 가능)] 쪽은 신력 10PT에 10마리밖에 소환할 수 없다. 명백하게 [회색 늑대 소환진(10마리 소환 가능)] 쪽이 가격이 비싸다.

그래도 잠시 생각하는 바가 있었기에 [회색 늑대 소환진(10마리 소환 가능)]을 마을 신전 옆에 설치했다. 신력 10PT라서 생각이 틀리더라도 그다지 뼈아픈 지출은 아니었기 때문이기도 하다. 오전에는 미츠키도 돌아온다고 했으니 확인할 겸 이번에는 셋이서 마을로 가보기로 했다.

예정대로 미츠키가 오전에 돌아왔기에 셋이서 점심을 먹은 뒤 5층으로 향했다. 목적은 오전에 설치한 소환진을 확인하는 것이다.

소환진은 신전 앞에 제대로 설치되어 있었다.

시험 삼아 소환진을 만져보자, 신력이 미약하게 흘러 들어가는 걸 알 수 있었다. 그와 동시에 소환진이 기동해서 늑대 한 마리가 나왔다.

겉보기에는 코스케가 인터넷에서 본 적이 있는 일본 늑대 같은 느낌으로, 털은 이름대로 회색이다. 크기는 일반적인 시바견 정도였다. 단, 입에서 보이는 이빨은 익숙한 애완견보다는 예리하게 뻗어있다.

"주인님!!"

"기다려!"

소환된 늑대를 보자 근처에 있던 코우히가 곧장 베어버리려 했지만, 코스케는 다급히 막았다. 다행히 코스케의 제지가 늦지 않아서 소환된 늑대가 코우히에게 베이지는 않았다.

그 늑대는 소환진 위에서 그저 묵묵히 코스케를 보고 있었다. 그 모습에 왠지 모르게 생각하는 바가 있었던 코스케는 손을 살며시 내밀면서 불렀다.

"이리 와."

그 말을 기다렸다는 듯이 늑대가 코스케를 향해 덤벼들었다. 아니, 뛰어들었다.

소환진을 만지기 위해 쪼그려 앉아있었던 코스케는 그 기세에 밀려 그대로 드러눕고 말았다.

"우와……. 잠깐 기다려……. 간지럽잖아!!"

늑대는 그런 말도 아랑곳하지 않은 채 코스케 위에 올라타서 그의 얼굴을 할짝할짝 핥기 시작했다.

코우히와 미츠키는 늑대가 너무나도 잘 따르는 모습을 보며 놀랐다.

"소환……인가요?"

"아마도…… 말이지. 이렇게나 잘 따르는 건 예상 밖이었지만."

명칭에 소환진이라고 있지만 코스케가 직접 마력을 주입해서 소환한 건 아니다. 코우히와 미츠키가 코스케를 보면서 얼굴을 마주하며 그런 말을 했다.

"야……. 잠깐 기다리라고……. 후우. 아니……. 아마 일반적인 소환과는 다를 거야. 나는 소환을 쓰지 않았으니까."

어떻게든 늑대를 진정시킨 코스케는 두 사람의 대화에 끼었다.

코스케의 말에 미츠키가 고개를 갸웃했다.

"무슨 뜻이야?"

"이 소환진은 어디까지나 탑의 기능 중 하나일 거야. 일반적인 소환치고는, 아무리 생각해도 마력과 성력을 전혀 쓰지 않았으니까."

만약을 위해 왼쪽 눈을 써서 장난치는 회색 늑대를 확인해 보니, 예상대로의 칭호 【코스케의 권속(임시)】이 붙어있었다. 게다가 스킬칸에는 《집단행동》이라는 처음 보는 것이 있다. 다른 곳에 설치해둔 [회색 늑대 소환진]에서 발생한 회색 늑대를 확인해 봤지만, 칭호는 없었다. (임시)라는 건 신경 쓰이지만, 지금은 크게 신경 쓰지 않기로 했다.

회색 늑대의 칭호의 차이에 관해서는 코우히와 미츠키에게도 이야기했다.

"과연. 그렇다면, 탑의 관리로 배치한 소환진에서 소환된 마물은 코스케 님의 권속이 되어버리는 거구나?"

코스케의 설명을 들은 미츠키가 납득한 듯 끄덕였다.

"모든 소환진이 그렇다고 단정할 수는 없지만, 그런 소환진도 있다는 거겠지."

일단 이 소환진으로 소환된 회색 늑대는 딱히 위험하지 않다는 걸 알았기에 계속 소환했다.

그 결과, 정확하게 열 마리의 회색 늑대가 소환되었다. 단, 마지막 열 마리째 회색 늑대가 소환되자 소환진이 사라지고 말았다.

소환된 늑대는 모두 똑같은 외모였기에 이름을 붙여주기로 했다. 일일이 생각하는 건 시간이 걸리기에 순서대로 *히이, 후우, 미이, 요우, 이츠, 무우, 나나, 야아, 코코, 토우라고 이름 붙였다. 간단했다.

이름을 붙인 뒤에 확인하자, 이름을 붙인 고유명으로 변하면서 호칭의 (임시)가 사라졌다. 개체 각각에 이름을 붙이면 (임시)가 떨어져서 정식 권속이 되는 모양이다.

다음으로, 그들이 어느 정도의 지시를 내릴 수 있나 시험해 보기로 했다.

코우히나 미츠키에게 마을 주변에 있는 마물 둥지를 찾아달라고 하고, 그곳까지 가서 어떤 게 가능한지 확인했다.

그 결과, 그들을 어느 정도 자유롭게 움직이게 두는 게 낫다는 걸 알 수 있었다.

---

* 일본어로 하나, 둘, 셋…… 열까지 숫자를 헤아린 것에 앞글자를 일부 사용.

코스케가 직접 세세한 지시를 내리는 게 아니라, 저곳에 있는 마물 집단을 덮치라는 대략적인 지시를 내리면 그대로 집단행동을 해 준다.

아직은 각각의 스킬 LV이 낮아서 위험할 때도 있었지만, 그런 경우에는 코우히와 미츠키가 가세해서 큰 사고는 발생하지 않았다. 집단행동이 특기인 건 스킬의 혜택이리라.

마을로 돌아올 즈음에는 모든 개체의 《집단행동》 스킬이 LV3까지 올라가 있었다. 마지막으로 가면서 명백하게 연계가 능숙해졌으니, 납득할 수 있는 결과다.

마을로 돌아와서 그들에게 마을 주변 경계를 하라고 지시한 뒤, 코스케 일행 세 명은 관리층으로 돌아왔다.

관리층으로 돌아온 코우히와 미츠키는 이날의 소환을 했다.

이번에도 남녀 한 명씩 소환되었고, 코우히가 소환한 여성이 이스나니, 미츠키가 소환한 남성이 도르라는 이름을 댔다. 당연히 코스케에게 무릎을 꿇었지만, 그쪽은 코스케도 딱히 지적하지 않았고 인사도 무사히 끝냈다.

오늘은 코우히가 그들을 류센까지 데려가게 되어서 인사도 적당히 마친 뒤 세 사람은 마을로 향했다.

그리고 코스케는 어쩌고 있느냐면.

"으~으음……."

관리 화면 앞에서 신음하고 있었다.

마을에 관해서는 지금 할 수 있는 일이 이미 끝나버렸고, 이후에는 류센 측의 대응을 기다리게 되었다. 그 밖에 할 수 있는 일을 찾으려고 해도 리스크를 고려하면 좀처럼 손댈 수 없는 상태다.

신력 PT가 더 있었다면 모험도 가능했겠지만, 그건 없는 걸 보채는 꼴이다.

"어머어머. 굉장히 고민하고 있네? 일단 밥이라도 먹을까?"

"뭐……?! 벌써 그런 시간?"

한동안 화면 앞에서 신음하고 있는데 미츠키가 보다 못했는지 말을 걸어왔다. 어느새 저녁 식사 시간이 되었다.

"고마워. 그래. 밥이라도 먹자."

코스케가 그렇게 말하며 자리에서 일어나자, 미츠키가 기쁜 듯이 팔을 붙잡아왔다. 식당 겸 부엌까지는 짧은 거리지만, 그래도 미츠키는 기뻐 보였다.

(아아, 그런가. 그러고 보니 미츠키와 단둘이 있는 건 처음인가…….)

코우히와는 몇 번 있었지만, 미츠키와 단둘이 있는 건 이번이 처음이다. 왠지 모르게 미츠키가 들떠 보인 것도 납득이 갔다.

결국, 식사 후에는 딱히 좋은 방안도 떠오르지 않아서 목욕 뒤에 잠자리까지 미츠키와 함께 보내게 되었다.

그건 괜찮지만, 아니 코스케에게도 대환영이지만…….

(코우히 씨. 있었던 일을 전부 미츠키에게 이야기하는 건 그만두자…….)

코스케는 미처 몰랐던 두 사람의 관계를 은근슬쩍 이해했다.

◆

아침 식사 후, 결국 좋은 방안이 떠오르지 않은 채 관리 화면 앞으로 향했다.

바라보니 어제와 마찬가지로 '알림'이 추가되었고, 탑 LV이 3 올라갔다고 나왔다.

LV이 올라간 것도 기쁘지만, 그보다 신경 쓰이는 게 있었다. 경험치 습득 조건에 마물 토벌수가 600마리 이상이라고 나와 있었던 거다.

지금까지 마을을 만들고 나서 마물을 토벌하기는 했지만, 아무리 생각해도 어제 단계에서 마물 토벌수가 600마리를 넘을 것 같지는 않았다. 일단 미츠키에게도 확인했지만, 500마리 정도가 아닐까 말하고 있었다. 그럼 남은 100마리는 누가 토벌했을까. 누구라고 해 봤자 마을에 남겨두고 온 그들밖에 없겠지만…….

미츠키를 데리고 마을로 가보기로 했다.

마을에 도착하자, 회색 늑대는 다섯 마리밖에 없었다.

"어?! 설마 당했나?"

코스케는 황급히 다시 주변을 확인했지만, 역시 이 숫자밖에 없다.

어제 봤을 때는 하룻밤 사이에 주변 마물이 대폭 늘어났다고 느끼지는 않았으니 늑대만이라도 괜찮을 줄 알고 맡겼는데, 그게 실수였나.

"다른 녀석들은 어떻게 됐어?"

반응을 보이리라고는 생각하지 않았지만, 그래도 옆으로 다가온 늑대에게 물었다. 그러자 그 늑대가 크게 울었다.

"아무래도 걱정할 것 없었던 모양이야."

뭔가 알아챘는지, 미츠키가 그렇게 말하며 어느 방향을 가리켰다.

처음에는 코스케에겐 보이지 않았지만, 바로 그게 뭔지 알 수 있었다. 남은 다섯 마리의 늑대 무리다.

그걸 본 코스케는 가슴을 쓸어내렸다.

"독자적으로 사냥하고 있었나."

무리의 리더로 보이는 히이가 다가왔기에 스테이터스를 확인해 보니, 대부분의 스킬 LV이 올라갔다. 특히 《물어뜯기》는 고작 하룻밤 만에 LV1이었던 스킬이 LV4라는 터무니없는 성장을 보였다.

처음 스테이터스를 확인한 히이만이 아니라 다른 원정팀 늑대도 비슷하게 스킬 LV이 올라갔다. 그래도 히이 정도만큼 상승한 개체는 없었지만. 그 밖에도 마을에 남은 늑대들 속에서 딱 한 마리만 《통솔》 스킬을 얻은 개체가 있었다. 마을에서 경계하던 팀의 리더이리라.

고작 하룻밤 사이의 변모를 본 코스케는 감탄하고 말았다.

"이건…… 꽤 예상 밖이네."

"그러게. 잘 쓰면 좋은 전력이 될 거야."

"그러게."

전력이 될 수 있다면 지금 쓰지 않는 계층에서도 유효하게 활용할 가능성도 생기니까, 일단 관리층으로 돌아가기로 했다.

우선 5층에 [회색 늑대 소환진(10마리 소환 가능)]을 설치했다. 이걸로 5층의 전력을 보충할 수 있다. 5층에 남을 예정인 개체는 《통솔》 레벨이 1이기 때문에, 너무 많이 소환하면 통솔하지 못할 가능성이 있다.

《통솔》 LV2인 개체(히이)는 다른 네 마리와 함께 7층으로 이동할 예정이다.

이쪽은 《통솔》의 LV이 하나 높기에 7층에는 [회색 늑대 소환진(10마리 소환 가능)]을 두 개 설치했다. 덤으로 7층 전이문 옆에 그들의 거점이 될 [축사(畜舍)]를 하나 설치했다. 원래는 가축용이지만, 늑대를 길러도 딱히 상관없겠지.

당연히 [축사]에도 《건조물용 저LV 결계》를 붙이고, 그 안에서 살아갈 수 있게 늑대들이 쓸 [작은 샘]도 준비했다. 설치 코스트가 10만 PT(신력)로 꽤 비쌌지만, 거점 옆에 물가를 두는 건 중요하니까 필요 경비겠지.

추가로 [슬라임 소환진]을 5층에 하나, 7층에 두 개 설치했다.

여기서 소환된 슬라임은 늑대 먹이로 쓸 예정이다. 어제 토벌할 때 늑대가 슬라임을 맛있게 먹는 걸 봤기 때문이다. 이러면 조금이나마 PT를 벌 수 있으니 좋고, 소환 숫자가 맞지 않아도 먹이로 활용할 수 있으니 문제없겠지.

어느 정도 구색이 갖춰졌기에 관리 작업을 마치자, 이미 점심이 되었다. 코우히도 류센에서 돌아왔다.

점심 식사를 끝낸 뒤, 셋이서 다시 마을로 향했다.

"그러고 보니 사람이 여기에 이주할 때는 늑대들을 남길 거야?"

마을로 향하던 중, 미츠키가 그렇게 물었다.

"아니. 남기지 않는 방향으로 생각하고 있는데, 어떻게 하는 게 좋을까? 인간이나 아인들에게는 어디까지나 마물이니까."

"테이머들이 거느리는 종마라고 하는 건?"

"10마리라면 그래도 되겠지만, 과연 그 이상은 어떨까?"

코스케의 의문에 두 사람은 침묵했다.

"게다가, 사람이 늘기 시작하면 남길 의미가 없어지니까."

애초에 이곳에 늑대를 놔둔 건 어디까지나 사람이 올 때까지 마물이 어지럽히는 걸 막기 위함이다. 그렇게 생각하면 사람이 오기 전에 회수하는 게 낫다.

그런 이야기를 나누는 사이 마을에 도착했다.

히이를 필두로 다섯 마리의 늑대가 없어졌다. 다시 사냥에라도 나간 거겠지.

아침에 데리고 간 멤버와는 다른 멤버로 나간 모양이었다. 《통솔》 스킬의 혜택인지, 이런 것도 확실히 고려한 거겠지. ······단순한 우연이라고 생각할 수도 있지만.

마을에 남은 다섯 마리 늑대 중 《통솔》 스킬을 가진 건 나나다.

그 나나를 가까이 부르고, 조금 전 설치한 [회색 늑대 소환진(10마리 소환 가능)]에서 회색 늑대 10마리를 소환했다.

권속으로 삼으려면 이름을 붙여야 하지만, 일일이 생각하면 시간이 걸리기까 앞글자에 '원'을 두고 그 뒤로는 아이우에오 순서로 한 글자씩 덧붙이기로 했다.

"여기 있는 14마리에, 네가 리더를 맡아서 한동안 이 마을을 지켜줘. 사냥하러 나가는 건 자유니까 너에게 맡길게."

코스케가 그렇게 말하자 제대로(?) 알아들었는지 나나가 "웡."하고 대답했다. 똑똑하다고 생각해서 스테이터스를 보니 《언어 이해(권속)》LV1이라는 스킬이 붙어있었다.

(……어?! 설마 거의 통하는 건가?)

어디까지 확실히 통하는지는 모르겠지만, 어느 정도는 통하는 것이리라. 5층 마을은 나나에게 맡겨도 괜찮아 보였다.

이어서 나나에게 히이를 불러달라고 하고, 다섯 마리를 데리고 7층으로 향했다. 전이문을 통과할 수 있을지 불안했지만, 늑대도 딱히 문제없이 통과했다. 코우히나 미츠키에게도 시험해 봤는데, 전이문을 조작할 수 있다면 문제없이 통과하는 게 확인되었다.

바로 옆에 설치한 [축사]로 향해서 이곳이 히이 무리의 새로운 거점이라고 설명했다. 유감스럽게도 히이는 《언어 이해(권속)》이 붙지 않았지만, 그래도 지시를 알아들었는지 한동안 주변의 냄새를 맡았다.

그동안 코스케는 두 개의 [회색 늑대 소환진(10마리 소환 가능)]에서 20마리를 불러내 이름을 붙였다.

모든 늑대에 이름을 붙인 뒤, 바로 옆에 있던 히이를 불러서 그들을 이끌라고 지시했다. 주변에 흩어진 다른 네 마리도 모여서 각각 인사 같은 걸 했다.

이어서 [슬라임 소환진] 쪽으로 데려가 여기서 나오는 슬라임은 마음대로 해도 된다고 전했다.

이후에는 한동안 그들을 자유롭게 놔뒀다.

일단 매일 낌새를 보러 올 예정이다. 코스케는 상황에 따라서는 늑대의 숫자를 더 늘려도 된다고 생각하고 있다. 아무튼 이걸로 늑대에게 내릴 지시는 끝났다.

관리층으로 돌아온 코우히와 미츠키는 예정하던 마지막 소환을 진행했다.

마지막 두 사람은 사라사와 틴이라고 소개했고, 두 사람 다 여성이었다.

참고로 코우히와 미츠키가 소환한 여섯 명은 모두 우열을 가릴 수 없는 미남미녀였다. 류센에서 할 교섭에서도 이 높은 외모 수준이 도움이 되겠지.

인사는 그럭저럭 끝내고, 이번에도 코우히가 두 사람을 데리고 류센으로 향했다.

왠지 이후의 관리 작업을 할 생각이 없어진 코스케는 미츠키와 둘이서 목욕탕에 들어가거나 하며 느긋하게 보냈다.

(4) 새로운 권속과 유니크 아이템

탑의 관리를 시작하고 나서 나흘째 아침.

'알림'이 나와서 확인하자, 오늘 아침은 탑의 레벨업도 없고 획득한 경험치 통지뿐이었다.

그것 말고는 딱히 달라진 점은 없어서, 관리 화면에 뭔가 설치할 수 있는 게 없나 찾아봤다.

(모처럼 소환할 수 있는데, 늑대만 있는 것도 쓸쓸하단 말이지…….)

탑 LV이 3이라서 그런지 소환할 수 있는 종류는 매우 적다. 새로운 권속을 소환하기 위해 하나하나 살펴봤지만, 좀처럼 와닿는 것이 없었다.

그중에서 딱 하나 코스케의 감성에 맞는 것이 있었다. 여우다. 복슬복슬하다.

[요호(妖狐) 소환진(10마리 소환 가능)]을 찾았을 때, 코스케의 머릿속에는 그것밖에 떠오르지 않았다. 그리고 정신이 들자 배치했다.

계층은 8층. 늑대 때와 똑같이 [축사]와 [작은 샘]도 배치했다.

샘은 몰라도 여우가 축사를 쓸지 어떨지는 모르겠지만, 비바람을 피하기 위한 것이라면 편리할 거라고 멋대로 상상하고 설치하기로 했다. 덤으로 [슬라임 소환진]도 설치했다. 이것도 여우가 먹을지는 모르겠지만 식용이다.

문득 건축물 일람을 보다가 신경 쓰이는 게 있었다. [신사(神社)]다.

정신이 들자 [축사] 옆에 설치했다(후회는 없다. by 코스케).

바로 미츠키를 데리고 8층으로 향했다.

설치한 [요호 소환진(10마리 소환 가능)]에서 요호를 10마리 소환해서 이름을 붙였다. 그렇지만 생각하기 귀찮아서 늑대와 똑같은 법칙이 되었다.

[요호 소환진(10마리 소환 가능)]에서 나온 여우는 코스케가 가진 지식 중에서는 북방여우와 가장 가까웠다. 몸길이도 15센티미터 정도.

이름을 다 지은 뒤, 하나하나 스테이터스를 확인했다. 그동안 여우들은 얌전히 기다려 줬다. 스테이터스를 확인하자, 기쁜 오산이 있었다. 10마리 중 여덟 마리의 개체가 《언어 이해(권속)》을 처음부터 습득하고 있었던 거다.

그 밖에도 《여우불》이나 《환혹》 등등 마법 스킬로 보이는 것도 습득하고 있다. 성장하면 꽤 쓸만해 보였기에, 코스케는 그들의 활약을 기대하기로 했다.

한동안 폭신폭신함을 즐기던 코스케는 설치한 시설은 마음대로 써도 된다고 그들에게 전한 뒤에 이제는 뜻대로 사냥하라고 지시했다.

늑대와 달리 여우가 무리를 지어 사냥하는지는 코스케도 모르지만, 그렇게 지시하면 마음대로 사냥하리라고 판단한 거다.

참고로 [슬라임 소환진]에서 나오는 슬라임은 여우도 기뻐하며 먹었다.

(마물에게 슬라임은 미식인가?)

시험 삼아 미츠키에게도 물어봤지만, 고개를 갸웃했다. 그런 이야기는 들어본 적 없다고 한다. 받은 지식에도 포함되어 있지 않은 거다.

결국은 잘 알 수 없었지만, 여우도 기뻐하니 넘어가기로 했다.

정오가 가까워졌기에 8층은 여기까지로 하고 일단 관리층으로 돌아갔다.

관리층으로 돌아오자 코우히가 돌아와서 이미 점심을 다 차린 상태였다. 고맙게 먹으면서 6인조의 낌새를 듣기로 했다.

아직 사흘밖에 지나지 않아서 대단한 진전은 없을 줄 알았는데, 하나 진전이 있었다.

여섯 명은 한 파티의 모험가로 길드에 등록해 활동하고 있으며, 류센 마을 외부에 전이문 설치 예정 거점을 확보했고 이미 거점 건축 의뢰를 냈다고 한다.

(일 처리가 빠르네.)

거점은 마을 밖에 지어야 하니까 조금 더 교섭에 시간이 걸릴 줄 알았는데, 의외로 바로 끝났다는 모양이다.

그런 사항을 덤덤히 보고하던 코우히가 마지막 말을 덧붙였다.

"공사 기간 중 호위와 위험수당도 꽤 가져갔다고 합니다."

"뭐, 그 정도는 어쩔 수 없지."

예산을 초과한 것도 아니니까 코스케도 바로 수긍했다. 단지, 조금 지출이 많아지더라도 계획을 중지하지는 않는다. 여차하면 코우히나 미츠키에게 지시해서 비싼 소재가 나오는 마물을 사냥하면 될 뿐이니까.

참고로 6인조와 코우히&미츠키는 마을 밖에서 만나고 있다. 현재 코스케는 탑의 관리자로 앞에 나설 생각이 없기 때문이다.

코우히와 미츠키가 코스케와 함께 활동한다는 건 어느 정도 알려졌다. 계속 숨길 생각은 없지만, 알려지는 건 아직 이르다고 생각하고 있다. 적어도 탑 안의 마을이 어느 정도까지 커지고 나서 밝힐 생각이다.

그렇기에 코스케 옆에 항상 있는 코우히와 미츠키가 6인조와 연결고리가 있다는 걸 알리고 싶지 않기에 일단 조심하고 있는 거다.

그런 대화를 나누며 점심 식사를 마친 코스케는 두 사람이 뒷정리를 마치는 걸 기다리면서 각각의 층을 확인하기로 했다.

5층의 나나가 이끄는 늑대들은 신규 인원의 갖가지 스킬 LV이 그런대로 올라간 것 말고는 딱히 커다란 변화가 없어 보였다. 원래부터 있던 다섯 마리는 스킬 LV도 크게 달라지지 않았다. 그래도 신규 인원에게 추월당하는 일은 없었지만.

단지, 마을 호위와 사냥의 두 조로 나뉘어서 그런지 신규 인원 중에 《통솔》 스킬을 익힌 늑대가 한 마리 생겼다. 한동안 낌새를 보기 위해 숫자는 지금 상황을 유지하기로 했기에, 오늘은 늑대를 늘릴 생각이 없다.

이어서 7층에 있는 히이 무리의 낌새를 살폈다. 이쪽은 유감스럽게도 사냥 도중에 희생이 나온 모양이었다. 모여 있는 걸 확인하니 두 마리가 부족했다.

숫자를 너무 늘려서 그런지는 모르겠지만, 안타까워도 어쩔 수 없다고 생각하기로 했다. 그 대신이라고 해야 할까. 신규 인원의 스킬 LV이 크게 올라갔고, 고참들의 스킬 LV도 올랐다.

LV5 스킬을 가진 개체도 나와 빠른 상승 속도에 놀라고 있다.

사냥은 히이의 성격이 드러나서 그런지 꽤 강하게 추진하고 있는 모양이다. 너무 무리하지 않게 히이에게 당부하자.

덤으로 히이의 스테이터스를 확인하자 경사스럽게도 《언어 이해(권속)》을 습득했기에 확실하게 지시를 내리기로 했다. 너무 강하게 말해서 위축되지 않도록 주의를 줄 때는 조심했다.

마지막으로 8층에도 향했다.

여우들은 조금 전에 막 배치했기에 대단한 변화는 없을 줄 알았는데, 아니나 다를까 여섯 마리나 [슬라임 소환진] 주변에서 쉬고 있었다. 남은 네 마리는 보이지 않았으니, 주변으로 외출한 거겠지.

스테이터스에도 딱히 커다란 변화는 보이지 않았기에 그대로 관리층으로 돌아가기로 했다.

관리층으로 돌아온 코스케는 오늘은 이만 탑의 관리 작업을 끝내고 셋이서 편히 쉬기로 했다.

탑 공략이나 관리 작업으로 바빴기에 셋이서 느긋하게 보내는 건 오랜만이다. 두 사람이 만든 요리를 즐기고, 별것 아닌 대화를 나누면서 보냈다.

이후에는 두 사람의 유혹이 있어서 셋이서 목욕탕에 들어갔고,

그다음에는 셋이서 여러모로 즐기며 그날 하루를 마쳤다.

◆

8층에 여우를 배치하고 나서 사흘 동안 딱히 큰 변화는 일어나지 않았다. 코스케가 새로운 시설 설치를 하지 않았던 것도 있다.

그동안 코스케 일행은 늑대나 여우를 돌아보거나, 조금이라도 신력을 벌기 위해 마물 토벌을 다녔다. 그 결과 알게 된 것은, 역시 고LV 마물을 쓰러뜨리는 것이 신력을 눈에 띄게 벌 수 있다는 사실이었다.

한 번 중계층에서 사냥할 수 없을까 해서 늑대를 데리고 왔는데, 아무리 봐도 방치할 수 없다는 결론이 나와서 중계층 배치는 나중으로 미뤘다.

탑LV이 3이 되었기에 LV 2 때와 마찬가지로 소환진이나 건축물이 추가되었지만, 그것 말고도 큰 변화가 있었다.

새로운 관리 기능의 추가다. 무엇이냐면, 관리장 보좌로 등록된 코우히와 미츠키에게 계층 관리 권한을 줄 수 있게 되었다.

바로 관리실을 확장해서 조작 단말을 두 개 설치했다. 이후에는 코우히와 미츠키에게 관리할 층의 권한을 이양하면 된다.

그러나 그전에 코우히와 미츠키에게 확인할 것이 있다.

"다들 잠깐 이걸 봐줬으면 하는데……."

방해되지 않게 떨어진 곳에 있던 두 사람에게 코스케가 말을 걸자, 함께 다가왔다.

"왜 그러십니까?"

"무슨 일이야?"

아무런 말도 없이 조작 단말을 늘렸기에 갑자기 나타난 단말을 보고 놀라던 두 사람은 코스케의 지시를 받고 화면을 들여다봤다.

현재 관리 화면에는 탑 LV이 3이 되어서 새로 추가된 설치물이 두 개 표시되어 있었다.

명칭 : 세계수의 묘목

설치 코스트 : 30만 PT(신력)

설명 : 성력의 지맥을 정돈하는 역할을 가진 거목의 묘목.

　　　묘목 상태로도 어느 정도 힘을 가지고 있다.

　　　또한, 성력을 사용해 성장하며 그때 신력을 발생시킨다.

　　　단, 유지, 성장시키려면 보호가 필요.

　　　이 탑 전용의 유니크 아이템.

명칭 : 버밀리니아 성

설치 코스트 : 30만 PT(신력)

설명 : 주변에 있는 마력을 사용해 그 존재감을 드러낸다.

　　　성 중앙에 버밀리니아 보옥이 있다.

　　　보옥이 마력을 흡수하여 신력을 발생하는 역할을 한다.

　　　단, 유지하려면 보호가 필요.

　　　이 탑 전용의 유니크 아이템.

모두 신력이 발생하는 의미에서는 효과가 똑같은 설치물이다.

지금 시점에서는 매우 비싸지만, 설치 코스트 이상의 가치가 있다. 다행히 양쪽 모두 설치할 수 있는 PT는 있다. 원래 있던 PT와 매일 가산되는 양이 있기에 양쪽을 동시에 설치하는 것도 어떻게든 가능하다. 코스케는 이 두 개를 설치한 계층을 코우히와 미츠키에게 맡기려고 생각하고 있었다.

문제는, 이 두 사람을 뒷받침할 인재의 확보다.

성은 설치하더라도 방치하면 바로 황폐해진다. 세계수도 심기만 하고 방치해도 될지 알 수 없다. 누군가 감시할 수 있는 존재가 있다면 그게 무조건 좋다.

"그러니까, 짐작 가는 거 없어?"

코스케는 두 사람에게 물었다.

처음에 대답한 건 코우히였다.

"저는 없습니다. 하지만 떡은 떡집이라고 하니까요. 세계수의 전문가에게 물어보죠."

전문가 같은 건 짐작도 하지 못한 코스케가 고개를 갸웃했다.

"그게 누구야?"

"비밀입니다."

단호하게 대답한 코우히는 방긋 웃었다.

미츠키는 짐작 가는 게 있는지 고개를 끄덕이며 코우히의 말을 들었다.

"그렇다면 나는 성 쪽이네……. 그럼 그걸 소환해 볼게."

(코우히 씨. 비밀이라뇨? 그리고 미츠키 씨. 그거라니 뭔가요?)

코스케는 무서워서 물어볼 수 없었다. 그렇지만 잠시 생각하던 게 있었기에 뭔가를 불러내더라도 문제는 없다.

"그럼 부탁해도 될까? 그리고 이 두 개를 설치하면 그 계층의 관리를 두 사람에게 맡길 생각이니까, 잘 부탁해."

"“?!”"

코스케가 태연하게 그런 발언을 던지자 두 사람은 놀란 표정을 지었지만, 곧바로 묘하게 기합이 들어간 표정으로 변했다. 두 사람의 표정을 본 코스케는 무슨 영문인지 몰라 내심 고개를 갸웃했지만, 왠지 생각하지 않는 게 좋을 것 같아서 무시하기로 했다.

코스케는 두 사람이 의욕을 내는 만큼 문제는 없으리라 여기고 설명을 이어갔다.

"탑 LV이 올라가서 다른 사람에게도 관리를 맡길 수 있게 된 것 같아. 일단 한 층씩이지만, 필요해지면 관리하는 층을 늘리는 것도 가능한 모양이니까."

"알겠습니다."

"알았어."

코스케의 설명을 들은 코우히와 미츠키는 결의로 가득한 표정으로 고개를 끄덕였다.

두 사람이 동의했기에 바로 관리권 이양을 하기로 했다. 각 계층 관리 권한 이양은 매우 간단했다. 각각의 층 화면에 관리자 항목이 있고, 지금은 그게 코스케로 되어있기에 다른 사람을 지정하면 될 뿐이다.

관리권이 이양되면, 이양된 층에 설치물을 두거나 해제할 수 있다. 단, 설치하기 위한 신력, 성력, 마력은 관리장이 허가한 범위 안에서 쓰게 된다.

그 수치 설정은 어디까지나 관리장인 코스케에게 권한이 있다. 두 사람도 딱히 그에 관해서는 이의가 없었기에 적당한 수치를 설정했다.

두 사람 모두 소환 준비가 필요하기에, 두 개의 유니크 아이템 설치는 나중으로 미루게 되었다.

코우히와 미츠키의 권한 양도를 마친 코스케는 작업을 계속 이어갔다. 두 유니크 아이템 말고도 신경 쓰이는 설치물이 추가되었기 때문이다.

그것은 [신석(神石)]으로, 설명칸에는 '주변의 성력, 마력을 흡수해서 신력을 발생시키는 돌멩이]라고 적혀있었다.

설치 코스트도 신력 1만 PT로 그리 높지 않다. 하나 설치해서 어느 정도의 신력이 발생하는지는 모르겠지만, 설치해 보기로 했다.

설치하는 곳은, 늑대와 여우가 있는 7층과 8층이다.

7층은 [축사] 안과 [작은 샘] 안에 하나씩 설치했다. 설치 위치로 지정하니 평범하게 허가되었다. 8층은 [신사] 안과 [작은 샘] 안에 하나씩 설치했다. 샘 안에 설치한 건, 어떤 걸 기대했기 때문이다. 예상대로라면 앞으로 기대해 볼 수 있으리라.

바로 코우히와 미츠키를 데리고 8층으로 온 코스케는 우선 [신사] 쪽부터 확인했다.

딱 하나 있는 방 한가운데에 주먹 크기의 돌이 하나 그대로 노출된 채 놓여 있었다. 그 주변에서 여우 두 마리가 빙글빙글 맴돌고 있다.

한동안 낌새를 살폈지만, 신기하게도 여우는 그 돌에 장난치려는 행동을 보이지 않았다. 그대로 방치해도 괜찮아 보였기에, 다음으로 샘을 보러 가기로 했다.

그곳에는 여우 세 마리가 물을 마시고 있었다. 지정한 대로 샘 안에 [신석]이 들어있다. 왼쪽 눈으로 샘물을 감정하자, 【신수】라고 나왔다. 아무래도 기대한 결과가 나온 모양이다.

만약을 위해 7층도 확인해 봤지만 똑같은 결과가 나왔다. 늑대도 딱히 신경 쓰지 않고 물을 마시고 있으니 문제는 없으리라.

【신수】를 마신 늑대와 여우에게 뭔가 영향이 나타날지, 혹은 전혀 변함이 없을지, 기대된다.

5층에 [신석]을 설치하지 않은 건, 비교하기 위해서다. 불특정 다수의 인간 및 아인들이 앞으로 이주 혹은 출입할 예정인지라, 특수한 건 놔두지 않기로 했다.

지금 5층 늑대에 【신수】를 주지 않는 건 아깝지만, 5층의 거점 경비를 그만둘 수도 없었기에 코스케는 어쩔 수 없다며 단념했다. 앞으로 어떻게 되는지 낌새를 살피면서, 새로운 늑대를 추가하거나 교대하며 대응하기로 했다.

덤으로 7층에는 늑대가 무사한지 확인했다. 그 이후 늑대의 희생은 한 번도 나오지 않았다. 기쁜 일이다.

이 층에서 나오는 마물의 랭크로는 늑대의 스킬 LV도 거의 오르지 않게 되었다. 그렇다고 중계층으로 이주시킬 수도 없었기에, 가능하다면 【신수】의 효과에 기대하고 싶다.

이날 오전의 마지막 일로 5층의 모습도 둘러봤다.

이쪽은 견실한 나나가 이끌고 있어서 딱히 문제는 일어나지 않았다. 오히려 주변에 자연 발생하는 마물의 숫자가 순조롭게 줄어들고 있다. 그 밖에도 《통솔》 스킬을 가진 늑대가 나오고 있으니, 슬슬 늑대를 추가해도 될지도 모르겠다고 생각했다.

코스케는 나나의 복슬복슬한 털을 어루만져 주면서 점심 전의 시간을 보냈다.

(5) 하이 엘프와 흡혈 공주

5층에서 돌아와서 점심을 먹은 뒤, 우선 코우히가 소환을 진행하게 되었다.

미츠키의 소환은 밤에 하는 게 낫다고 해서 저녁 식사 후에 실행하기로 했다.

지금부터 소환을 진행하는 코우히는 현재 소환 준비를 위해 73층으로 갔다. 와히드 일행을 소환한 방법과는 다른 방법을 써서 불러내는데, 이걸 위해 준비가 필요하다고 한다.

와히드 일행도 코우히나 미츠키에게는 당해내지 못하지만, 이세계의 레벨로 보면 상당한 강자였다.

(그 여섯 명보다 수고를 들여서 불러내다니, 어떤 존재지?)

그렇게 생각한 코스케가 미츠키에게 물어보자, 매우 심플한 대답이 돌아왔다.

"어머, 그건 오해야."

"오해? 무슨 소리야?"

코스케는 알아듣지 못해 고개를 갸웃했다.

"그 여섯 명을 불러내는데 수고가 들지 않은 건 애초에 우리의 레벨이 높았기 때문이고, 보통은 좀 더 수고를 들여서 불러내야 해. 뭐, 그 여섯 명을 불러낼 수 있는 레벨의 소환사가 우리 말고 있을지는 모르겠지만."

"그래서?"

"그 여섯 명을 불러낼 때는 조건 설정을 대충 끝내도 괜찮았지만, 이번에는 세세한 설정이 필요하니까 다소 수고를 들이고 있는 거야."

"그 말은……?"

코스케가 그렇게 말하며 다시 고개를 갸웃하자, 미츠키가 설명을 덧붙였다. 코스케는 왠지 유능한 교사에게 가르침을 받는 기분이 들고 있었다.

"이번에 필요한 건 성과 나무를 관리할 인재잖아? 성 쪽은 몰라도 세계수는……. 아무리 생각해도 이쪽 분야의 전문가가 필요하니까, 그걸 특정해서 불러내지 않으면 나무 자체가 못 쓰게 되어버려. 그러니까 설령 수고가 들더라도 그런 인재를 불러내고 싶은 거야."

"그렇구나. 미츠키는 그 인재에 짐작 가는 게 있어?"

"대략 예상은 가. 게다가 코스케 님도 짐작 가는 게 있잖아?"

그 말을 듣자, 코스케는 판타지의 정석과도 같은 존재를 떠올렸다. 세계수와 연결되는 존재라면 하나밖에 떠오르지 않는다.

"있긴 한데……. 이 세계에 아인이 있다는 건 알지만, 그게 있다는 것까지는 몰랐어."

"그러고 보니 류센에서는 못 만났었네. 뭐, 그거라는 게 과연 맞는지는 코우히의 소환이 끝날 때까지 기대해 보는 게 좋아. 여기서 내가 말해버리면 코우히가 토라질 테니까."

코우히가 토라진 모습을 상상한 코스케는 무심코 웃고 말았다.

"그렇게 할게. 그래서? 미츠키 쪽은?"

"그것도 비밀이라는 걸로. 나의 경우에는 성이니까 그렇게까지 고집하지 않아도 되지만, 기왕 이렇게 됐으니까."

미츠키는 그렇게 말하며 방긋 웃었다.

그 웃는 얼굴에 홀려서 어물쩍 넘어가는 듯한 느낌도 들지만, 코스케도 억지로 캐물을 생각은 없었다. 무엇보다 나중에 기대하는 게 낫다는 건 확실하다.

미츠키와 그런 대화를 나누는 사이 코우히가 돌아왔다.

"오래 기다리셨습니다. 준비가 다 됐습니다."

코우히가 그렇게 말하며 고개를 숙이자, 코스케는 고개를 끄덕이며 일어났다.

"알았어. 그럼 가 볼까. 아, 그 전에 나무는 미리 설치하는 게 나을까?"

"그렇겠죠. 먼저 부탁드립니다."

"알았어. 잠깐 기다려. 좋아. 이러면 괜찮겠지."

"그럼 가 보시죠."

코우히의 재촉을 받은 세 사람은 73층으로 향했다.

73층 중앙에 [세계수의 묘목]을 설치하고 그곳으로 향한 세 사람은…….

"이게 묘목?"

묘목이라고 해서 작은 가지 같은 걸 심는다고 생각했던 코스케는 멍하니 그 묘목을 바라봤다. 묘목일 텐데, 주변 나무와 거의 키가 다르지 않았다. 확실히 두께는 다른 나무와 비교하면 가늘었지만, 이게 묘목이라니. 코스케의 감각으로는 도무지 납득이 가지 않았다. 그런 코스케 옆에서 [세계수의 묘목]을 바라보던 코우히가 설명해 줬다.

"그렇습니다. 세계수는 나무라고는 해도 다른 나무와는 격이 다르니까요. 이게 성장한다면 주변 나무와는 비교도 되지 않을 크기가 될 거예요."

"비교도 되지 않는다니……. 어느 정도?"

"대략 100미터 정도일까요."

"백……?!"

물론 코스케도 어느 정도 판타지 지식으로 알고는 있었지만, 구체적인 숫자로 나타내니 놀라고 말았다. 코우히와 미츠키는 그런 코스케를 부드럽게 웃으며 바라봤다.

"어엿한 성목(成木)이 되면 세계를 받친다는 말까지 나오는 신목(神木)이니까요."

코우히의 그런 말을 들으면서 코스케는 [세계수의 묘목]을 멍하니 바라봤다.

준비에는 시간이 걸렸지만, 소환 자체는 바로 끝나서 소환진이 몇 초 정도 빛나더니 한 남성이 소환되었다.

예상대로라고 해야 할지, 그 귀는 가늘고 끝이 뾰족했다.

"역시 엘프?"

"맞아. 정확하게는 하이 엘프지만."

소환진에서 조금 떨어진 곳에 서 있던 코스케가 말하자, 옆에 있던 미츠키가 예상한 대답을 들려줬다.

앞에 '하이' 가 붙어있지만, 판타지의 단골인 엘프의 등장이다. 단골 설정 그대로, 굉장히 미형이고 녹색을 기조로 한 옷을 입었다. 그래도 코우히나 미츠키보다는 떨어지지만, 그래도 코스케가 원래 있던 세계에서는 본 적도 없는 레벨의 미형이다. 막 소환된 상황이라 활 같은 무기는 없고 빈손이었다.

그 미형 하이 엘프는 소환자인 코우히와 대화를 나누고 있었다.

"당신이 나를 깊은 잠에서 불러낸 자인가?"

"그렇습니다. 저는 코우히라고 합니다. 당신이 해 줬으면 하는 일이 있어서 불렀습니다."

"유감이지만, 나는 이미……?!"

거절하는 말을 하려던 그 하이 엘프는, 코우히가 가리킨 걸 보고 놀라서 말을 멈췄다.

"설마, 저건……?!"

"그렇습니다. 세계수의 묘목입니다. 저걸 관리해 줬으면 해서 불렀습니다."

틀림없는 [세계수의 묘목]이라는 걸 확인한 하이 엘프는 살짝 고개를 끄덕였다.

"그렇다면 나로서도 꼭 부탁하고 싶다. 하지만…… 어디서 이걸?"

"그 이야기는 나중에 하죠. 지금은 우선 저의 주인님을 소개하겠습니다."

"주인?"

코우히는 당혹스러워하는 하이 엘프를 제쳐놓고 성큼성큼 코스케를 향해 다가왔다. 하이 엘프는 황급히 뒤를 따라왔다.

코스케 앞까지 온 코우히는 하이 엘프에게 코스케를 소개했다.

"이분이 저의 주인이신 코스케 님입니다."

코우히가 소개하자, 하이 엘프는 의심스러운 표정을 보이면서도 고개를 숙였다.

"처음 뵙겠습니다. 하이 엘프인 리스틴입니다. 잘 부탁합니다."

"처음 뵙겠습니다. 코스케입니다. 이쪽은 미츠키. 일단 탑의 관리자를 맡고 있는데, 그렇게 딱딱하게 있지 않아도 괜찮아요. 기본적으로 이곳은 코우히에게 맡길 테니, 앞으로는 코우히의 지시를 따라주세요."

코스케는 하이 엘프의 표정을 무시하고 바로 자기소개를 끝내 버렸다. 하이 엘프가 자신을 보는 시선의 의미를 확실히 파악하고, 코우히에게 맡기는 게 좋겠다고 판단한 거다.

"알겠습니다."

리스턴은 코우히에게서 주인이라고 소개받은 코스케를 당혹스럽게 바라보면서도 무난하게 인사했다.

그 모습을 굳이 눈치채지 못한 척한 코스케는 코우히에게 가볍게 말을 걸었다.

"그럼, 일단 우리는 이만 돌아가도 될까?"

코스케가 묻자, 코우히도 살짝 고개를 끄덕였다.

"네. 괜찮습니다. 이후에는 제 쪽에서 말해두겠습니다."

"알았어. 그럼."

코스케는 그 한마디를 남긴 채 미츠키와 함께 관리층으로 돌아왔다.

남겨진 리스턴이 코우히에게 물었다.

"저 휴먼이 당신의 주인……이라고요?"

의아한 듯 묻는 리스턴을 본 코우히는 고개를 갸웃했다. 물론 일부러 눈치채지 못한 척을 한 거다.

"그렇습니다만, 무슨 문제라도?"

"솔직히 말씀드리면, 당신 정도의 인물이 섬길 만한 존재로는 보이지 않습니다만?"

"당신은 자기 눈은 장식이라고 선언하겠다는 뜻입니까?"

"무슨 뜻이죠?"

"말 그대로의 뜻입니다."

약간 상처받은 표정으로 고개를 기울인 리스턴에게 코우히가 미소 지은 채 대답했다.

"이해할 수 없군요. 아무리 봐도 그 휴먼에게 당신이……?!"

"닥치세요."

코우히가 꺼낸 한 마디가 리스턴의 입을 다물게 했다. 그리고 코우히에게서 느껴지는 압박감에 몸을 떨며 저도 모르게 무릎을 꿇었다.

엘프는 모두 자존심이 강하다고 한다. 그리고 그 정점에 존재한다는 하이 엘프라면 더더욱 그렇다. 스스로 무릎을 꿇다니, 원래는 있을 수 없는 일이다. 그런 하이 엘프인 리스턴이 그저 압박감만으로 무릎을 꿇고 고개를 숙인 것이다.

직접 나서서 코스케에게 무릎을 꿇었던 와히드 일행과 리스턴의 태도는 큰 차이가 있지만, 이건 소환 조건 설정의 차이다. 이번에는 하이 엘프라는 것을 우선했기에 코스케나 코우히에 대한 주종관계는 조건에 들어있지 않았다. 그것이 태도로 드러난 것이다.

코우히에게서 느껴지는 압박감 앞에서 아무리 봐도 자신은 당해낼 수 없는, 명백하게 격이 높은 존재라는 걸 본능으로 알아챈 리스턴은 조금 전 자신의 말이 그녀의 역린을 건드렸다는 걸 깨달았다.

코우히는 그 압박감을 계속 유지한 채 짧게 말했다.

"처음은 용서하겠지만, 두 번은 용서하지 않겠어요."

"죄송합니다."

리스턴은 고개를 수그리면서 겨우겨우 말을 꺼냈다.

"당신이 지금 주인님에 대해 이해하지 못하겠다면, 시간을 들여 이해하도록 하세요. 그런데도 이해하지 못한다면, 당신은 그 정도의 존재라는 거겠죠."

"알겠습니다."

리스턴의 대답을 듣자 겨우 코우히가 압박감을 없앴다. 코우히의 압박감에서 풀려난 리스턴은 전신의 힘을 풀었다.

그런 리스턴을 바라보던 코우히가 말을 이었다.

"한 가지 충고. 아뇨, 이건 굳이 따지자면 조언일까요."

"무엇입니까?"

"만약 미츠키 앞에서 똑같은 말을 했다면, 당신은 지금쯤 영혼조차 존재하지 못하게 되었을걸요?"

"……."

리스턴이 침묵하자, 코우히는 성적이 떨어지는 학생을 가르치는 교사 같은 표정을 지었다.

"이해하지 못하는 모양이니 가르쳐드리겠는데, 미츠키는 제가 유일하게 인정하는, 저와 동등한 존재입니다."

"충고해 주셔서, 감사합니다."

리스턴은 무릎을 꿇은 채 고개를 숙였다.

◆

관리층으로 돌아온 미츠키가 코스케의 팔을 붙잡고 물었다.

"그래도 괜찮았어?"

"뭐가?"

"알면서 묻는 거야?"

키득키득 즐겁게 웃는 미츠키를 본 코스케는 어깨를 으쓱했다. 미츠키의 눈이 사실 웃지 않고 있다는 건 물론 알고 있다.

"뭐……. 그렇게나 노골적이었으니, 아무래도."

코스케가 봐도 리스톤은 명백하게 자신을 얕잡아보는 태도를 보였다.

"그렇긴 하지."

"그리고 그게 괜찮았냐고 묻는다면, 괜찮은데?"

코스케의 말에 미츠키가 고개를 갸웃했다.

"흐응……. 그 본심은?"

"그야, 그 이상 그곳에 있었다면 미츠키가 못 참았을 거잖아?"

코스케의 말을 듣자, 미츠키는 혀를 쏙 내밀었다.

"그건, 그럴, 지도?"

"그러니까 뒷일은 코우히에게 맡기고 도망친 거야."

"흐~응. 뭐, 코스케 님이 그래도 괜찮다면 나도 상관없어."

"고마…… 우읍!"

코스케가 감사를 표하려고 하자, 어째서인지 갑자기 미츠키가 입술을 막았다.

"그건 내가 할 소리야. 고마워."

"천만에……."

그 이후 미츠키가 매우 기분 좋게 다음으로 자신이 할 소환 준비에 들어갔다는 것을 나중에 코스케가 코우히에게 알려줬다.

코우히가 73층에서 리스턴을 상대하는 사이, 코스케와 미츠키는 여느 때처럼 늑대나 여우의 상태를 보면서 지냈다. 미츠키가 하는 소환은 저녁 식사 후가 좋다고 해서 그녀도 시간이 비었기 때문이다.

각 층 순회를 마치고 관리층으로 돌아오자 코우히도 돌아와 있었다. 그 이후, 코스케는 마법에 관해 기록한 책 등을 읽으며 보냈다.

책은 처음에 관리층에 설치한 것을 별생각 없이 읽기 시작한 건데, 최근에는 어쩌면 재미있는 일을 할 수 있을지도 모른다고 생각하게 되었다. 이론은 책으로 알게 되었으니까 슬슬 실천에 옮기고 싶었지만, 그건 조금 더 안정을 찾고 나서 하려고 생각 중이다.

지금은 우선 [버밀리니아 성]이다.

저녁 식사를 마친 뒤, 미츠키의 요망으로 소환 전 [버밀리니아 성]을 76층에 설치했다.

그 이후 식사 뒷정리도 끝난 뒤에 소환을 진행하러 셋이서 76층으로 향했다.

(커다란 성이네…….)

처음 [버밀리니아 성]을 봤을 때 코스케가 한 감상은 이랬다. 사실 코스케가 성을 보는 건 이번 삶과 저번 삶을 통틀어 처음이었기에 비교 대상이 있는 건 아니었지만. 사실 [버밀리니아 성]은 이 세계에서는 표준 크기의 성이라서, 이 성보다 커다란 것도 몇 군데 존재한다. 그러나 성 자체를 본 적이 없는 코스케가 그걸 깨닫는 건 무리였다.

그건 넘어가고, 지금 세 사람은 성 안에서 관리 화면에 표시된 [버밀리니아 보옥]을 찾고 있었다.

찾는다고 해도 대략적인 위치는 알고 있고, 실은 이미 미츠키가 발견했다. 그래서 똑바로 나아가도 되겠지만, 코스케의 희망으로 성 탐색 겸 샛길로 빠져서 향하고 있는 거다.

그래서 옥좌 같은 게 있는 알현실이나 지금은 책 없는 책장이 쭉 늘어선, 아마도 원래는 도서실이었을 방, 쓸데없이 엄중한 자물 쇠와 장치가 걸려있는 문이 달린, 지금은 아무것도 들어있지 않은 보물고 등을 돌아본 뒤에 원래 목적지인 방으로 왔다.

[버밀리니아 보옥]은 성 지하에 해당하는 곳에 있었다.

그런대로 크기가 있는 방 한가운데에 호화로운 받침대 하나가 멀뚱히 있고, 그 위에 수정 같은 투명한 구슬이 하나 올라가 있었 다.

만약을 위해 왼쪽 눈으로 확인하자, 틀림없는 [버밀리니아 보 옥]이었다.

은근슬쩍 소유자가 코스케로 되어있다. 이건 관리층에서 성을 설치한 게 코스케이기 때문이리라.

"코스케 님?"

"괜찮아."

갑자기 [버밀리니아 보옥]을 만지려는 코스케를 걱정한 미츠키 가 말리려 했지만, 왼쪽 눈으로 자신이 소유자라는 걸 확인한 코 스케는 개의치 않고 보옥 위에 오른손을 올렸다.

《소유자 확인. 설정을 변경하시겠습니까? 예 or 아니오》

갑자기 머릿속에 메시지가 떠서 그대로 '예'를 선택했다.

《소유자 변경 절차를 진행합니다. 변경자의 오른손을 올려 주세요.》

그 메시지를 읽은 코스케가 묵묵히 그 모습을 지켜보던 미츠키
에게 말을 걸었다.

"미츠키, 오른손을 올려."

"? ……이렇게?"

코스케의 지시대로 미츠키가 보옥 위에 오른손을 올렸다.

《확인했습니다. 소유자의 변경을 종료합니다.》

"이건……?"

고개를 갸웃한 미츠키에게 코스케가 설명을 덧붙였다.

"응. 뭔지는 모르겠지만, 소유자를 변경할 수 있는 것 같아서 해
봤어."

태연하게 말하는 코스케에게 뭔가 대답하려던 미츠키를 제지했
다.

"어차피 여기는 미츠키가 관리하게 될 테니까, 변경해두는 게
좋겠지?"

"알았어……."

조금 억지였지만, 코스케도 미츠키가 소유하는 편이 안심되기에 납득하게 했다. 이후를 생각하면 미츠키에게 넘겨주는 게 좋을 것 같았기 때문이다.

이어서, 드디어 본래 목적인 소환을 하기로 했다. 그래도 준비는 만전이었기에 미츠키는 바로 소환을 진행했다.

딱히 문제도 일어나지 않은 채 무사히 소환이 끝났고, 백발 적안의 여성이 나타났다.

코우히나 미츠키와는 다른 타입인, 어른의 요염함을 가진 미녀다. 고귀함이 느껴지는 붉은 드레스를 입고, 허리까지 기른 새하얀 스트레이트 머리가 그 드레스를 한층 화려하게 꾸며준다. 더욱이 머리나 피부가 하얗기에 강한 의지를 띤 붉은 눈동자를 더욱 두드러지게 해 준다. 전체적인 분위기는 사람 위에 서는 것에 익숙한 느낌이었다.

그 여성은 주변을 한 번 돌아보더니 미츠키를 바라봤다.

"나를 불러낸 것은 그대인가?"

미츠키는 여성의 말에 수긍했다.

"그래, 맞아. 당신이 꼭 해 줬으면 하는 게 있거든."

"흠……. 그 해 줬으면 하는 일이라는 것도 신경 쓰이지만……. 거기 있는 인간족도 신경 쓰이는걸? 나를 위해 준비해 준 산 제물이냐?"

백발 미녀가 농담처럼 말한 순간, 미츠키에게서 압박감이 흘러나왔다.

"아무리 농담이라도, 해도 되는 말과 안 되는 말이 있지 않을까? 계약의 수호자 씨?"

"음……. 이거 미안하군. 오랜만의 부활이라 다소 들뜬 모양이다. 사과하고 싶구나."

여성은 미츠키의 압박감에 밀리면서도 확실히 사과의 말을 했다. 동시에 코스케가 미츠키에게 어떤 존재인지를 확실히 머리에 새겨 넣었다.

그 사과로 기분이 풀렸는지, 미츠키도 바로 압박감을 내뿜는 걸 그만뒀다.

"알아주면 됐어. 그럼 나의 주인을 소개할게."

미츠키는 그렇게 말하고는 코스케를 소개했다.

"주인이라고?"

린스턴 때와 마찬가지로, 그녀 역시 와히드 일행과는 달리 무조건 코스케에게 무릎을 꿇는다는 조건을 설정해서 소환한 건 아니었다.

백발 미녀는 코스케가 이 정도의 위압감을 발하는 존재를 거느릴 주인으로 보이지 않았지만, 그걸 입 밖으로 내지는 않고 그저 고개를 갸웃했다.

"응, 맞아. 그래도 당신에게는 입으로 설명하는 것보다는 훨씬 간단한 방법이 있으니까, 그 방법을 쓰기로 할게."

"뭐라?"

미츠키는 영문도 모른 채 고개를 갸웃하는 백발 미녀는 신경 쓰지 않고 코우히에게 말했다.

"코우히. 부탁해."

두 사람 사이에는 이미 상의가 된 것인지, 코우히는 그 말만 듣고도 움직였다.

코우히는 손에 와인잔과 나이프를 들고 코스케에게 다가오더니 와인잔을 그에게 내밀었다.

"실례지만 주인님. 이걸 들고 계셔주시겠습니까?"

"응……? 그래."

코스케는 당혹스러워하면서도 왼손으로 와인잔을 받았다. 그리고 코우히는 비어있던 오른손을 잡아서 잔 위에 올려놨다.

"죄송합니다. 조금만 참아주세요."

"코우히? 큭……?!"

코우히는 나이프를 코스케의 손바닥 위에 그었다.

갑작스러운 일이었기에, 코스케는 무심코 신음하면서 반사적으로 팔을 빼려 했지만, 코우히는 그걸 허락하지 않았다. 코스케의 손에서 흐른 피가 잔에 담겼다.

무슨 목적인지는 모르겠지만, 코스케는 그냥 가만히 있었다. 코우히와 미츠키가 자신에게 해를 끼치지는 않는다고 믿고 있기에, 이 행위에도 뭔가 의미가 있다고 생각했기 때문이다.

잔 안에 1센티미터 정도 피가 모이자, 코우히는 잔을 코스케에게서 받아서 즉시 오른손을 치료했다. 덕분에 코스케의 오른손 상처는 바로 나았고, 코우히는 피가 든 잔을 미츠키에게 넘겼다.

잔을 받은 미츠키는 그 잔을 미녀에게 내밀었다.

그러나 잘 보니 백발 미녀의 낌새가 이상했다. 어딘가 멍한 듯한, 혹은 취한 듯한 표정이 되었다.

미츠키가 잔을 내밀자, 미녀는 겨우 그걸 눈치챈 듯 잔으로 눈을 돌렸다.

"왜 그래? 모처럼 코스케 님께서 호의를 보내주셨는데 헛되이 할 거야?"

미츠키는 눈앞에 있는 미녀의 모습을 바라보면서 어딘가 재미있다는 듯 잔을 내밀었다.

"으……. 아니, 하지만……. 이건……."

처음에 미녀는 그런 말을 하며 주저하는 모습을 보였지만, 각오를 다진 듯 미츠키에게 잔을 받아서 그 안에 든 피를 음미하듯 마셨다. 잔의 내용물이 빌 때까지 전부 마신 미녀는 잠시 여운에 잠긴 듯 눈을 감았다.

"아아……."

미녀는, 마치 만감의 마음이 담긴 한숨을 쉬고는 코스케를 향해 말했다.

"조금 전까지 내가 보인 태도를 다시 사과하고 싶구나. 나의 이름은 슈레인 버밀리니아. 흡혈 공주 슈레인이라 한다."

코스케는 갑자기 태도를 바꾼 슈레인에게 당혹스러워하면서 고개를 좌우로 흔들었다.

"아아, 아니. 그다지 신경 쓰지 않으니까 그건 딱히 상관없지만……. 그보다도, 버밀리니아……?!"

코스케는 기묘한 공통점을 느끼며 놀란 표정을 지었다.

"흠? 나의 가문명이 무슨 문제라도?"

의아한 표정을 지은 슈레인에게서 시선을 돌린 코스케는 미츠키를 바라봤다. 그러나, 시선을 받은 미츠키도 고개를 가로저었다.

"아니, 아무리 그래도 이건 나도 몰랐어. 우연치고는 너무 딱 들어맞는 것 같지만, 소환으로 특정한 건 아니야."

"무슨 소리냐……'?"

두 사람의 대화를 알아듣지 못한 슈레인이 고개를 갸웃했다. 코스케는 그런 슈레인을 보면서 이유를 설명했다.

"여기는 성인데, 버밀리니아 성이라는 모양이야."

"뭣이라……?! 그렇다면, 저건 설마……."

그렇게 말한 슈레인은 [버밀리니아 보옥]을 확인하고 감회가 깊다는 듯 눈을 가늘게 떴다.

"틀림없는 버밀리니아 보옥. 이건, 대체 어떻게 된 것이냐?"

슈레인이 다급히 코스케에게 묻자, 그는 약간 물러나면서 미츠키에게 떠넘기기로 했다.

"아아, 응. 아니, 이쪽도 잘 알지는 못하는데……. 일단 현재 알고 있는 건 미츠키에게 물어봐."

"코스케 님?"

갑자기 코스케가 화제를 넘기자 미츠키는 고개를 갸웃했다.

"우리는 거점으로 돌아갈게. 미츠키, 잘 부탁해."

어딘가 초조해 보이는 코스케를 본 코우히는 의문으로 여기면서도 진언했다.

"하지만 주인님. 밤도 꽤 깊었습니다. 지금부터 돌아가는 건……."

"위험?"

"아뇨. 비룡들도 있으니까요. 어떻게든 되겠죠."

곤란한 듯한 코스케의 표정을 본 코우히는 무슨 생각인지 즉답했다. 어째서인지 미츠키는 '배신자.' 라는 표정으로 코우히를 바라봤다. 그리고 슈레인은 영문도 모른 채 그 모습을 바라봤다.

결국, 미츠키는 혼자 성에 남아서 슈레인에게 상황을 설명하게 되었고, 관리층으로 돌아온 코우히는 한동안 기분이 좋아 보였다.

이후에 코스케가 코우히에게 설명해 줬는데, 어쩐지 슈레인의 눈이 사냥감을 노리는 육식동물처럼 보였다는 것이었다. 그걸 들은 코우히가 어떤 태도를 보였는지는, 본인의 명예를 위해 누구에게도 말하지 않기로 했다.

제3장 탑에 여러 종족을 받아들이자

(1) 외부와의 접촉과 요정

코스케가 탑을 공략한 지 약 한 달. 겨우 5층 마을 건설의 첫걸음을 내딛게 되었다.

코스케는 지금, 류센 활동팀의 일원인 이스나니에게 보고를 듣고 있었다.

"그럼 그쪽 준비는 이제 다 된 건가?"

"네. 가장 시간이 오래 걸렸던 거점 건설도 끝났고, 내부도 어제 정리가 끝났습니다. 모험가도 자세히 살핀 뒤, 흥미를 보인 몇몇 파티에게 이야기를 해놨습니다."

"그렇다면, 이제는 문만 연결하면 되는 건가?"

"그렇습니다."

"으~음. 그런가……."

미묘한 표정인 코스케를 본 이스나니가 고개를 갸웃했다.

"뭔가 문제라도 생긴 겁니까?"

"아아, 아냐아냐. 지금 잠깐 만들고 있는 게 있었는데, 시간에 맞추지 못했다고 생각했을 뿐이니까. 마을 쪽은 문제없어."

"만들고 있던 것 말입니까?"

"응. 이거."

코스케는 기뻐하면서 수정 하나가 위에 올라가 있는 상자를 꺼냈다.

"이건, 뭡니까?"

"수정 위에 손을 올려봐."

이스나니는 코스케의 지시대로 수정 위에 손을 올렸다.

그러자 상자 표면에 현재 이스나니의 스테이터스가 표시됐다.

"이것은……?!"

"스테이터스 참조기나 확인기라고 해야 하려나? 뭐, 요컨대 자신의 스테이터스를 확인할 수 있는 마구(魔具), 아니 정확하게는 신력을 사용하는 거니까 신구(神具)겠네."

태연하게 말하는 코스케를 바라본 이스나니는 아연실색했다. 옆에서 보던 코우히와 미츠키도 이스나니의 모습을 보며 쓴웃음을 지었다.

코우히와 미츠키도 이 신구는 예상하지 못했다.

한동안 73층과 76층을 완전히 두 사람에게 맡긴 코스케는 늑대와 여우의 모습을 돌아보면서 그 이외의 시간을 써서 뭔가 몰래몰래 만들고 있었는데, 완성된 것이 이거였다.

애초에 사람이 가진 힘이나 기술을 수치로 나타내는 장치는 이세계 어디에도 없다. 코스케의 왼쪽 눈에 깃든 힘이 있기에 처음으로 완성된 물건이니 당연하다면 당연하다. 신력을 쓸 수 있다는 의미를 제대로 이해하지 못한 코스케이기에 나온 성과였다.

어떻게든 마음을 진정시킨 이스나니가 물었다.

"저에게는 근사한 물건으로 보이는데, 뭔가 불만이라도 있으신
가요?"

"응. 애초에 스테이터스는 개인 정보의 집합이니까. 어떻게든
본인 말고는 보이지 않게 하려고 카드 같은 것에 표시할 수 없을까
시도해 봤는데, 잘 안되더라고. 지금은 상자에 표시하는 게 고작
이네."

코스케가 하고자 하는 말을 이해한 이스나니는 납득한 듯 끄덕
였다.

"그렇군요. 미츠키 님이나 코우히 님은 어떠신가요?"

"마구라면 모를까, 아무리 그래도 신구 제작은 나의 전문 분야
와 너무 동떨어졌어."

"저도 마찬가지입니다."

코우히도 미츠키도 신력은 쓸 수 있지만, 신구를 만든다는 건 그
것과는 다른 이야기다. 애초에 전문서만 읽었을 뿐인데 한 달도
지나지 않아 이런 걸 만들어버리는 코스케가 이상한 거지만, 본인
은 자각이 없었다.

"저기…… 그 신구 제작……. 저도 도울 수 없을까요?"

이스나니가 어딘가 근질거린다는 듯 제안했다.

"응? 그건 상관없는데, 류센 쪽은?"

"네? 괜찮은 건가요?! 해냈다!"

당장 춤이라도 출 것처럼 좋아하는 이스나니를 보자, 코스케는
그녀가 가진 뜻밖의 일면을 본 듯한 기분이 들었다.

"아니, 그러니까 류센은?"

코스케가 황급히 다시 확인하자, 이스나니는 어흠, 하고 마음을 다잡으며 대답했다.

"그쪽은 문제없습니다. 계획 수행의 일정은 이미 잡혔으니까, 한 명 정도는 다른 곳으로 빠져도 괜찮으니까요."

"아아, 응. 뭐, 그럼 일단 다른 멤버한테 허가받고 나서 부탁해."

코스케가 기세에 밀려서 허가를 내리자, 코우히와 미츠키는 저마다 고개를 좌우로 흔들었다.

결국 이스나니는 이후에 탑과 길드의 개발팀 리더가 되어서 다양한 성구(聖具), 마구, 신구를 코스케와 함께 개발해나가게 되지만, 그건 또 나중 이야기이다.

"그러면, 문의 설치는 어떻게 하시겠습니까?"

탈선하던 두 사람을 본 코우히가 끼어들었다.

""아.""

코스케와 이스나니는 완전히 까먹고 있었다는 표정으로 시선을 마주했다. 그걸 본 코우히와 미츠키는 저마다 한숨을 쉬었다.

코스케는 황급히 5층 마을 신전에 [전이문]을 설치했다.

그리고 관리 화면 아래를 부스럭부스럭 뒤져서 네모난 상자 같은 걸 꺼내 이스나니에게 내밀었다.

"이……일단은, 이걸 류센 거점의 전이문을 만들 예정인 곳에 가져가 줄래?"

"이건……?"

"그래. 이걸 놓은 곳을 중심으로 거점 측 전이문이 생길 거야."

탑 안에 전이문을 만들 때는 이런 도구가 필요 없지만, 전이문 한쪽을 바깥에 만들 경우는 이 도구를 기점으로 해서 만들어야 한다.

어떻게 전개되는지는 이미 다른 곳에서 확인했다.

"그렇군요. 알겠습니다."

이스나니는 고개를 끄덕이며 그걸 받았다.

만에 하나라도 떨어뜨릴 수는 없기에, 소중하게 품에 넣었다.

"그리고 이쪽 전이문에서 조작하면 저쪽에도 전이문이 생기는데, 어느 정도 이후가 좋겠어?"

"글쎄요……. 두 시간 정도 대기해도 괜찮으신가요?"

"알았어."

이스나니는(아니, 이 멤버 중에서는 코스케를 제외하면) 탑 외부에서 마을로 마법을 써서 전이할 수 있다.

두 시간은 저쪽 상황을 알지 못하기에 여유를 둔 시간이다.

"그럼 다녀오겠습니다."

그렇게 말하며 탑 바깥으로 향한 이스나니를 배웅한 세 사람은 각자 일하러 이동했다.

◆

류센의 거점에는 지금 와히드 일행 여섯 명이 모두 모여 있었다.
겨우 지금까지 해온 그들의 고생이 보답받고, 하나의 성과가 나오게 되었으니 당연한 일이다.

그 여섯 명은, 이스나니가 탑에서 가져온 것이 변화하는 모습을 이제나저제나 기다리고 있었다.

신력에 가장 감응력이 뛰어난 이스나니가 처음으로 눈치챘다.

"아, 슬슬 온 것 같아."

그 말을 듣자, 쉬고 있던 여섯 명이 자세를 고쳤다.

바라보자, 작은 네모난 상자형 물건이 빛나더니 커지면서 이윽고 문으로 변했고, 그 문에서 바로 코스케 일행 세 사람이 나타났다.

그 모습을 본 와히드 일행 여섯 명이 무릎을 꿇었다.

"아~. 아니, 그렇게 딱딱하게 하지 않아도 괜찮으니까."

코스케가 황급히 그들에게 일어나라고 지시했다.

""""""축하드립니다. 코스케 님.""""""

모두 입을 모아 말했다. 완전히 코스케의 아까 말을 무시했다.

코스케는 내심 한숨을 쉬면서 여섯 명을 치하했다.

"응. 모두가 애써 준 덕분이야. 게다가, 지금부터가 진짜니까."

"물론 알고 있습니다."

코스케의 말에 와히드가 대표로 대답했다.

"그럼, 일단 내일부터 잘 부탁해. 아, 그리고 아스나니의 이야기는 들었어?"

"들었습니다. 딱히 문제없으니 그쪽에서 써주십시오."

가장 처음으로 소환된 것과 연장자로 보이는 것 때문에 와히드가 어느새 여섯 명의 리더가 된 모양이었다.

"알았어. 나머지는……. 탑 쪽에서 고용할 인원의 준비도 괜찮겠어?"

"물론입니다."

"일단은 이 정도일까? 뭔가 더 있을까?"

코스케는 코우히와 미츠키에게 물었지만, 두 사람 모두 고개를 내저었다.

"아, 맞아. 말하는 걸 잊었네. 지금 이 전이문은 너희 탑의 관리원이 허가하지 않으면 기동할 수 없게 했으니까 주의해 줘. 허가하는 법은 관리층의 문과 똑같으니까."

관리층의 문은 그들도 지금까지 몇 번이고 썼으니 방식은 알 것이다.

"그렇군요. 알겠습니다."

"이 정도일까? 그럼 우리는 탑으로 돌아가서 늑대를 다른 층으로 옮길게. 이후에는 잘 부탁해."

"네."

와히드의 대답을 들은 코스케 일행은 전이문을 지나 탑으로 사라졌다. 그걸 바라본 와히드는 남은 다섯 명에게 말을 걸었다.

"코스케 님께서 말씀하신 대로 일단락되었지만, 오히려 지금부터가 진짜다. 다들 상의한 대로 잘 부탁한다."

다들 저마다 대답했고, 각자의 일을 위해 그 자리를 떠났다.

한편, 5층 신전 전이문으로 나온 코스케 일행은 남은 늑대를 데리고 7층으로 가서 거기 있는 다른 늑대와 합류시키고 관리층으로 돌아왔다.

이제 겨우 5층 마을이 외부인을 받아들일 준비를 마친 것이다.

◆

5층 전이문이 개통하기 일주일 전.

스테이터스를 표시하는 카드를 꼭 만들고 싶었던 코스케는 관리층에서 스테이터스 확인기를 형태로 만들고자 노력했다. 그 작업을 일단락한 코스케는 73층에서 돌아온 코우히에게 어떤 상담을 받았다.

"주인님. 잠시 괜찮으신가요?"

"응? 무슨 일이야?"

"73층의 리스턴에게 어떤 제안을 받았는데, 그걸 받아들여도 될지 확인하고 싶습니다."

코우히가 갑자기 그런 말을 꺼내자 코스케는 고개를 갸웃했다.

"제안?"

"그게, 73층의 세계수는 그 자리에서 뿌리를 깊숙하게 내려 성장한 모양입니다. 하지만 이 이상 본격적으로 성장시키려면 아무래도 인원이 필요하다더군요."

"아아, 그렇구나. ……아니, 어라? 리스턴, 전에 혼자서는 일손이 부족하다면서 직접 동료를 소환하지 않았던가?"

코스케의 말대로, 리스턴는 추가로 하이 엘프 두 명을 소환했다.

애초에 이 세계에서 하이 엘프는 거의 전설적인 존재다. 그 하이엘프가 어째서 코우히나 리스턴에게 소환되었느냐면, 육체적으로는 몰라도 정신적으로는 거의 불멸인 하이 엘프들은 육체를 버리고 정신체로 존재하고 있기 때문이다. 그 정신체를 불러내서 소환으로 육체를 부여한 거다.

참고로 다른 하이 엘프의 이름이나 존재를 알고 소환한 리스턴과, 전혀 모르고 불러낸 코우히를 비교하면 후자가 월등히 난이도가 높다.

코스케의 의문에 코우히가 고개를 끄덕이며 대답했다.

"네. 지금까지는 세 명이라도 괜찮았지만, 지금 이상으로 성장하는 걸 고려하면 슬슬 주변 환경에도 손을 써야만 해서 아무래도 인원이 필요한 모양입니다."

"그렇구나. 그래서? 일부러 코우히가 내게 상담한 건, 미츠키 때처럼 상당한 인원이 필요하다는 거?"

76층을 관리하는 미츠키도 예전에 슈레인의 요청을 받아서 대량의 권속을 소환했다.

"아뇨. 그게, 소환이 아니라 밖에서 엘프들을 부르고 싶다고 말하고 있습니다."

"그렇구나……."

코스케는 어째서 코우히가 상담하러 왔는지 깨달았다.

바깥에서 부른다는 건, 그만큼 인원이 많이 필요하다는 뜻이다.

탑 밖으로 일일이 나가서 마법으로 전이를 반복하는 방법도 불가능한 건 아니지만, 그러려면 코우히의 시간적 부담이 너무 커진다. 그보다는 전이문을 설치하는 게 낫다. 그러나 그것에는 커다란 문제점이 있다.

코우히가 무슨 말을 하고 싶은지 바로 짐작한 코스케가 만약을 위해 확인했다.

"외부와 연결했다간 쓸데없는 것까지 부를 수도 있다 그거지?"

"그렇습니다. 일단 확인해 봤는데, 이쪽에 불러들이려는 일족은 폐쇄적인 일족이라 외부와의 관계는 거의 없다고 합니다."

그 대답에 코스케는 쓴웃음을 지었다.

"그건 그것대로 다루기 힘들 것 같은데?"

"그렇습니다만, 반대로 생각하면 탑의 한 계층에 틀어박히는 데 적합하다고도 할 수 있죠."

"틀어박힌다니……. 뭐, 확실히."

"그리고 그 일족은, 북대륙에 있는 세계수를 관리하는 일족이라고 합니다."

이 세계에서 대륙에 이름이 붙은 건 중앙에 있는 센트럴 대륙뿐이고, 다른 네 개는 단순히 동서남북이라 불린다.

코우히의 말에 어떤 의문을 느낀 코스케가 고개를 갸웃했다.

"이미 세계수를 관리하고 있는데, 일부러 여기에 온다고?"

"그게……. 리스턴의 말에 따르면, 그 세계수는 이미 역할을 마쳤다는 모양입니다."

"무슨 뜻이야?"

"세계수란 그 세계의 성력이나 마력의 흐름을 정돈하는 역할이 있다고 하는데, 그곳의 세계수는 이미 그 지맥에서 벗어나 버렸다고 하더군요."

그 설명을 듣자 코스케는 납득하며 끄덕였다.

"그렇구나. 그래서 이미 역할을 마쳤다는 거야?"

"네."

수긍하는 코우히를 본 코스케는 팔짱을 끼며 고민했다.

세계수를 관리하는 게 하이 엘프인 이상, 그 의견은 최대한 받아들이고 싶다.

"그런가……. 일단 그 일족을 만나보지 않으면 뭐라 말할 수가 없네. 만나는 건 가능해?"

"지금부터 말입니까? 굳이 주인님이 가실 것 없이, 제가 먼저 확인하고 올까요?"

"괜찮아. 두 사람도 확실히 따라오라고 할 거니까. 그리고, 다른 곳에 있는 세계수도 보고 싶어."

코우히는 코스케의 그 말을 듣자 미츠키 쪽을 바라봤다. 그녀도 76층을 관리하고 있으니 예전처럼 언제나 시간이 있는 건 아니었으니까.

"나는 괜찮아."

"알겠습니다. 그럼 리스턴에게 말해놓겠습니다."

"아, 잠깐. 나도 갈게. 성장한 세계수도 보고 싶으니까."

코스케의 제안에 코우히와 미츠키도 동의해서 셋이서 73층으로 향했다.

73층에 나타난 코스케 일행을 리스턴이 맞이했다.

"어라. 여러분 모두 오셨군요……. 무슨 일이 있었습니까?"

"예전에 이야기했던 엘프 이주 건입니다. 그리고 주인님께서 성장한 세계수를 보고 싶다고 하셔서 왔습니다."

다른 두 사람은 내보냈는지, 근처에는 보이지 않았다.

그리고 코스케는 성장한 세계수를 뚫어져라 바라보고 있었다. 원래 묘목이라기엔 크다고 생각했었는데, 더욱 크게 성장했다.

"그렇습니까. 음……? 코스케 님?"

코스케의 모습을 본 리스턴이 의아한 듯 물었다. 그러나 코스케는 그 목소리가 들리지 않는다는 듯, 조금씩 세계수 쪽으로 다가갔다.

"주인님?"

"코스케 님?"

발걸음은 평범했기에 무언가에 조종당하고 있는 건 아니겠지만, 그래도 왠지 코스케의 낌새가 이상했기에 코우히와 미츠키도 의아한 듯 말을 걸었다.

"이것이, 세계수인가."

그런 주위 반응은 아랑곳하지 않고 멍하니 세계수를 바라본다.

코스케가 보고 있는 건, 세계수가 크고 작은 빛에 둘러싸여 있는 광경이었다. 묘목을 땅에 막 심었을 때는 이런 게 보이지 않았다. 이 빛이 왼쪽 눈의 힘 덕분에 보이는 건지, 아니면 그것과는 상관없이 보이는 건지는 모르겠지만, 지금은 아무래도 좋았다.

코스케는 크고 작은 빛이 세계수를 둘러싸며 둥실둥실 맴도는 그 환상적인 모습에 그저 마음을 빼앗긴 듯 바라보고 있었다.

조금씩 세계수로 다가간 코스케는 나무뿌리에 도착하자 오른손으로 그 뿌리를 살며시 만졌다.

그 순간, 세계수가 아련한 빛을 발하더니 잎 부분에서 작은 빛을 생성했다.

이윽고 잎에서 생성된 그 빛이 코스케의 눈앞에서 모이더니 마지막에는 손바닥 사이의 요정이 나타났다. 요정은 코스케의 주변을 즐거운 듯 둥실둥실 날아다녔다.

"이……이럴 수가……. 저건, 설마……."

그 모습을 본 리스턴이 아연실색했다.

아무리 봐도 이 요정에게는 적의가 없었기에 그대로 놔두기로 한 미츠키가 리스턴에게 질문을 던졌다.

"저게 뭔지 알고 있는 것 같네. 저건, 뭐야?"

"아뇨. 그럴 리가 없습니다. 저의 착각일 테니까 신경 쓰지 마시길……."

"당신의 개인적인 의견은 아무래도 좋아. 됐으니까 아는 걸 이야기해."

"……."

리스턴이 침묵하자, 미츠키가 약간 압박감을 날렸다.

그걸 받은 리스턴은 등에 식은땀을 흘리면서 말을 꺼냈다.

"저희 엘프에 전해지는 전설입니다. 세계수에는 위대한 정령이 깃들어 있고, 그 정령에 인정받은 자의 앞에만 모습을 드러낸다고……."

"그렇구나. 그렇다면 저게 그 요정이거나, 아니면 그에 가까운 존재라는 거네."

"역시 주인님이시네요."

그런, 설마, 말도 안 돼. 그렇게 중얼거리는 리스턴을 무시한 코우히와 미츠키는 요정과 놀고 있는 코스케를 바라보며 납득했다.

"리스턴, 무슨 일이 생긴 거야……?!"

"그 빛은 뭐냐?!"

평소와 다른 세계수의 낌새를 느꼈는지 남은 두 명의 하이 엘프인 세라와 제파르도 황급히 이 자리에 찾아왔다. 그리고 코스케와 주변을 날아다니는 요정을 보더니 말문이 막힌 채 멈춰버렸다.

그걸 본 코우히와 미츠키는 요정이 세계수에 깃든 자라는 걸 확신했다.

코우히가 두 사람에게 다가가 물었다.

"일단 확인하겠는데, 저건 세계수에 깃든 자가 틀림없겠죠?"

"그게…… 아마도……라고밖에 말할 수가 없겠군요. 아무튼 어린 세계수 자체가 이미 전설 속의 존재니까요."

처음으로 제파르가 인정하고, 보충하듯 세라가 말을 이었다.

"하물며 그것에 깃든 자라면, 확인한 사람이 전혀 없어서……."

"그런가요. 뭐, 아무튼 주인님에게 이상한 행동을 보이는 것도 아니니 한동안 낌새를 볼까요."

"그러게. 그게 좋겠어."

코우히와 미츠키는 이 자리에서 그런 결론을 내리고는 코스케와 요정의 모습을 지켜봤다.

(2) 엘프 마을과 이그리드

센트럴 대륙 북쪽에 있는 북대륙. 그 북대륙 북부에 케이드로이어 대삼림이라 불리는 삼림지대가 있다.

겨울에는 눈에 깊게 쌓이는 환경과, 그 환경에도 견디는 마물이 나오는 탓에 여전히 사람의 손이 거의 닿지 않는 곳이다.

그러나 예외로 인류종의 손이 닿는 곳이 단 한 군데 있다. 그것이 엘프들이 지은, 세계수를 중심으로 성립되는 마을이다.

세계수의 은총이 그 주변에만 험난한 겨울의 경향을 거의 받지 않고 살아갈 수 있는 환경을 만들어내고 있다.

눈이 쌓이지 않는 건 아니지만, 주변에 비하면 적은 거다. 엘프들은 그런 지역 특성을 이용해서 아득한 옛날부터 마을을 지어 살고 있다.

넓고 깊은 삼림과 그 험난한 자연이 천연 요새가 되어서 다른 종족의 영향을 물리쳐왔다. 간섭이 전혀 없는 건 아니지만, 외적 요인으로 치명적인 영향을 받지는 않았다.

그러나, 그 마을도 전혀 문제가 없었던 건 아니다.

수많은 문제 중 가장 큰 것은, 출생률이 낮다는 점이다. 엘프의 긴 수명에 의한 폐해라든가 역할을 마치려 하는 세계수의 영향 등등 이유는 이것저것 있지만, 여전히 정확한 해답을 찾지 못하고 있었다.

그 이외의 문제도 포함해서, 현재 마을은 왠지 답답함 같은 것에 휩싸여 있었다. 그러나 그 답답함을 날려버리는 새로운 바람이 지금, 엘프의 마을에 불어오려 하고 있었다.

"신성한 세계수에 다가가고 싶다니, 무슨 속셈인가?"

코스케는 조금 전부터 되풀이되는 마을 대표의 말에 한숨을 쉬었다.

코스케 일행은 평소의 세 사람에 세라와 제파르를 합친 다섯 명으로 엘프 마을에 찾아왔다.

이 마을에 처음 왔을 때는 좋았다. 하이 엘프인 세라와 제파르가 있는 덕분에 우호적이지는 않더라도 적의를 내비치지는 않았고, 이야기는 극히 원만하게 진행되었다.

탑 안에 생겨난 새로운 세계수. 그 세계수의 관리를 위해 엘프들의 힘을 빌리고 싶다. 그걸 위해 엘프들을 탑 안으로 이주시키고 싶다 등등.

제파르를 중심으로 어느 정도 세세한 조건을 포함해서 이야기를 진행하고 있었는데, 엘프 장로를 포함한 마을 대표들은 딱히 반발하지 않고 오히려 흥미롭다는 듯이 이야기에 참가했다.

그러나. 코스케를 포함한 일행이 마을 중심에 있는 세계수에 가보고 싶다는 이야기를 꺼내자마자 분위기가 싹 바뀌었다.

마을의 세계수는 신성한 것이라 주민조차도 다가가지 못하는 것. 하물며 외부인이 다가가게 둘 수는 없다. 하이 엘프인 두 사람이라면 몰라도 그 이외는 안 된다.

그렇게 이런저런 변명을 덧붙이며 코스케를 포함한 세 사람의 접근을 거부한 거다.

옛날부터 엘프가 소중히 여겨온 세계수에 접근하길 바라지 않는다는 마음은 모르는 바가 아니기에 코스케도 그만 단념하려고 했을 때, 그것이 일어났다.

그들의 대화를 나누던 자리에 후다다닥 소리를 내면서 황급히 들어온 자가 있었다.

"무슨 일이냐······?! 지금은 손님과 중요한 이야기를 나누는 중이거늘?"

그 말을 무시하고 방으로 들어온 자가 엘프측 중앙에서 그 말을 꺼낸 엘프에게 뭔가 귓속말했다.

그걸 듣자, 대표가 안색을 바꿨다.

"어떻게 된 거냐?"

"저도 자세한 건······. 하지만 무녀님의 의지인지라······."

"끄응······."

팔짱을 끼고 잠시 고민하던 그 대표는 그 자리에서 슬쩍 일어났다.

"손님. 미안하지만 나는 한동안 자리를 비우겠네. 아까 일은 조금만 대답을 기다려 주지 않겠나?"

"뭐, 그건 상관없는데요······."

제파르와 세라가 얼굴을 마주하며 코스케를 바라봤기에, 그는 그렇게 답했다.

"감사하네. 너희들. 내가 돌아올 때까지 이주에 대해 자세히 들어두어라."

대표는 그렇게 말하고는 방에서 나갔다. 남은 이들은 고개를 갸웃하면서도 이주에 관한 이야기를 재개했다.

 탑으로 이주하는 것에 관해 이런저런 이야기를 나누던 와중 조금 전 나갔던 대표가 얼마 뒤에 돌아왔다.

"기다리게 했군. 성역에 진입하는 것이 허가되었으니, 동행해 주셨으면 좋겠구려."

돌아오자마자 갑자기 그런 말을 하자 방 안이 소란스러워졌다.

주로 엘프 쪽에서.

"조용히 하지 못하겠느냐. 무녀님의 선고이니라. 이들을 성역으로 데려오라고 하시더군."

웅성거리던 자리가 바로 조용해졌다.

"여러모로 하고 싶은 말이 있겠지만, 성역까지 동행해 주시지 않겠소이까?"

"흐음……. 이쪽 세계수를 가까이서 보고 싶었을 뿐이니까 바라마지 않는 일이지만……."

코스케는 갑작스러운 방향 전환에 당혹스러워하면서도 그렇게 대답했다.

그걸 듣자 대표는 안심한 표정을 보였다.

"그럼 안내할 테니 따라와 주시오."

코스케 일행은 그 말에 따라 대표의 뒤를 따라가게 되었다.

성역에 도착한 코스케 일행을 맞이한 것은 한 명의 여성 엘프였다.

유감스럽게도 코스케는 엘프의 나이를 분간할 수 없지만, 외모는 20대 전후로밖에 보이지 않았다. 셰릴이라 이름을 댄 그 여성 엘프는 어찌 된 영문인지, 이른바 일본 신사의 무녀복을 입고 있었다. 색까지 완벽해서 위는 하얗고, 아래는 주홍색이다.

(설마 이세계에서 이 옷을 보게 되다니⋯⋯.)

이 세계에도 신관이나 무녀는 있지만, 그 옷은 어디까지나 서양의 신관복 같은 구조였다.

코스케는 이세계의, 게다가 엘프가 무녀복을 입고 있는 것에 다소 어색함을 느끼면서도 셰릴의 이야기를 들었다.

"찾아와주셔서 감사합니다. 원래는 제가 맞이해야만 하는데, 이런 형태가 되어 죄송합니다."

셰릴은 다른 엘프들과 달리 명백하게 코스케를 메인으로 두고 이야기하고 있었다.

"아, 어라? 아니, 애초에 무리한 부탁을 한 건 이쪽이라고 생각하는데요⋯⋯?"

"원래는 그렇습니다만, 당신은 다르지요."

셰릴이 코스케의 얼굴을 똑바로 바라보며 말하자, 코스케는 당혹감을 감출 수 없었다.

"이런 곳에 오래 계시게 해서 죄송합니다. 저와 함께 들어오시죠. 도르제 옹도 함께 오세요."

"나도 말이냐⋯⋯?!"

엘프의 장로인 도르제는 놀라면서도 셰릴의 지시대로 함께 성역으로 들어갔다.

애초에 엘프가 말하는 성역이란 세계수를 덮은 결계를 말한다.

밖에서는 세계수를 확인할 수 없도록 상당히 커다란 결계로 둘러싸고 있다.

덤으로, 엘프들은 겉으로도 알 수 있도록 결계 바깥을 울타리로 둘러쌌다. 성역에 들어간다는 건 결계 안으로 들어간다는 것이며, 당연히 지금까지 보이지 않았던 세계수의 모습을 보게 된다는 뜻이다.

셰릴에게 안내받아 결계 안으로 들어온 코스케 일행은 세계수의 모습을 목격하게 되었다.

"흐응. 참 훌륭하네."

"그야말로 세계를 받치는 존재 중 하나라고 해야 할까요."

코우히와 미츠키 역시 그 존재감에 매료당했다.

그리고 중요한 코스케는 어땠느냐면, 처음에는 세계수의 모습에 압도되었지만 지금은 다른 일에 정신을 빼앗겼다. 그 왼쪽 눈은 확실히 거목 아래에 있는 여성의 모습을 보고 있었다.

"잘 찾아오셨습니다. 실례지만, 이리로 와주시겠습니까?"

코스케는 여성의 말에 따라 다가갔다.

말할 것도 없이 코스케는 그 여성이 어떤 존재인지 알고 있었다. 세계수에 깃든 요정이다. 사이즈는 전혀 다르지만, 탑의 세계수에서 본 작은 요정과 똑같은 분위기를 가졌으니까.

"손을 빌려도 될까요? 그 전에, 저의 모습을 여러분이 볼 수 있게 해야겠네요."

그 말과 동시에, 코스케에게만 보이던 여성은 전원이 볼 수 있게 모습을 드러냈다. 평소에는 목소리를 듣기만 하던 셰릴도 그 모습을 보고 놀랐다. 함께 따라온 도르제는 턱이 빠질 기세로 입을 크게 벌렸다.

그도 그럴 터였다. 예전 리스턴이 코스케 일행에게 말했듯이, 세계수에 깃든 정령은 엘프들에게는 전설적인 존재니까. 이렇게 남들 앞에 모습을 드러내는 건 거의 없다고 할 정도다.

코스케는 다른 사람의 반응을 보고서야 처음으로 여성의 모습이 모두에게 보이지 않았다는 걸 깨달았다.

들은 대로, 코스케는 여성에게 오른손을 내밀었다.

"그대로 줄기를 만져주세요."

그리고 코스케의 오른손이 세계수의 줄기를 만진 순간, 세계수 전체가 아련한 빛에 휩싸였다.

그걸 본 전원이 숨을 삼켰지만, 코스케는 그럴 경황이 아니었다. 줄기를 만진 손을 통해 무언가 들어오는 걸 느낀 것이다.

"이건……?"

"제가, 일찍이 세계수로서 역할을 다했을 때의 지식입니다. 저에게는 이제 필요 없으니, 그 아이에게 넘겨주세요."

세계수의 요정이 말하는 '그 아이' 라는 건, 탑에 있는 세계수의 요정을 말하는 것이리라.

"하지만, 그건……."

눈앞에 있는 요정은 미소를 지으며 코스케의 말을 가로막았다.

"괜찮아요. 세계수로서 제가 가졌던 역할은 이미 끝났으니까요. 앞으로는 평범한 거목으로 존재하게 될 거예요."

그렇게 말한 요정은 매우 부드러운 표정을 보였다.

그 요정의 얼굴을 본 코스케는 이 이상 무슨 말을 해도 소용없다는 걸 깨닫고 고개를 끄덕였다.

"알겠습니다. 단지, 이 나무의 가지를 하나 받을 수 있을까요?"

"네? 상관은 없지만, 이걸 어떻게 하시려는 거죠?"

요정은 코스케의 말에 고개를 갸웃했다.

"확실히, 앞으로 이 나무는 평범한 거목으로 살아가겠죠. 하지만 당신은 아니잖아요?"

"그건……."

"이 나무가 세계수가 아니게 된다는 건, 그 요정인 당신의 존재도 사라진다는 거겠죠. 하지만 모처럼 알게 되었는데 그래서는 너무 쓸쓸하니까요. 그러니 이 가지에 깃들었으면 해서요."

조금 전 세계수를 통해 얻은 지식 안에, 그런 일도 가능하다는 정보가 있었다.

"하지만, 그래도 가지로는 오래 버티지 못할 테니까, 그 아이 옆에 심으려고 해요. 이 방법이라면 당신도 당신으로서 계속 존재할수 있겠죠?"

코스케가 그렇게 말하며 웃자, 요정은 한동안 할 말을 잃었다가 이어서 고개를 숙였다.

"감사합니다."

만감의 마음을 담아서 코스케에게 감사한 요정은, 이번에는 지금까지 이야기를 듣고 눈물을 흘리던 무녀 복장의 엘프에게 시선을 돌렸다.

"셰릴. 들었겠죠? 이후의 일은 부탁합니다."

"알겠습니다."

셰릴의 대답을 들은 요정은 모두의 앞에서 완전히 모습을 감췄다.

그걸 지켜본 코스케는 일동을 돌아봤다.

"그럼 우리도 이만 돌아갈까. 언제까지고 이 상태로 놔두는 건 위험하니까."

그렇게 말한 코스케는 어느새 가지 하나를 품에 안고 있었다.

제파르가 그 가지를 보며 대답했다.

"알겠습니다. 그들과의 상의는 저에게 맡겨주세요."

"나는 코스케 님과 탑으로 돌아갈게. 아, 그리고 세라는 따라와. 사정을 아는 사람이 없으면 어디에 심어야 좋을지 모르니까."

미츠키의 말에 세라가 수긍했다.

순식간에 이야기가 정리된 코스케와 귀환팀은 마을 결계에서 나와 미츠키의 마법으로 전이해서 탑으로 돌아왔다.

지금까지의 대화를 그저 멍하니 지켜보던 마을 엘프 도르제는 셰릴에서 자세한 사정을 듣고 겨우 사태의 중대함을 깨달았다.

이로써 엘프 마을도 지금까지와는 다른 방향으로 크게 전환하지 않을 수 없게 되었고, 우선은 마을의 엘프 중 일부분은 탑으로 이주하게 되었다.

엘프 마을에서 세계수의 가지를 가지고 돌아온 코스케는 그 길로 73층으로 향했다.

73층에 도착하자마자 세계수로 간 코스케는 오른손으로 세계수를 어루만지며 마을에서 받은 지식을 그대로 모두 맡겼다. 그러자 그에 맞춰 세계수가 조금 커졌고, 게다가 손바닥 크기였던 요정은 극적으로 변했다. 겉모습이 초등학생 정도의 여자아이가 되었고, 게다가 다소 혀짧은 소리이기는 해도 말까지 할 수 있게 된 거다.

지식을 얻기 전까지는 작은 인형 같은 인상을 받았지만, 지금은 엘프 마을에서 만난 요정과 마찬가지로 인격을 가진 것처럼 보였다.

"코, 이름, 부껴져."

코스케는 혀짧은 말투로 웃으며 이름을 붙여달라고 부탁한 요정을 바라봤다.

(이 귀여운 애는 뭐야. 로○에 눈뜰 것 같잖아……?!)

이런 생각을 하며 전전긍긍하던 건 다른 이야기다.

그런 심경을 감춘 코스케는 눈앞의 요정에게 에세나라는 이름을 붙였다. 참고로 그런 코스케를 바라보던 코우히와 미츠키가 어째서인지 웃고 있었지만, 코스케는 그걸 눈치채지 못했다.

그건 넘어가고, 다음은 에세나를 데리고 세계수의 가지를 심을 곳을 선정했다. 그러나 그 선정 자체는 함께 돌아온 세라에게 완전히 맡겼다.

세라가 고른 곳에 가지를 심고, 에세나와 세라가 그 자리에 뿌리를 내리도록 마법을 걸었다. 겉보기로는 딱히 변화가 없었지만 일단 조치는 끝났고, 잘 성장하는지는 지금부터 확실히 조정할 필요가 있다고 한다.

　그건 어느 정도 시간이 걸린다고 했기에, 일단 코스케와 미츠키는 관리층으로 돌아왔다.

◆

　엘프 마을에서 돌아온 지 이틀 뒤.

　관리 메뉴를 확인하자 탑 LV이 4가 되었다.

　그래도 탑 LV이 3이 되었을 때와 비교하면 큰 변화가 없었다.

　각 계층에 설치할 설치물 추가와 소환진 추가가 있었고, 그 밖에는 《전이》라는 기능이 추가된 정도다. 《전이》는 센트럴 대륙에 한정해서 전이문 없이 탑의 관리층에서 마음대로 전이할 수 있는 기능이다.

　대륙 안에서밖에 쓸 수 없지만, 그래도 매우 편리하니까 유용하게 활용할 수 있으리라.

　그 후, 변함없이 스테이터스 확인용 신구 제작에 몰두하던 코스케에게 이번에는 미츠키가 상담 안건을 가져왔다.

　미츠키가 관리하는 76층은 흡혈 공주인 슈레인이 소환을 진행하여 일족을 속속 받아들였다. 여기서 말하는 소환은 예전에 코우히나 미츠키가 하던 것과는 다른 걸 가리킨다.

　슈레인의 흡혈 일족은 극히 일반적인 피의 연결도 있지만, 흡혈 행위에 의한 계약으로 생긴 권속도 같은 일족이 된다. 슈레인 자신은 흡혈에 의한 계약을 해 본 적이 없다는 모양이지만, 동족이라면 평범한 소환과 똑같이 불러낼 수 있다고 한다.

군이 따지자면, 코스케와 코(비룡)가 맺은 계약에 가깝다.

슈레인은 그런 소환으로 성을 유지할 인원을 불러낸 것이다.

"그래서? 상담할 게 뭔데?"

"슈레인이 말이지. 자기도 관리층에 자유롭게 오고 싶다고 해서……."

"기각."

"전부 말하게 해 주지 않네."

코스케가 마지막까지 듣지 않고 기각하자, 미츠키는 한숨을 쉬었다.

"그야 그거, 아무리 생각해도 내 피를 노리고 있잖아."

"그거라니……. 뭐, 상관은 없지만. 반대로 피를 노리지 않으면 괜찮아?"

"뭐……?!"

코스케는 허를 찔린 표정을 보였다. 코스케는 슈레인을 완전히 그의 피를 노리는 사냥꾼이라 생각하고 있었기 때문이다.

"73층은 앞으로 점점 손을 떼지 못하게 될 거고, 5층 쪽도 슬슬 개통 준비가 되어가는 상태니까, 앞으로 코스케 님도 지금처럼 여기에 틀어박혀 있는 건 어려워질 거야."

"틀어박혀 있다는 말은 좀 그렇지만……. 뭐, 그렇겠지."

왠지 반론하고 싶어졌지만, 반론할 수 없는 최근 상황을 돌이켜

본 코스케는 마지못해 수긍했다.

"그렇다면 되도록 코우히나 나 중에서 한 사람은 손이 비어야 하는데, 코우히는 엘프들 이주 작업으로 바쁘니까 내가 되겠지?"

일단 납득할 수 있는 이유이기에 코스케는 수긍했다.

"과연. 그래서 슈레인을?"

"맞아. 그리고 또 하나. 코스케 님은 슈레인과 피의 계약을 맺고 있어."

"피의 계약……?"

코스케는 전혀 들어본 적이 없었기에, 그게 대체 뭐냐는 생각이 들었다.

"소환할 때 피를 줬잖아? 그거야."

"단순히 피만 준 거잖아?"

"그렇긴 한데. 슈레인은 당신이 마음에 들어서 스스로 맺었다고 했어."

"그거, 괜찮은 건가?"

여전히 의심이 깊은 코스케를 본 미츠키가 쓴웃음을 지었다.

"괜찮아. 아무래도 당신의 권속이 된 것 같으니까."

"엥?"

은근슬쩍 폭탄이 투하되자 코스케는 얼빠진 소리를 냈다.

"다음에 만났을 때 스테이터스를 확인해 보는 게 어때? 확실해질 거야."

그 이야기를 듣자, 코스케는 미츠키가 어째서 이 이야기를 듣고 나왔는지 알 수 있었다.

기본적으로 권속이 된 자는 그 주인인 자에게 크게 거스를 수가 없다. 단, 그 행위가 주인의 생명을 구하는 것으로 이어질 경우에는 제외된다는 주석이 붙지만. 거스른다는 건, 배신행위나 그 목숨에 해를 끼치는 것으로 이어지는 행위를 할 수 없다는 의미다. 그게 아니었다면, 그저 말을 듣기만 하는 인형이 되어버린다.

앞으로 바빠지는 게 확정되어 있기에, 새로운 권속을 얻었다는 건 좋은 이야기다.

"그래서? 어떻게 할까? 권속이 되었으니까, 피를 노리지 않는다면 관리원으로 받아들여도 될까?"

"큭……!"

코스케는 왠지 논리적인 설득으로 방어막이 벗겨진 기분이 들었다. 그러나 이후를 위해서라도 믿을 수 있는 동료를 늘리는 건 확실히 중요하다.

"알았어. 슈레인을 관리원으로 들이자."

"정말이냐? 코스케 공?"

갑자기 들릴 리가 없는 목소리가 뒤에서 들렸기에, 코스케는 무심코 몸을 굳혔다.

하지만 그것도 헛된 저항이었고, 누군가가 코스케를 뒤에서 바로 끌어안았다. 소환했을 때 봤던 모습과는 달리 하늘하늘한 장식이 많은 드레스를 입은 슈레인이었다.

부드러운 무언가가 뒤통수를 압박하는 게 느껴졌지만, 코스케는 최대한 무시하기로 했다. 완전히 무시하는 건 불가능했지만.

"슈……슈레인. 언제부터 여기에……?!"

전혀 눈치채지 못했다. 코우히와 미츠키가 있으니 안심하고 있기도 했으니까.

"미츠키 공이 여기에 왔을 때부터, 일까?"

"거의 처음부터……?!"

코우히도 미츠키도 아무 말도 하지 않았기에 다른 사람이 있을 줄은 전혀 몰랐다.

그 코우히와 미츠키는 코스케와 슈레인을 보며 히죽히죽 웃고 있었다.

"그래서. 내가 여기에 더해지는 건 안 되는 게냐?"

너무나도 심약한, 어울리지 않는 슈레인의 말을 듣자 코스케도 순간 말이 막혀버렸다.

"아…… 아니. 그렇지는 않은……데?"

"정말이냐……?!"

"응, 뭐. 그래."

참으로 애매한 대답이었지만, 그래도 슈레인에게는 기쁜 일이었는지 활짝 웃었다.

"고맙다……!!"

슈레인은 그렇게 마하며 코스케를 안은 팔에 더 힘을 줬다.

(우와……. 잠깐 기다려. 그렇게 힘을 주면…….)

코스케가 어떤 사정으로 인해 당황하자, 슈레인은 잠시 의아한 표정을 짓다가 바로 그 이유를 깨닫고 씨익 웃었다.

"으음. 역시 코스케 공도 남자로구나."

그렇게 말하고 그 훌륭한 두 언덕으로 뒤통수를 더 세게 눌렀다.

"끄억(들켰잖아~)."

코스케는 황급히 코우히와 미츠키를 바라봤지만, 두 사람은 역시 대단하네~, 라는 식으로 웃고만 있었다. 그런 코스케와 슈레인의 공방은 한동안 이어지게 되었다.

코스케로서는 단호하게 거부하고 싶었던 슈레인의 일방적 스킨십이 끝난 뒤, 그녀는 그 이름을 입에 담았다.

"이그리드?"

처음 들은 이름에 코스케가 고개를 갸웃했다.

그런 코스케를 보며 슈레인이 고개를 끄덕였다.

"음. 성의 관리라면 나의 일족만으로도 충분하지만, 76층 전체라면 아무리 생각해도 일손이 부족하니 말이다. 그럼 차라리 나와 인연이 있는 종족을 이곳에 부르고 싶구나."

"인연이 있다니?"

"그 일족은 아득한 옛날 분쟁을 피하고자 땅속에서 살기를 선택한 종족인데. 평소에는 다른 종족이 들어올 수 없는 지하에서 생활하고 있느니라. 그러다 어느 시기가 되면 일족의 일부가 지표로 나와 생활을 시작하게 되지. 그런데 이게 문제다."

"문제?"

"음. 그 일족은 엘프들과는 다른 의미로 용모가 뛰어난 것으로 유명한 종족이라 말이지. 간단히 말하면, 체구가 작고 거의 늙지 않는 용모 덕분에 인형 같다는 말을 자주 듣느니라."

여기까지 말하면 코스케도 짐작이 간다.

그런 용모를 가진 일족을 노리는 존재는, 좋은 의미든 나쁜 의미든 그런 취향을 가진 이들이라는 걸 상상할 수 있다.

"아~. 그렇군. 그래서?"

납득한 코스케는 고개를 끄덕이면서 슈레인에게 계속해서 말할 것을 재촉했다.

"게다가 곤란하게도, 이그리드는 매우 약한 종족이지. 어느 때, 나의 일족 중 누군가가 거래를 제시하여 이그리드를 나의 일족에서 보호해 주는 대신 어떤 걸 요구했느니라."

"그게 뭔데?"

"나의 일족이 필요로 하는 피와 그들이 만드는 물건. 그들은 오랜 시간 지하에서 보내는지라 손재주가 뛰어난 것으로 유명하지."

"결국 피인가. 그런 건가……."

코스케의 그 말을 듣자, 슈레인은 다소 울컥한 기색을 보였다.

"일단 말해두는데, 아마 코스케 공은 우리에 대해 조금 착각하고 있다고? 나의 일족은 확실히 인류종의 피를 마시지만, 딱히 필수품인 건 아니니라."

"웅? 그랬어?!"

처음 들었기에 코스케는 놀라움을 보였다.

"그렇다니까. 우리에게 인류종의 피라는 건, 굳이 따지자면 기호품에 가까우니 말이다."

"흐음. 그랬구나. 미안해……."

"아, 아니, 딱히 사과할 정도는……. 아니, 뭐…… 어흠. 아무튼, 나의 일족은 그런 계약을 맺고 옛날부터 그들을 보호해 주고 있었던 거다."

순순히 사과한 자신을 보고 허둥대는 슈레인이 뜻밖이었기에, 코스케는 그녀를 재미난 듯 바라보면서 고개를 끄덕였다.

"아하. 그렇다면 슈레인은 그 이그리드를 이 탑에 부르고 싶다는 거야?"

"안 되겠느냐?"

코스케는 그렇게 말하며 살짝 고개를 기울인 슈레인을 잠시 눈을 가늘게 뜨고 바라보고는 고개를 좌우로 흔들었다.

"아니. 괜찮아 보이네. 그 이그리드가 만드는 물건에도 흥미가 있고."

"그런가……! 이거 다행이구나. 그럼 바로 받아들일 준비를 해야겠어."

"아, 이봐……. 아니, 가버렸잖아. 아직 관리원이 되지도 않았는데……."

기뻐하며 힘차게 관리실을 떠나간 슈레인을 본 코스케는 쓴웃음을 지었다.

"미안, 미츠키. 잠깐 쫓아가서 전이문 조작 방법을 가르쳐 주지 않겠어? 관리원으로는 설정해둘 테니까."

"알았어."

코스케의 지시를 들은 미츠키는 고개를 끄덕이고는 관리실을 나갔고, 이후에는 코우히와 코스케만 남았다.

결국 5층 전이문이 개통되는 시기를 전후해서 73층에는 엘프.

76층에는 이그리드가 더해지게 되었다.

(3) 마을 만들기 스타트

류센에서 전이문이 개통되고 나서 일주일 뒤.

류센 측의 거점인 '천궁관' (이렇게 이름 붙였다)은 예전과는 달리 많은 사람이 찾아오고 있었다. 이날까지는 하루 열 팀 정도밖에 이 저택을 이용하지 않았었는데.

그건 애초에 류센 활동팀인 와히드 일행이 모험가 활동으로 알게 된 사람들 말고는 이야기해 주지 않았기 때문이기도 하다.

전이문 이용료는 비싸게 설정했다. 그래도 상관없다는 이들이나 5층에 있는 건물을 빌려서 처음부터 탑 안에서 활동하는 걸 전제로 둔 이들로 좁히고 싶었던 거다.

그러나 어제, 탑 마을(예정)에서 활동하던 이들 중 일부가 비싸게 팔리는 약초를 포함한 다양한 소재를 가지고 돌아갔다. 그중에는 류센 주변에서 채집하기 어려운 것도 있었기에 상당히 비싸게 거래되었다.

그 소문이 하룻밤 사이에 모험가들 사이를 맴돌았다.

결과, 천궁관 주변은 많은 모험가로 북적이게 되었다. 그중에는 앞다투어 관에 들어가기 위해 새치기를 하는 사람까지 나와서 슬슬 혼란이 커지고 있었다.

그때였다. 관 안에서 한 여성, 사라사가 나와 집단에 호소했다.

"들어주세요~. 보시는 대로 오늘은 많은 분이 문을 이용해 주고 계십니다. 유감이지만 이곳은 한 팀 한 팀의 이용에 다소 시간이 걸리는 시스템이니까 여기에 있는 전원이 이용하실 때까지는 상당한 시간이 걸린다는 점을 양해해 주세요~."

그 설명을 듣자 모험가 중에서 "웃기지 마.", "빨리 해 달라고." 라는 노성이 올라왔다.

"불만이 있는 분은 이용하지 않으셔도 됩니다~."

바로 노성이 잦아들었다. 그 결과에 만족하며 고개를 끄덕인 사라사는 말을 이었다.

"그러니 똑바로 줄을 서서 기다려 주세요. 참고로 새치기를 하시는 분이나 폭력 사태를 일으키는 분은 이용 금지 등의 처분도 받을 수 있으니 주의해 주세요~."

그 충고를 듣자, 모험가들은 투덜대며 줄을 서기 시작했다.

"감사합니다~. 그리고 이건 어드바이스인데요. 야영 준비를 하지 않으신 분은 제대로 준비하는 걸 추천합니다~. 당일치기로 갈수 있는 곳에는 이미 쓸만한 게 남아있지 않다고 하네요."

그 말을 듣자 이 자리에 온 모험가들의 약 절반이 류센으로 돌아갔고, 남은 사람은 얌전히 순서대로 전이문을 이용하게 되었다.

그런 모습을 건물 2층 창문에서 바라보는 사람이 있었다.

와히드다.

"나 참……. 모험가이면서도 야영 준비조차 하지 않다니, 무슨 속셈일까요."

와히드의 그 말을 듣고 쓴웃음을 지은 사람이 있었다.

"어제부터 나돌았던 소문 중에는 탑에 들어가자마자 보물을 얻을 수 있다는 것까지 있었으니까요."

"그렇습니까……. 뭐, 그런 소문도 바로 진정되겠죠."

아무리 그래도 5층에서는 약초 같은 건 몰라도 비싼 소재를 입수할 수 있는 마물은 거의 나오지 않는다.

"역시 그렇습니까……."

와히드의 그 말을 듣고 고개를 끄덕인 것은 상인 슈미트였다.

슈미트는 와히드에게서 탑 마을에 가게를 내지 않겠느냐는 권유를 받았다.

참고로 와히드는 코스케가 이 세계에 와서 가장 처음으로 신세를 진 상인이 슈미트라는 걸 모른다. 행상인으로서 상당히 우수한 인재라는 류센 상인 몇 명의 이야기를 듣고 슈미트에게 접촉한 것이다. 슈미트도 와히드와 코스케가 연결되어 있다고는 생각하지 않았다.

바깥을 바라보던 시선을 슈미트에게 돌린 와히드가 본론으로 들어갔다.

"그래서, 일부러 이렇게 찾아와주셨다는 건, 예전 이야기를 검토해 주신다는 겁니까?"

"네. 아무리 그래도 오늘 같은 소문이 돌고 있으니까요……. 상인으로서는 그냥 넘어갈 수 없는 이야기이지 않습니까?"

슈미트가 쓴웃음을 지으며 말하자, 와히드는 미소를 보였다.

"뭐, 그렇겠죠. 그렇다면 조건 쪽은 예전에 말씀드린 그대로라도 괜찮으십니까?"

"네. 물론이죠. 오히려 전에도 말씀드렸듯이, 이쪽이야말로 정말 그걸로 괜찮으신지 여쭤보고 싶을 정도입니다."

와히드가 마을에 가게를 내달라면서 슈미트에게 내세운 조건은 상당히 파격적인 내용이었다. 그래서 오히려 슈미트 쪽이 의심하게 된 것이다.

"물론이죠. 그럼 바로 가 볼까요……. 이렇게 말씀드리고 싶지만, 현재는 이런 상황이라 나중에 다시 찾아와주실 수 있겠습니까?"

"알겠습니다. 그렇죠. 그게 좋을 것 같네요."

슈미트도 수긍하며 그에 동의했다.

이날 저녁, 겨우 혼란이 잦아들자 와히드는 슈미트를 데리고 탑 마을로 향하게 되었다.

◆

전이문을 지나 마을에 도착한 슈미트는 주변을 빙글 돌아봤다. 이미 건물 몇 채가 지어져 있고, 건물 주변에 있는 공터에는 캠프도 조성되어 있다.

또한, 류센 측의 혼란으로도 알 수 있듯이, 어떻게든 전이문을 지나 이곳으로 온 모험가 파티 몇 팀이 걷고 있었다.

마을의 모습을 살피던 슈미트에게 다가오는 사람이 있었다.

"어라, 슈미트잖아. 행상인이 무슨 일로 이런 곳에 온 거야?"

슈미트가 몇 번 호위로 신세를 진 적이 있는 모험가 자산이었다.

"어라, 자산입니까. 당신은 이곳에 사냥을?"

"그럼. 탑 안에서 거점을 빌릴 수 있다고 들었으니까. 시험 삼아 빌려봤지. 낼 수 없는 돈도 아니었으니까."

"그렇군요. 그래서? 성과는 어떻습니까?"

슈미트가 묻자, 자산은 씨익 웃었다.

"당신도 그 녀석들의 소문을 들은 거 아니었어?"

"뭐, 그렇긴 하지만요. 여기에 가게를 낼 예정인 몸으로서는 최대한 정확하게 알아두고 싶어서요."

슈미트의 말을 듣자, 자산은 약간 어이없는 표정을 지었다.

"놀라운데. 당신, 여기에 가게를 내려고?"

"그럴 생각입니다."

"그렇군. 그렇다면야 꼭 나의 거점을 보고 가라고. 굳이 전이문을 지나지 않고도 소재를 거래할 수 있다면야 그게 좋긴 하니까."

"감사합니다. 하지만, 아무리 그래도 오늘 매매하는 건 무리라고요? 가져온 게 없으니까요."

"그 정도는 알고 있다고."

그렇게 말한 자산은 와하하, 하고 호쾌하게 웃었다.

두 사람은 함께 자산의 파티 멤버가 이용하는 거점으로 향하면서 서로 약간의 정보 교환을 진행했다.

"그런데, 모험가 측의 촉은 어떻습니까?"

"나쁘지 않아. 지금은 몰라도 사람이 늘어나서 본격적으로 마을이라도 생긴다면 다른 계층은 몰라도, 적어도 이 계층은 루키 육성에 쓸 수 있지 않을까?"

"그렇군요. 그렇다면 다른 계층에도 이미 가보신 겁니까?"

"우리는 아직이야. 가자라 팀이 6층에 갔다고 말했으니까. 아무리 그래도 여기에서 당일치기로 돌아오는 건 무리인 것 같지만."

가자라는 류센에서 그럭저럭 유명한 모험가로, 얼마 전 탑에서 류센으로 소재를 가지고 돌아온 파티의 멤버이기도 했다.

"그건 또……."

슈미트는 그 정보를 듣자 눈을 동그랗게 떴다. 아무리 그래도 한 계층이 이렇게까지 넓을 줄은 몰랐다. 자산도 그건 알고 있는지 고개를 끄덕이며 말을 덧붙였다.

"우리도 설마 이렇게까지 넓을 줄은 몰랐으니까. 마음은 이해해. 나 참. 여기를 공략했다는 녀석은 대체 어떤 녀석일까."

"들은 이야기라면 50층 넘게 있다고 하던데요?"

"그렇다니까. 나 참, 농담하지 말라고 해."

마음에서 우러나온 본심으로 보이는 자산의 표정을 본 슈미트도 동의하듯 끄덕였다.

그런 이야기를 나누다가 이윽고 자산의 거점에 도착했다.

바로 소재의 일시 보관 장소로 들어온 슈미트는 그곳에 놓인 품목을 보고 눈을 동그랗게 떴다.

"이건, 참……."

그곳에 있는 물건들은, 장소에 따라서는 딱히 드문 것은 아니다.

그러나 이건 어디까지나 장소에 따라서다. 생활에 필요한 소모품이라든가, 어느 정도 수요가 있더라도 류센에서는 외부와의 교역으로만 입수할 수 있는 것이었다. 그런 물건이 몇 개 놓여 있었던 거다.

놀라는 슈미트를 본 자산이 기대감 어린 시선을 보냈다.

"어때?"

"이거 참 대단하군요. 이걸 매일 얻을 수 있다면 류센의 생활이 달라지겠어요."

슈미트의 감상을 듣자 자산이 만족스럽게 끄덕였다.

"아무리 그래도 매일은……. 아니, 그야말로 모험가의 숫자에 달렸나? 뭐, 그렇게 된다면 이 일대를 싹쓸이할 것 같지만."

"역시 그렇습니까……."

"뭐, 실제로는 이 거점을 어느 정도 크게 키우느냐에 달렸다고 생각해."

슈미트도 그 말을 듣자 다시 고개를 끄덕였다.

"감사합니다. 가게를 열 때 대단히 큰 참고가 될 것 같군요."

"그래. 기왕이면 술집 같은 것도 차렸으면 기쁘겠어."

모험가가 이렇게나 모인다면, 술집도 대단히 번창하리라는 걸 잘 알 수 있다.

"생각해 보죠."

슈미트는 고민하는 모습을 보였지만, 머릿속에서는 격렬한 손익 감정을 하고 있었다.

"그거 고맙군."

슈미트의 모습을 보고 술집이 생기는 건 시간문제라고 예상한 자산은 미소를 지었다.

그런 대화를 나눈 두 사람은 그 자리에서 헤어졌다.

결국 슈미트는 이틀 후에 코스케가 준비해 준 중규모용 점포를 써서 임시 가게를 열게 되었다.

5층에 1호점이 개점한다는 보고를 들은 코스케는 순조로운 모습에 안심하면서 현재 7층에서 회색 늑대에 둘러싸여 있었다. 길드 카드(예정)에 스테이터스를 복사하는 신구 개발이 막혀버렸기에, 이스나니가 기분 전환을 하는 게 어떠냐며 권했기 때문이다.

7층의 회색 늑대는 현재 100마리 정도가 되었다. 《통솔》 스킬을 가진 개체가 늘어날 때마다 그에 맞춰 소환수를 늘린 덕분에 이 주변 일대는 완전히 그들의 영역이 되었다. 그렇지만 7층 전역을 제압할 정도는 아니다.

늑대들의 행동 범위를 고려하면, 지금 있는 거점에서 영역을 더 넓히는 건 힘들지도 모른다. 그렇다고 섣불리 7층에 또 하나의 거점을 만든다면 거점끼리의 세력 분쟁이 발생할 수 있기에, 그건 코스케의 작은 고민거리가 되었다.

어떻게 할까 고민하던 코스케 옆에 늑대가 다가왔기에 목덜미를 쓰다듬어 줬다. 그러자 늑대도 기쁜 듯 꼬리를 흔들었다.

마구 쓰다듬으면서 그 늑대의 모습을 살피던 코스케는 약간 이상한 느낌이 들었다.

"어라? 너, 조금 하얗지 않아?"

주변에 있는 다른 개체와 비교하면 명백하게 털이 하얘졌다.

황급히 스테이터스를 확인했다.

개체명은 나나고, 히이 대신 거점 통솔을 맡겼던 늑대였다. 그 나나에게 본 적도 없는 스킬과 칭호가 나타났다. 다른 늑대에게는 없는 《신력 조작》 스킬이 있고, 천혜 스킬칸에 있는 《대신(大神)의 조각(초승달)》과 칭호인 【대신의 사자】에 관해서는 완전히 처음 보는 것이었다.

천혜 스킬이란 일반적인 스킬과는 달리 태생적이거나 칭호에 따라 얻는 고정 스킬이다. 그렇기에 일반적인 고유 스킬과는 달리 레벨이 존재하지 않는다. 코스케의 경우 《신의 왼쪽 눈》이 이것에 해당한다.

미츠키에게 들은 이야기에 따르면, 이 세계의 어느 지역에서는 대신=오오카미라 불린다고 하니까 늑대(오오카미)에 붙는 특수한 것일지도 모르지만, 다른 늑대에는 이런 스킬이 없었다.

종족명도 【회색 늑대】에서 【흰 늑대】로 변했다. 이것도 특수한 칭호나 스킬을 얻었기에 변한 것인지, 흰 늑대가 되었기에 스킬이 붙었는지 알 수 없다.

(으~음……. 달리 대조해 볼 게 없으니 비교할 수 없네…….)

어딘가 다른 곳에서 흰 늑대라는 종을 확인할 수 있다면 비교하는 게 가능하겠지만, 유감스럽게도 소환 리스트에는 없었고 탑의 다른 곳에서도 본 적이 없다. 그래서 코스케는 따라온 미츠키에게 일단 확인해 봤다.

"미츠키. 흰 늑대나 대신에 대해 들어본 적 있어?"

"대신……은 없지만, 흰 늑대는 들어본 적 있어."

"뭐……?!"

설마 알고 있을 줄은 몰라서 코스케는 무심코 놀라고 말았다.

"확실히, 눈이 내리는 추운 지역에 사는 늑대였을 거야."

"추운 곳인가……."

이 탑에는 눈이 내리는 계층이 없었기에, 본 적이 없는 것도 어쩔 수 없었다.

"좀 더 자세히 알고 싶다면 나보다 잘 아는 사람에게 물어보는 게 어때?"

"잘 아는 사람……? 그런 사람이 있었나?"

"눈이 내리는 추운 지역에 살던 사람들이 있잖아?"

"아, 그랬지. 엘프."

73층에 이주한 엘프는 원래 눈 내리는 지역에 살고 있었다.

바로 미츠키와 나나를 데리고 73층으로 가보기로 했다.

현재 73층에서는 엘프들의 이주가 착착 진행되고 있었다. 그런 와중에 코스케가 찾아오자, 이주 작업의 대표인 리레스가 쾌활하게 맞이해 줬다.

"바쁜 와중에 미안합니다."

"아뇨아뇨, 천만의 말씀을요. 그런데 오늘은 어떤 용건으로 오셨습니까?"

"네. 잠깐 여쭤보고 싶은 게 있어서……. 이 흰 늑대에 관해서인데요."

코스케는 그렇게 말하면서 함께 데려온 나나의 목덜미를 어루만졌다. 나나는 기쁜 듯 꼬리를 좌우로 흔들었다.

그걸 본 리레스는 혼자 한숨을 쉬었다.

"역시 그 늑대는 흰 늑대였나요."

"어? 그런데요. 무슨 문제라도?"

코스케가 고개를 갸웃하자, 리레스는 고개를 좌우로 흔들었다.

"아뇨, 죄송합니다……. 저희에게 흰 늑대는 천적이라 해도 좋을 존재여서……."

"그렇다면, 그쪽 마을에서는 흰 늑대가 나왔었다는 건가요?"

기세를 탄 코스케가 묻자, 리레스는 약간 고개를 갸웃하면서도 말을 이었다.

"네. 단독으로도 방심하면 위험하지만, 집단으로 덤벼들면 대단히 버거운 상대였죠. 그래도 그쪽에서는 험난한 환경 탓에 그렇게까지 커다란 집단을 이루지는 못했으니 다행히 대처는 가능했습니다."

"그랬군요. 그렇다면 이쪽에는 가급적 데려오지 않는 게 나을까요?"

"아뇨. 그렇게까지 하지는 않으셔도 되지 않을까요. 저희 엘프는 야생 동물이 상대를 따르는지 아닌지를 분간할 수 있으니까요. 물론 섣불리 손댔다가는 바로 이빨을 드러낸다는 걸 아니까 괜히 손대는 자도 없을 거예요."

"그런가요. 그건 다행이네요."

안심할 수 있는 정보를 듣자, 코스케는 가슴을 쓸어내렸다.

모처럼 생긴 권속들이 마물이라는 오인을 받아 죽기라도 한다면 슬플 거다. 지금은 권속들을 엘프가 있는 계층에 살게 할 예정은 없지만, 사고가 일어나지 않는다고 할 수는 없다.

"그런데, 묻고 싶으셨던 건 그것뿐인가요?"

"아뇨. 이것도 있지만……. 흰 늑대와 함께 대신에 관해서 뭔가 들으신 게 없나요?"

코스케가 꺼낸 질문을 듣자 리레스는 눈을 동그랗게 떴다.

자연을 숭배하는 엘프에게 대신이란 극히 일반적으로 알려진 신 중 하나다. 그러나 그 신의 이름을 인족인 코스케의 입에서 들을 줄은 몰랐다.

"흰 늑대와 대신인가요……. 유감스럽지만 저는 잘……."

모르겠다, 그렇게 이어가려던 리레스의 말에 끼어든 사람이 있었다.

"대신의 화신, 흰 늑대."

혀짤배기 말투로 그렇게 말한 것은, 세계수의 요정 에세나였다.

코스케가 73층에 왔다는 걸 알아챈 것이리라. 유감이지만 그 어조와 적은 말수 탓에 내용을 알기는 어려웠지만.

"대신은 자연의 신입니다. 어쩌면 하이 엘프 분들이라면 뭔가 아실지도 모르겠네요."

에세나의 말로 대신과 흰 늑대 사이에 뭔가 관련이 있다고 여긴 리레스가 그렇게 말했다.

우연히 건설 중인 마을 안에 있던 제파르가 코스케 일행 앞으로 불려 나왔다. 앞선 에세나의 말을 반복한 코스케는 뭔가 알고 있는게 없나 제프라에게 물었다.

한동안 눈을 감고 고민하던 제파르는 이윽고 입을 열었다.

"이건 전설이라기보다는 거의 동화입니다만, 괜찮을까요?"

"뭐든 좋아. 아는 게 있다면 가르쳐줘."

코스케가 재촉하자, 제파르가 이야기를 시작했다.

"알겠습니다. ……일찍이 이 세계가 막 탄생한 무렵, 대신은 지상에서 생활하고 있었는데 그때의 모습이 흰 늑대였다는 이야기가 있습니다. 단지, 여기에 있는 늑대와는 비교도 되지 않을 만큼 컸다고 하더군요."

"그렇……구나."

"동화로 전해지는 걸로도 알 수 있듯이, 저희 사이에서도 믿는 사람은 거의 없지만요."

그렇다면 엘프에게 그런 이야기가 전해지지 않는 것도 이해할 수 있다며 리레스가 고개를 끄덕였다.

"그런데, 어째서 그런 이야기를 원하셨는지?"

제파르가 묻자, 코스케는 나나의 이야기를 했다. 그걸 듣자 제파르와 리레스는 말문이 막혔다.

"그건, 정말."

"아니 뭐, 완전히 그 이야기와 연결할 수 있을지는 잘 모르겠지만 말이지."

코스케가 그렇게 못을 박자, 리레스도 수긍했다.

"그건, 뭐 그렇겠죠."

"아무튼 참고가 되었어. 고마워."

"이런 일이라면 언제든 물어봐 주세요."

제파르와 리레스는 고개를 숙이며 코스케에게 말했다.

미츠키와 나나를 데리고 엘프 마을을 나온 코스케는 여우의 낌새를 보러 8층으로 향했다.

(4) 계기와 고용 문제

8층에 온 코스케는 여우의 스테이터스 체크부터 시작했다. 매일 한가할 때 얼굴을 내밀고는 있지만, 스테이터스 체크는 최근 소홀히 했기 때문이다.

그로부터 소환수를 늘려서 여우는 30마리가 되었다. 늑대와 마찬가지로 어느 정도가 적당할지 잘 알 수 없어서 이 숫자에 머무르고 있다.

우선 샘 주변에서 쉬는 여우의 스테이터스를 체크했다.

코스케가 와서 그런지 상당한 수의 여우가 다가왔지만, 스테이터스는 딱히 지금까지와 다름없었다. 가진 스킬은 LV5가 최고이고, 대부분 LV4 정도다. 여우도 늑대도 최근에는 잘 성장하지 않고 있다.

참고로 코스케가 데려온 나나와 여우는 첫 대면이지만, 서로 코스케의 권속이라는 걸 아는지 딱히 다투지 않고 각자의 냄새를 맡고 있었다.

이번에는 [신사] 쪽으로 가봤다. 그곳에도 언제나 여우 몇 마리가 있기 때문이다.

첫 번째 여우를 체크하려다가 명백하게 다른 여우와 다른 개체가 있는 걸 깨달았다. 꼬리가 두 개로 늘어난 거다.

황급히 스테이터스를 보니, 이름은 원리이고 종족명이 【다미호(多尾狐)】가 되어있었다. 명백하게 이것 때문에 꼬리가 늘어났다고 추측된다.

그리고 다른 여우와 다른 점은 《신력 조작》과 《변화》, 《염화(念話)》 스킬이다. 《변화》와 《염화》도 신경 쓰이지만, 다른 하나인 《신력 조작》이 코스케의 흥미를 끌었다.

(원리도 그렇지만, 나나도 익혔지. 어쩌면 이게 변화의 계기인가?)

완전한 추측에 불과하지만, 지금으로서는 이것 말고는 해당하는 게 없다.

코스케가 원리를 바라보자, 다가온 나나가 원리에게 접근해서 킁킁 냄새를 맡았다. 원리도 질 수 없다는 듯 나나의 냄새를 맡기 시작했다.

그 모습을 멍하니 보던 코스케는 원리의 스킬을 생각했다.

(남은 건 《변화》와 《염화》인가……. 《변화》도 그렇지만, 《염화》의 상대는 누구지? ……상대?!)

문득 깨달은 게 있던 코스케는 무심코 목소리를 내고 말았다.

"그렇구나. 상대인가……!!"

그 목소리를 듣자, 장난치던 두 마리가 흠칫 반응했다.

"아, 미안미안."

코스케는 그렇게 말하며 두 마리를 쓰다듬었다. 그러나 코스케의 사고는 이미 다른 곳으로 향하고 있었다.

"나나. 원리도 따라와. 미츠키, 관리층으로 돌아가자."

"알았어. 하지만……. 무슨 일이야?"

"어쩌면 길드 카드가 완성될지도 몰라."

원리 덕분에 겨우 현안 사항이 해결될지도 모른다. 코스케는 황급히 관리층으로 돌아갔다.

관리층으로 돌아온 코스케는 그대로 작업실로 뛰어들었다. 작업실은 원래 와히드 일행용으로 만든 개인실 중 하나를 작업실 겸 연구실로 바꾼 것이었다.

작업에 몰두하던 이스나니가 달려온 코스케를 보고 놀라서 일어났다.

"코, 코스케 님……?! 왜 그러시나요?!"

"이스나니, 염화야. 염화."

염화라는 것은 마법사들이 쓸 수 있는 원거리 통신 마법이다. 단, 쓸 수 있는 사람은 한정적이라서, 이 세계에서도 상위에 해당하는 사람밖에 쓸 수 없는 난이도 높은 마법이다.

갑자기 코스케가 그런 소리를 하자 이스나니는 눈을 깜빡였다.

"염화가, 어쨌다는 건가요?"

"염화란 혼자서는 성립되지 않아. 상대가 있으니 통신이 가능한 거잖아!"

"네. 그야 당연히 상대가 없다면……. 상대?!"

거기까지 말하자, 이스나니도 놀라며 깨달았다.

마법에서 쓰이는 염화는, 송신자는 물론이고 수신자도 어느 정도 기술이 필요하다. 길드 카드도 그와 마찬가지로, 송신 측만이 아니라 수신 측에도 정보를 해석해서 표시하는 기능이 필요하다는 것을 깨달은 것이다.

"그렇구나. 그렇죠. ……듣고 보니 어째서 이런 간단한 걸 깨닫지 못한 걸까요!"

"뭐, 이런 일도 있는 거지. 바로 시험해 보자!"

"네!"

두 사람이 기뻐하며 작업 책상으로 향하는 걸 바라보는 미츠키에게 코우히가 다가와 물었다.

"어쩐 일인가요?"

"아니, 왠지 이 아이를 보더니 갑자기 달려가서, 지금은 이 상황이랄까? 뭔가 그 도구에 대한 일인 것 같은데…….."

갑작스러운 일이라 미츠키도 잘 이해하지 못하고 있었다.

"그런가요. 뭔가 좋은 계기가 있었던 걸까요?"

코우히가 원리를 쓰다듬으며 코스케를 바라봤다.

"그럼 좋겠는데."

코우히의 말에 수긍한 미츠키도 덩달아 쓰다듬었다.

스테이터스를 카드 모양으로 표시할 수 있게 된다면 길드 카드로 이용할 수 있다. 물론 이런 건 어느 길드에서도 사용하지 않으므로 이 세계에서 유일한 것이며, 다른 길드와 차별화를 꾀할 수 있다.

수많은 길드가 존재하는 이 세계에서는 다른 곳에 없는 독특한 특색이 있기만 해도 인재를 끌어들이는 교섭을 할 때 좋은 조건이 될 수 있다. 하물며 탑 마을 이외에도 길드 지부를 둬야 하는 걸 고려하면, 지금까지 없었던 스테이터스를 표시할 수 있는 카드가 있다면 상당히 유리한 상황이 마련된다.

그렇기에 지금까지 탑 마을에도 길드를 만들지 않았다.

타이밍만 보면 마을에 가게도 생겼으니 길드를 만들기에는 딱 좋지만, 적어도 길드 카드가 생긴 뒤로 하고 싶어서 코스케가 막고 있었다.

그렇기에 코스케도 스테이터스 확인기의 완성을 최대한 재촉하고 있었다.

완전히 작업에 집중한 두 사람을 본 코우히와 미츠키도 각자의 작업을 하기 위해 관리실로 돌아갔다.

◆

"완성했다~!!"

코스케의 그 목소리가 관리층에 울려 퍼진 것은 나나와 원리를 데리고 온 지 이틀 뒤였다.

지금까지를 고려하면 이상할 정도로 빠른 완성이었다. 그러나 이 이틀 동안 이스나니도, 코스케도 거의 자지도 쉬지도 않고 작업을 이어갔다. 차례차례 원하는 결과가 나와서 개발 작업이 멈추지 않았던 이유도 있다.

그 코스케와 이스나니 옆에는 빅 타워 데스크톱 PC 정도 크기의 상자가 놓여 있었다. 이것은 처음에 코스케가 이스나니에게 보여 준 것보다 상당히 커졌다. 이렇게나 커진 이유는 카드에 스테이터스를 복사하는 기능 말고도 여러 가지를 덧붙였기 때문이다.

물론 코스케가 이스나니에게 처음 보여줬던, 수정이 올라간 작은 상자도 이 안에 격납되어 있다.

완성된 길드 카드 작성기 앞에서 바로 개발 결과를 이것저것 시험하려던 코스케를 미츠키가 제지했다.

"잠깐 기다려. 코스케 님은 요 이틀 동안 거의 잠도 안 잤잖아? 작동 확인은 일단 푹 자고 나서 해."

"에이……."

코스케가 불만스럽게 툴툴대자 미츠키가 방긋 웃었다.

"만약 떼를 쓰면, 수면 마법을 걸 거야?"

"알았어. 알았습니다. 일단 제대로 잘게."

코스케는 양손을 들고 항복 포즈를 취하고는 입욕한 뒤에 나나와 원리를 데리고 침실로 향했다.

이 길드 카드 작성기의 도입으로 5층 마을에 첫 길드가 결성되게 된다.

5층 마을에서는 현재 건축 중인 건물이 몇 군데 있다. 5층을 거점으로 삼으려는 모험가들을 노리고 임대나 매매용 집을 짓기 시작한 길드가 나온 것이다. 물론 그중에서는 슈미트가 의뢰한 것도 있다.

이 마을에서 토지는 탑 관리자가 내놓은 임차지 취급이다. 모험 가나 상인이 텐트를 치고 지내는 건 딱히 규제하지 않지만, 텐트를 치는 곳이 임차지로 계약되면 퇴거를 요구한다.

그걸 무시하면 탑에서 쫓겨난다. 이미 두세 팀의 모험가 파티가 쫓겨났고, 그 이후로 똑같은 일을 반복하는 자는 현재 나오지 않고 있다.

토지 계약을 시작으로 하는 행정 수속은 현재 모두 전이문이 있는 신전에서 이루어지고 있지만, 언젠가는 그런 것들도 모두 코스케가 리더로 올라서 만드는 길드에서 하게 될 거다.

길드 카드 작성 계획이 잡혔기에 길드 결성도 바로 할 수 있을 줄 알았지만, 여기에 와서 문제가 발생했다. 아무리 생각해도 길드를 운영하기 위한 인원이 부족한 거다.

그 해결책을 제안하고자 와히드가 관리층을 찾았다.

와히드의 제안을 들은 코스케는 순간 인상을 찌푸리며 고개를 기울였다.

"노예……?"

"예. 인원 확보와 배신하지 않는다는 의미에서의 신용, 양쪽을 만족하려면 노예를 고용하는 게 좋을 것 같습니다."

들어보니, 이 세계의 노예는 코스케가 멋대로 이미지하던 것과는 상당히 다른 존재인 모양이었다.

코스케가 이미지하는 노예란 가혹한 노동을 강요당하고, 게으름을 피우면 채찍질을 당하는 사람이다. 여기서는 범죄 노예가 그에 해당한다.

그러나 그것 말고도 채무 노예나 매매 노예라는 게 있어서, 그들은 굳이 따지자면 고용 알선과 노동력 제공 같은 측면이 강하다고 한다. 당연히 의식주는 보장된다. 또한, 노예에게 의식주를 보장할 수 없는 자는 노예를 고용할 수 없다……고 한다.

어느 정도의 기술이 있고 수익이 있는 경우, 노예를 고용하는 건 회사에서 부하를 두는 것하고 그다지 다르지 않다. 상황에 따라서는 어느 세계의 악덕 기업 사원보다도 훨씬 나은 대우를 받을 정도다.

거기까지 들어도 코스케의 마음에서는 어딘가 저항감이 있었다. 그러나 앞으로의 마을이나 길드를 고려하면, 어느 정도 믿을 수 있는 인원이 필요하다는 것도 사실이었다.

결국 직접 고용한 노예라도 다른 사람과 똑같이 대하면 된다고 각오를 다지기로 했다.

"알았어. 노예 고용을 허가할게."

"그렇습니까. 감사합니다."

코스케가 허가를 내리자, 와히드도 안심한 표정을 보였다.

"그래서? 길드 쪽은 어떻게 돼?"

"글쎄요……. 고용하자마자 바로 쓸만해지지는 않겠지만, 그건 실전에서 익숙해질 수밖에 없겠죠. 일주일 안에 준비가 될 겁니다."

"그럼 그때까지 길드 카드도 준비해두겠어."

"부탁드립니다."

길드 카드에 스테이터스 정보 등을 새기는 기능 부분은 되었지만, 어떤 디자인으로 할지 등등의 세세한 부분까지는 아직 확실하게 정하지 않았다.

"그럼, 노예 채용 때는 함께하시겠습니까?"

"글쎄……. 아니, 그만둘게. 얼굴을 보이는 건 이쪽에 오고 나서 하겠어."

노예상 등에게 와히드와의 연결고리를 알려주고 싶지는 않다. 코스케도 언젠가는 자신이 탑의 소유자라는 걸 공개할 작정이지만, 아직은 그 시기가 아니라고 생각하고 있었다.

"알겠습니다."

코스케의 말에 와히드가 고개를 숙였다.

"어느 정도의 인원을 고용할 예정이야?"

"처음은 열 명 정도일까요. 상황에 따라 전투 노예를 고용해 시설 호위 등을 시키면 좋을 겁니다."

"길드를 만들 건데?"

모처럼 전투 능력이 있는 모험가를 모으는데, 그 모험가들을 길드에서 고용하지 않는 건지 의아해진 코스케가 고개를 갸웃했다.

와히드가 그런 코스케에게 자신의 걱정거리를 전했다.

"카드가 신기하니 사람은 모이겠지만, 과연 그중에서 믿을 수 있는 자가 얼마나 모일지는 그때가 되어 보지 않으면 모르니까요……."

지당한 이유였기에 코스케도 납득하고 고개를 끄덕였다.

"그런가. 그렇겠네. 알았어. 이야기는 그걸로 끝이야?"

"글쎄요. 아차, 그러고 보니 슈미트 공과의 대면은 언제 하실 겁니까?"

바로 어제 와히드에게서 가게를 낸 사람이 슈미트라는 걸 듣고 한번 만나고 싶다고 생각했었다.

"아아, 그렇지. 그쪽은 언제라도 좋아. 상대 측에서 만나도 좋을 시간을 말하면 그에 맞춰서 갈 테니까."

"알겠습니다. 그럼 카드 쪽은 잘 부탁드립니다."

"알았어. 슈미트와 만나기 전에 어느 정도 형태를 만들어둘게."

어느 목적을 위해 슈미트에게도 보여줄 예정이다. 와히드는 다시 "알겠습니다."라고 고개를 숙이고는 5층으로 돌아갔다.

"괜찮았어?"

와히드를 보낸 뒤, 책상 위에 누워있던 원리를 불러서 자기도 소파에 누워 별생각 없이 쓰다듬던 코스케에게 미츠키가 물었다.

"노예 말이야? 처음에는 저항감이 있었지만, 허가를 내니까 뭔가 떨쳐냈다는 느낌? 이제는 실제로 보고 판단하려고."

"그래. 그럼 됐어."

뭔가 미묘해 보이는 미츠키의 말투를 듣자, 코스케는 몸을 일으켜서 고개를 갸웃했다.

"응……? 무슨 일 있어?"

"아니. 마지못해 고용해 봤자 서로에게 좋은 일이 아니니까 신경 쓰였을 뿐이야."

"그랬구나. 고마워. 그래도 괜찮아."

지금은 생각했던 것보다 노예를 고용하는 것에 저항감이 없어서 자기도 신기할 정도다. 환생 때 뭔가 보정이라도 있었던 건가 싶었지만, 생각해도 알 수 없는 일이다. 적어도 아수라는 그런 일이 없다고 말했었다.

게다가 지금 코스케는 다른 문제로 고민하고 있었다.

그 문제란, 길드 카드에 대한 것이다. 카드의 소재는 복사하는 기능 때문에 신력을 포함한 연금술로 만든 얇은 금속으로 되어있지만, 장식은 아직 하지 않았다. 그 분야에 관해서는 완전히 문외한인지라 섣불리 장식하려다가 완성도가 엉망진창이 될 수도 있다.

장식은 그저 붙이기만 하면 되는 게 아니라, 복사하는 술식을 방해하지 않게 해야만 한다. 아무런 장식도 없이 그대로 써도 기능상 문제는 없지만, 그럼 뭔가 재미가 없다.

팔짱을 낀 채 눈을 감고 고민하던 코스케의 뒤통수를 뭔가 부드러운 게 눌렀다. 동시에 머리 위에서 익숙한 목소리가 들렸다.

"코스케 공. 뭔가 고민이라도 있느냐?"

목소리의 주인은 슈레인이었다.

최근 슈레인은 76층 관리를 맡게 되고 나서 코스케와 접촉하는 걸 즐기며 종종 이런 일을 하고 있었다. 신기하게도 코우히와 미츠키도 그걸 막지 않아서 코스케도 그냥 당하고만 있다.

코우히나 미츠키에게도 밀리지 않는 몸매를 가진 여성이 접촉하면 코스케도 불쾌한 기분이 들지 않는다. 들 수가 없다. 남자의 슬픈 본능이다.

코스케는 달라붙은 슈레인에게 말없이 길드 카드를 건넸다.

"이건……?"

"이번에 만드는 길드에서 쓸 예정인 카드."

슈레인에게 보여주는 건 처음이었기에 카드에 붙일 예정인 기능을 처음부터 모두 설명하고, 실제로 슈레인용 카드를 만들었다.

그걸 받고 확인한 슈레인은 어이없다는 표정을 지었다.

"이건 또 대단한 걸 만들었구나. 아마 지금 세상에서도 오버 테크놀러지 수준일 텐데?"

"그런 거창한 말을."

그 대답을 듣자, 슈레인은 옆에 있는 미츠키가 고개를 내젓는 걸 보고 한숨을 쉬었다.

"거창하긴 무슨. 애초에 신력을 쓸 수 있는 자가 없는데 그걸 써서 만드는 도구 같은 게 있을 리가 없지 않느냐. 이건 평범하게 신구라 부를 수 있는 것인데?"

"어?! 그런가?"

생각난 걸 그대로 만들었던 탓에 그런 생각이 머리에서 완전히 빠져나가 있었다. 그렇다고 스테이터스가 보이는 코스케의 왼쪽 눈과 똑같은 원리를 사용하는 이상 신력을 쓰는 건 도저히 피해서 지나갈 수 없다.

"으~음……. 뭐, 어쩔 수 없나."

"그런가? 뭐, 코스케 공이 그렇다면야 나도 상관은 없지. 그건 넘어가고, 고민하는 카드의 장식 말이다. 이그리드에게 상담해 보는 게 어떠냐?"

슈레인이 태연하게 제안하자, 코스케는 눈을 반짝였다.

"어? 무슨 소리야?"

"어라? 전에도 말했을 텐데……? 그 일족은 지하에 굴을 파서 사는 일족이라 손재주가 뛰어난 이들이 많이 있느니라. 이런 장식에 관해서는 드워프족을 뛰어넘는다는 말조차 듣지."

"그런 말을 했었나?"

이것은 코스케가 완전히 잊고 있었을 뿐이라 슈레인을 책망할 수는 없다. 오히려 카드 제작에 관한 중요한 정보를 잊고 있었던 코스케의 잘못이다.

바로 견본 카드를 들고 슈레인과 함께 처음으로 이그리드가 있는 곳으로 가보기로 했다.

갑작스러운 코스케의 방문을 맞이한 이그리드 족장은 송구하다는 기색을 보였지만, 코스케의 주문은 기뻐하며 받아들였다. 그들에게 코스케는 안전한 거처를 제공해 준 존재이니까.

카드 장식에 관해서는 기술적으로 문제없다고 해서 나중에 장식된 샘플을 몇 개 만들어주게 되었다.

코스케는 그 대답에 안심하고 관리층으로 돌아왔지만…….

처음으로 본 이그리드는 코스케에게는 여러모로 흥미로운 종족이었다. 들은 대로 겉보기는 인형 같은 용모였지만, 그 입에서 나오는 건 어느 지방에서 쓰는 방언이 심한 말투였기 때문이다.

용모와 말투의 갭에 당해버린 코스케는 다음에는 제대로 시간을 내 이그리드를 만나야겠다고 결심했다.

(5) 슈미트와의 대화

탑 마을에 가게를 연 슈미트는 마을의 통치자인 와히드의 호출을 받아 신전 응접실에 왔다.

탑 마을은 급속도로 발전할 전조를 보이고 있었다. 지금은 아직 새로운 건물을 몇 채 짓고 있을 뿐이지만, 슈미트는 앞으로 틀림없이 숫자가 늘어나리라 예상하고 있었다. 그에 따라서 사람과 물자의 출입도 많아질 거다.

그 탑과 바깥을 잇는 전이문은 현재 통행료를 받는 상태인데, 그 이익이 앞으로 어디까지 늘어날지는 상상도 되지 않는다. 참고로 통행료는 사람이 드나들 때 드는 것과 물자에 드는 것 두 종류가 있다. 모험가들이 드는 짐 같은 것에는 적용되지 않지만, 마차 등의 부피가 큰 물건을 이용할 때 내야 한다.

이건 이 탑 마을만이 아니라 어느 마을에 가도 마찬가지이므로 딱히 불만은 나오지 않았다. 그러나 이 마을에 드나들기 위한 통행료는 다른 곳보다 비싼 가격이기에 거기에 불만을 가진 사람이 나오고 있었다.

그러나 그에 대한 와히드의 반응은 일관되어 있었다. 마음에 안 들면 안 와도 된다는 것이다. 실제로 전이문에서 불평하던 사람, 마을에서 소란을 일으킨 사람은 강제로 쫓겨났다.

원리는 모르겠지만, 그 전이문은 통과하는 사람을 구별하는 기능이 있는 모양이었다. 한 번이라도 통행금지 등록이 되면, 그자는 두 번 다시 전이문을 통과하지 못하게 된다.

언젠가 그 원리를 물어봐야겠다고 생각하고 있지만, 좀처럼 쉽지 않으리라. 그건 이 탑의 치안에 크게 얽힌 일이니까. 무리하게 물어봤다가 괜한 의심을 사기보다는 지금의 관계를 유지하는 게 낫다.

슈미트가 응접실에서 그런 생각을 하고 있는데, 문을 노크하는 소리가 들리며 와히드가 들어왔다.

이어서 들어온 인물을 본 슈미트는 놀랐다. 예전에 류센이 들어오기 직전 마물의 습격에서 도움을 받았던 코스케와 미츠키였기 때문이다. 여러 의미로 인상에 남았던 상대였기에 잊을 리는 없었다.

슈미트는 코스케에게 인사했다.

"코스케 님. 오랜만입니다. 류센에서 여행을 떠났다고 들었는데, 건강해 보이시는군요."

슈미트가 그렇게 말을 꺼내자, 코스케도 놀란 표정을 보였다.

"오랜만입니다. 그나저나 역시 대단하시네요. 하루 함께 보냈을 뿐인 저를 기억하고 계실 줄은 몰랐습니다."

"하하하하. 아뇨. 여러분과의 만남은 여러 의미로 강렬했으니까요. 잊고 싶어도 잊을 수 없죠."

"하하하. 그때는 정말 많은 신세를 졌습니다."

코스케는 얼버무리듯 웃으며 고개를 숙였다.

"아뇨아뇨. 그건 피차일반이죠. 그런데 오늘은 무슨 일로?"

슈미트가 묻자, 코스케는 와히드에게 시선을 보냈다. 그걸 받은 와히드가 슈미트에게 설명을 시작했다.

"우선 처음으로, 코스케 님에 대해서입니다만……. 코스케 님은, 이 탑의 관리장이십니다."

슈미트는 그 설명에 충격을 받으면서도 마음속 어딘가에서 역시나, 라고 생각했다. 관리장이라는 이름으로 봐서는, 이 탑의 지배자라는 뜻이리라.

예전부터 센트럴 대륙 중앙에 있는 탑을 누군가가 공략했다는 소문은 흐르고 있었다. 그 이야기에서는 당연히 공략한 사람의 이름도 몇몇 거론되었지만 전부 유명한 길드나 파티의 이름이었고, 당연하게도(?) 코스케 일행의 이름은 없었다.

그러나 미츠키의 전투를 직접 눈앞에서 본 적이 있던 슈미트는 전문가가 아닌데도 혹시나 하는 마음이 있었다.

"그랬었군요."

"어째서 그걸 지금 여기서 고백하는지는 넘어가기로 하고……. 저희가 길드를 만들려고 한다는 이야기를 들으신 적은 있으십니까?"

갑자기 이야기가 바뀌자 슈미트는 당혹스러웠다.

그런 이야기는 모험가들 사이에서 소문이 돌고 있다고 듣기는 했다. 그러나 그건 어디까지나 모험가 길드……. 탑에서 싸우는 자들의 이야기라고 생각했기 때문이다.

어째서 그 이야기를 자신에게 하는지 알 수 없었다.

"네. 소문은 들었습니다만……. 모험가 길드 이야기였죠?"

"그렇습니다. 소문으로 흐른 건 모험가 길드였죠."

그 대답에 슈미트는 눈썹을 움찔했다.

와히드는 소문을 흘린 건 자신들이라고 말했다. 그걸 어째서 자신에게 말하는지 슈미트는 알 수 없었다.

어디까지나 모험가 길드 이야기였기 때문이다.

"그렇지요. 모험가 길드를……. 잠깐, 모험가? ……설마?!"

슈미트는 문득 솟아난 의문을 무심코 되묻고 와히드를 봤다.

"설마, 상인 길드도 만드시는 겁니까?!"

탑의 지배자가 직접 관여하는 길드가 마을에 만들어진다는 건, 슈미트와 상인들에게도 남 일이 아니다.

그러나 와히드의 대답은 슈미트의 상상을 뛰어넘었다.

"정확히 말하면, 모험가 길드나 상인 길드 등의 각종 길드를 따로따로 만드는 게 아닙니다. 그것들을 하나로 모은 길드……. 크라운이라는 조직을 만들려고 생각하고 있습니다."

그 말을 듣자, 슈미트는 순간 멍해지고 말았다.

이 세계의 길드란 어디까지나 같은 업종의 사람들이 모여서 만든 조직이다. 그렇기에 모험가 길드는 모험가, 상인 길드는 상인에 속하는 사람들이 모여서 만들어진다.

그런 업종이 다른 길드를 모아 하나의 조직을 만든다니, 전혀 들어본 적이 없었다. 굳이 거론한다면 그건 국가나 도시 그 자체이자 행정 그 자체이다. 그러나 행정이 길드의 경영에 관여하는 일은 없고, 크라운이라는 조직은 어디까지나 길드 참가자들이 운영하는 것이기에 행정 조직과는 전혀 다르다.

슈미트는 머릿속에서 거기까지 생각하다가 어째서 이야기가 거의 퍼지지 않은 지금 단계에서 자신이 이 이야기를 듣고 있는지 의문이 들었고, 바로 짐작이 갔다.

"설마……."

"네. 슈미트 씨가 이 조직의 상인 부문 수장을 맡아 주셨으면 해서요."

물론입니다. 그렇게 반사적으로 대답하려던 슈미트는 곧바로 그 말을 삼켰다.

와히드의 권유를 받아들인다는 건 조직 안에서 활동한다는 뜻이다. 모처럼 이 땅에서 가게를 세우고 한 조직의 수장이 된 것이 허사가 되고 만다.

그러나 권유를 받아들인다면 자신이 가게를 경영하는 것 이상의 이익을 얻는다. 그건 확신할 수 있었다.

탑이라는 특수 환경 속에서 그 지배자가 만드는 조직이라는 것만으로도 이점이 있다. 그러나 그만큼 탑 외부에 있는 기존 길드의 압력도 범상치 않으리라는 건 손쉽게 상상할 수 있다. 수장에 오른다는 건, 그런 상황에서 전면에 서야만 하다는 뜻이다.

자신이 산전수전 다 겪은 상인 길드의 수장을 상대할 수 있느냐고 묻는다면, 솔직히 말해서 조금 자신이 없었다. 그렇기에 무리라는 말을 하고 싶었지만, 너무나도 매력적인 권유여서 즉답은 하지 못했다.

와히드는 마음속으로 고민하던 슈미트에게 추가타가 될 것을 내밀었다.

"이것은……?"

손바닥 크기의 카드 같은 것이다. 와히드가 건넨 것을 잡았다.

앞과 뒤에 훌륭한 장식이 들어가 있고, 반으로 접혀 있었다. 펼쳐서 안을 보자, 몇몇 항목이 쓰여 있다. 슈미트가 기억하는 항목도 있다.

"이건, 길드 카드입니까? 그런 것치고는 큰데요……. 게다가 이 스테이터스라는 것은 뭡니까?"

슈미트의 질문에 답한 것은 지금껏 묵묵히 이야기를 듣고만 있던 코스케였다.

"말씀하신 대로, 그건 이 새로운 조직의 등록증, 크라운 카드로 쓸 예정입니다. 크기에 관해서는 그 스테이터스라는 것과도 관련이 있는데…… 요컨대 그 스테이터스칸에 그 사람이 가진 스킬이 표시됩니다."

"스킬이라뇨……?"

"간단히 말하면, 그 사람이 지닌 기술이죠. 그래도 이것만으로는 알기 힘들 테니까, 실제로 슈미트 씨의 카드를 만들어볼까요."

코스케는 그렇게 말하더니 테이블 옆에 놓여 있던 길드 카드 작성기의 외부 상자를 열고는 그 안에서 수정구슬이 올라간 상자를 꺼냈다. 참고로 수정구슬이 올라간 작은 상자는 처음에 이름 붙인 그대로 스테이터스 확인기라 부르고 있다.

코스케는 스테이터스 확인기를 테이블 위에 놓고 슈미트가 가진 카드를 받아서 그걸 길드 카드 작성기에 있는 구멍에 꽂았다.

"수정 위에 손을 올려 주시겠습니까?"

"이렇게 말입니까?"

슈미트가 지시대로 수정 위에 오른손을 올리자, 수정이 살짝 빛났다. 슈미트는 황급히 손을 떼려고 했다.

"괜찮으니까 잠시 만지고 계세요."

코스케의 말대로 아무 일 없이 15초 정도 지나자 빛이 사라졌다. 그걸 확인한 코스케가 슈미트를 향해 말했다.

"끝났습니다. 이제 손을 떼도 돼요."

슈미트가 손을 떼자 코스케는 카드를 빼서 다시 슈미트에게 건넸다.

카드를 받은 슈미트는 그 안을 확인했다. 스테이터스칸에는 예전에 코스케가 봤던 슈미트의 스킬이 기록되어 있었다.

"이건……?"

그곳에 적힌 스킬의 나열을 본 슈미트는 숨을 삼켰다. 코스케가 아까 말했던, 그 사람이 가진 기능이 표시되어 있다는 의미를 어렴풋이 깨달은 것이다.

"이해해 주셨나요? 이 도구를 써서, 그 카드에 그 사람이 가진 스킬을 표시할 수 있습니다. 스킬은 당연히 누구에게 보이고 싶지 않을 테니 비표시도 가능합니다."

잠시 봤을 뿐인 슈미트도 이 카드의 유용성을 알 수 있었다.

자신이 익힌 스킬, 혹은 부족한 스킬을 한눈에 알 수 있다. 익힌 기술이 목숨과 직결되는 모험가는 물론이거니와, 다른 직업 사람에게도 충분히 이용 가치가 있다. 자신의 스킬을 목격한 슈미트 자신도 쉽게 상상할 수 있는 일이다.

코스케를 대신해서 와히드가 말을 이었다.

"그 카드는 당연히 크라운에서 쓸 예정이지만, 다른 사람이 사용할 수 있다면 신분증의 의미가 없을 테니, 다른 사람은 쓰지 못하게 할 겁니다."

"그 말씀은……?"

"최초 단계에서 그 사람이 가진 파문, 마력을 쓰면서 나오는 지문 같은 것을 등록하고 있습니다. 억지로 덮어쓰려고 해도, 그 시점에서 내용이 소거되게 해놨죠."

방범 대책도 만전이라는 뜻이다.

"가능한 거라면, 여기 있는 본체를 써서 덮어쓰는 정도일까요? 그것도 어렵겠죠."

"어째서입니까?"

"이건 신력이라는 힘을 써서 움직입니다. 한마디로 말하면, 신구입니다."

와히드의 말을 듣자, 슈미트는 오늘 몇 번째인지 모를 침묵을 이어갔다.

이런 걸 쓸 수 있는 자가 있다니, 적어도 슈미트는 들어본 적이 없다. 극히 드물게 신구라 불리는 것이 탑에서 나온다고 하던데, 애초에 원리 자체가 현재에도 알 수 없는 것들뿐이다.

하물며 성력이나 마력은 들어본 적이 있지만, 신력이라는 말 자체도 극히 일부의 성직자만이 쓰고 있을 뿐이다.

여기까지 오니 슈미트도 웃을 수밖에 없었다.

"출처는 묻지 않는 게 좋겠군요."

예상 정도는 할 수 있지만, 자신을 위해서라도 그렇게 말했다.

슈미트는 긁지 않아도 되는 부스럼은 굳이 긁을 필요가 없다고 생각한다. 상인이라는 직업에 종사하다 보면 다양한 정보를 알게 된다. 그중에는 슈미트 자신에게 독이 되는 정보도 있다.

와히드가 카드 사용법에 대한 설명을 이어갔다.

"이 카드는 크라운 멤버 전원에게 줄 예정이지만, 그때 특전 같은 것도 생각하고 있습니다."

"특전, 말입니까?"

"몇 가지 생각하고 있는데, 가장 큰 것은 전이문의 무상 이용일까요."

"그건……!"

놀란 동시에 납득할 수 있는 특전이기도 했다.

탑 안에서 모든 것을 자급자족할 수 있다면 몰라도, 외부와의 거래는 반드시 필요하기에 새로 생긴 조직에게 있어 전이문 무상 이용은 가장 큰 메리트다. 만약 평생을 탑 안에서 보내는 사람이 있다면 거의 상관없겠지만, 적어도 처음에는 그런 자도 드물 거다.

"물론 사람만이 아니라, 물자에도 적용할 예정입니다."

태연하게 그런 말이 나오자, 슈미트는 조금 전까지의 고민을 내던졌다.

이 탑을 이용해서 돈을 벌려는 상인에게 이 카드는 무조건 필요한 것이 될 거다. 설령 크라운이라는 조직에 묶이는 한이 있더라도. 전이문 이용료는 그만큼 상인에게 부담이 컸다.

언젠가 크라운 소속이 되어야 한다면, 오히려 처음부터 그 수장이 되는 게 낫다. 유도에 그대로 넘어간다는 기분도 들지만, 이런 것이라면 오히려 대환영이다. 아무튼 확실하게 돈을 벌 수 있다는 걸 아니까. 이런 짭짤한 이야기에 편승하지 않는 상인은 아마도 없을 것이다.

재빨리 머릿속으로 결론을 내린 슈미트가 살짝 고개를 숙이면서 말했다.

"알겠습니다. 방금 하신 제안을 받아들이죠."

"오오, 그렇습니까. 다행이군요. 그럼 잘 부탁드립니다."

"저야말로 잘 부탁드립니다."

그렇게 말한 슈미트는 와히드와 악수했다. 그리고 코스케와도 악수했지만, 그때 그가 다른 폭탄을 투하했다.

"받아주셔서 감사합니다. 자세한 이야기는 와히드와 하시면 됩니다만, 한 가지 제 쪽에서 부탁드릴 게 있습니다."

"무엇입니까?"

"이 마을이 조금 더 안정된다면 전이문을 더 늘릴 겁니다. 그 후보지를 생각해 주세요."

전이문을 더 늘린다. 그 의미를 알아챈 슈미트는 앞으로 센트럴 대륙에서 활동하는 상인들에게 펼쳐질 이상적인 광경을 떠올리며 가슴이 벅차올랐다.

이 마을을 중계 지점으로 삼아서 대륙에 있는 마을과 마을을 왕래할 수 있게 되는 것이다. 마을 주변의 마물 상황에 따라 다르겠지만, 적어도 현재 이렇게나 안정적인 장삿길은 없다. 설령 연결되는 게 두 마을뿐이라고 해도, 그 이용 가치는 상당할 거다.

빠르게 머릿속으로 후보지를 검색하기 시작한 슈미트는 결국 마지막까지 눈치채지 못했다. 코스케가 전이문을 '더' 늘린다고 했지 '하나만' 늘린다고 하지 않았음을.

그것 때문에 슈미트가 여러 의미로 자기 머리를 부여잡게 된 것은 얼마 후의 일이었다.

제4장 탑 밖으로 나가 활동하자

(1) 놀이

5층에서 크라운을 설립하는 작업이 예상보다 잘 풀리고 있다는 와히드의 보고를 받은 코스케는 오랜만에 시간이 남아서 관리층에서 나나, 원리, 에세나와 놀고 있었다.

에세나가 어째서 관리층에 있느냐면, 얼마 전 코스케가 세계수를 찾았을 때 에세나의 요구로 특수한 계약을 맺었기 때문이다. 이로써 에세나는 코스케가 있는 곳이라면 자유롭게 나올 수 있게 되었다.

기본적으로는 에세나의 변덕으로 나오지만, 지금으로서는 곤란한 타이밍에 나오지는 않기에 코스케는 주의하지 않고 마음대로 하게 두고 있다. 특히 코스케가 나나나 원리와 놀 때 나타난다. 지금도 그 타이밍이었다.

코스케가 원리의 몸을 쓰다듬자 에세나가 다가와 나나와 술래잡기를 시작했다. 나나도 그걸 알고 있는지 진심으로 도망치지 않고 때때로 에세나를 돌아본다.

나나와 원리가 가진 《언어 이해(권속)》 스킬은 코스케 일행과 함께 생활하는 동안 LV이 올라갔다. 생각해 보면 언어를 말하는 사람과 함께 없다면 LV이 늘어나지 않는 것도 당연했다.

두 마리 모두 스킬 LV이 올라가자 정말로 코스케의 말을 잘 듣게 되었다. 특히 나나는 실제로는 늑대인데도 충견 같은 느낌이 들고 있다. 원리는 나나에 비하면 변덕이 더 심하다. 이건 종족 차이라기보다는 어디까지나 개성 차이인 것 같았다.

그런데 원리의 《변화》와 《염화》 스킬은 아직 잘 모르겠다. 이것저것 시도해 보고 있지만, 쿠스케가 원리에게 하는 지시가 문제인지 아직 그럴싸한 스킬이 발동할 듯한 기색이 없다.

뭔가 조건이 부족한지, 아니면 원리 본인도 사용법을 모르는지 그건 모르겠다. 《언어 이해(권속)》으로 코스케와 어느 정도 말은 통해도 대화가 성립되는 건 아니니 어쩔 수 없다. 딱히 초조하지는 않기에 차분히 조사할 예정이다.

참고로 여담이지만, 관리층의 물은 감정해 보니 【신수】라고 나왔다. 나나와 원리가 있는 층의 물과 똑같다. [신석]을 설치해서 신수를 만들 때 관리층으로 돌아와 조사해 보니 【신수】라고 나왔었다.

그래서 관리층에 온 나나나 원리도 다른 층에 있는 늑대나 여우와 똑같이 신수를 마시고 있다.

에세나와 나나가 장난치는 걸 바라보던 코스케는 나나와 원리의 《신력 조작》 스킬이 LV1에서 달라지지 않은 걸 떠올리며 문득 어떤 놀이를 떠올렸다.

코스케는 원리를 쓰다듬던 손을 멈추고 오른손 손바닥 위에 신력 덩어리를 만들었다. 그걸 야구공처럼 둥글게 말아서 원리의 눈앞에 굴렸다.

흥미가 생겼는지 원리가 눈앞에 굴러온 신력구(코스케 명명)를 코끝으로 찔렀다. 그 순간, 펑 소리가 나며 신력구가 사라졌다.

원리는 그걸 보고 깜짝 놀란 듯 굳어졌다.

"하하하하. 난폭하게 다루면 바로 사라지거든. 자신의 신력을 써서 잘 만져봐야지."

코스케는 그렇게 말하며 신력구를 또 하나 만들어서 원리 앞에 굴렸다. 이번에는 원리도 신중하게 코끝을 가져갔다.

그러자 이번에는 부서지지 않고 데구르르 앞으로 굴러갔다. 원리는 그걸 좇아서 다시 똑같이 코끝으로 찔렀다. 신력구는 다시 똑같이 굴러갔다.

그 움직임이 마음에 들었는지, 원리는 몇 번 똑같은 걸 반복했다. 이제는 신력구를 다루는 것에 익숙해졌는지, 공이 부서지는 일은 없었다.

조금 지나자 코끝을 찔러서 굴리는 것도 질렸는지, 이번에는 발로 만지려 했다. 앞발을 재주 좋게 써서 부수지 않고 톡톡 건드리고 있다. 마치 털실로 노는 고양이나 강아지 같다.

신력구로 노는 원리를 본 나도 흥미가 생겼는지 코스케를 빤히 바라봤다.

"너도 저걸로 놀려고?"

"크~응."

나나의 귀여운 요구를 받아서 이번에는 나나용으로 조금 큰 신력구를 만들었다.

눈앞에 놓자, 조금 전 원리와 마찬가지로 코끝으로 찌르다가 부수고 말았다. 하나 더 만들어주자, 이번에는 성공해서 똑같이 놀기 시작했다.

"코, 에세나도~."

두 마리가 신력구로 노는 걸 본 에세나도 신력구를 원해서 똑같이 만들어줬다.

에세나용의 신력구는 고무공 정도의 크기로 만들어서 그걸 건넸다.

역시 세계수의 화신이라 그런지, 에세나는 그걸 부수지 않고 받아서 공중에 툭툭 던지기 시작했다. 그걸로 질리지 않고, 이번에는 직접 신력구의 성질을 바꿔 바닥에 떨어뜨려서 다시 튕기는 걸 양손으로 받기도 했다. 완전히 고무공과 똑같다.

코스케도 에세나가 만든 신력구와 똑같은 성질을 만들 수 있지만 일부러 하지 않았다. 물론 그건 두 마리의 《신력 조작》 LV이 올라가기를 기대했기 때문이다.

이 정도로는 올라가지 않을지도 모르지만, 그건 그것대로 상관없다. 어디까지나 놀이의 일환이니까. 코스케도 보면서 즐거우니까 그래도 상관없다.

코스케가 혼자서 두 마리를 관찰하자, 잠시 뒤 하나의 신력구를 서로 날리며 배구처럼 놀기 시작했다.

세 명 사이에서 신력구가 오간다. 나나와 원리는 코끝으로 신력구를 날리고 있지만, 이게 절묘해서 좀처럼 떨어지지 않았다. 한 번의 랠리가 꽤 오래 이어졌지만, 그래도 질리지 않고 지칠 때까지 놀았다.

놀다 지쳐서 쉬게 된 나나와 원리의 스테이터스를 체크한 코스케는 두 마리의 《신력 조작》 레벨이 모두 3으로 올라간 걸 확인하고 실험의 성공을 확신했다.

당연하지만, 《신력 조작》 스킬은 신력을 쓰지 않으면 오르지 않는 것이리라. 마법이나 성법으로 소비할 수 있는 마력이나 성력과 달리 신력은 평소 생활에서는 쓰지 않는 힘이라 지금까지 LV 1로 멈췄던 거다. 이제는 이 두 마리가 고민하면서 놀이로 올리면 될 거다. 코스케는 그렇게 생각했다.

무엇보다 코스케 자신이 보고 있으면 치유되니까 꼭 놀아줬으면 좋겠다.

(2) 난센

코스케가 관리하는 탑은 센트럴 대륙 중앙에 있다. 그리고 그 주변(그래도 꽤 떨어진 위치)을 둘러싸듯 여섯 개의 탑이 있다.

코스케의 탑을 중심으로 두고 북, 남, 북동, 북서, 남동, 남서에 하나씩이다. 여섯 개의 탑을 선으로 연결하면 정확하게 정육각형이 되는데, 현재는 그렇게 자세하게 조사하지는 않았다.

코스케는 [상춘정]에서 센트럴 대륙의 역사와 그 지리적 조건 때문에 독특한 체제가 이루어지고 있다는 걸 배웠다.

센트럴 대륙은 오랫동안 미개척지였다.

동서남북에 있는 네 개의 대륙에서 사람이 이주해서 정착한 건 거의 같은 시기지만, 센트럴 대륙 안에 명확한 국가라는 것이 성립된 적은 한 번도 없다. 그걸 고려하면 왕을 수장으로 삼은 귀족 같은 게 있을 리가 없지만, 다른 대륙과의 거래를 위해 마을 안에서 권력을 가진 자가 귀족위를 자칭하게 되었다.

그래서 센트럴 대륙의 귀족위라는 건, 각각의 마을에서 내거는 자칭 신분이다.

구체적으로 말하면, ㅇㅇ 마을의 공작가 ㅇㅇ라는 식이다. 더 자세하게 말하면 각각의 마을 사정이나 위치에 따라 달라지지만, 얼추 이렇게 이해해두면 문제없다.

대륙의 형상은 대략적으로 따지면 마름모꼴이지만, 해안선은 직선이 아니라 호를 그리고 있다.

코스케의 탑과 처음에 전이문으로 이어진 류센 마을은 대륙 북동쪽에 있다. 그 류센과는 정반대에 있는 대륙 남서쪽에는 난센이라는 마을이 존재한다.

슈미트가 탑 5층과 바깥을 연결하는 전이문을 설치할 곳의 1후보로 거론한 곳이 이 난센 마을이다.

난센 마을은 센트럴 대륙 서쪽 해안가에 있는데, 바다 반대쪽의 내륙부에는 기다란 난센 산맥이 존재한다. 그 산맥 때문에 난센 마을에서 동쪽에 있는 탑으로 가는 건 매우 어렵다.

그러나 바로 옆쪽 산에서는 풍부한 자원이 생산되기에 그 산출물을 이용하는 직공이 많이 살고 있다. 또한, 난센 마을에 있는 많은 모험가는 광산에서 자원을 채굴하거나 혹은 채굴 팀을 호위하는 일을 담당한다.

슈미트가 두 번째 전이문 설치 후보자로 이곳을 거론한 건 이 마을의 직공과 류센에서는 얻을 수 없는 자원의 존재 때문이었다. 특히 이 마을의 직공이 만드는 무구는 탑에서 활동하는 모험가에게도 필요한 것이며, 중요시하고 있으니까.

코스케는 미츠키와 함께 나나와 원리를 데리고 난센을 찾았다. 코우히는 탑에서 대기했다.

여기까지는 탑 LV이 4로 올라갈 때 추가된 《전이》라는 기능을 썼지만, 《전이》는 어디까지나 일방통행이기에 돌아가는 건 자력으로 어떻게든 해야만 한다.

그렇지만 미츠키가 있기에 돌아가는 것도 딱히 문제는 없다. 탑의 기슭까지는 미츠키의 전이 마법으로 날아갈 수 있기 때문이다. 코우히나 미츠키의 전이 마법은 한 번 간 적이 있는 장소가 아니면 쓸 수 없기에 처음 방문하는 이번에는 탑의 기능을 이용해서 마을 바깥까지 온 거다.

코스케 일행은 거기서부터 걸어서 난센으로 향했다.

참고로 마을 안에서 갑자기 습격당하지 않게 나나와 원리에게는 목줄을 했다. 두 마리 모두 목줄을 딱히 싫어하지 않았기에 같이 데려올 수 있었다.

슈미트의 말로는, 난센에는 마물사나 조교사 같은 사람도 있지만, 목줄만 하면 문제없다고 한다.

그래서 목줄을 한 나나와 원리를 데리고 미츠키와 함께 난센까지 향했는데, 딱히 아무 일도 일어나지 않고 마을로 들어올 수 있었다.

신분증도 공적 길드의 길드 카드가 있으니 문제없다.

마을로 들어온 코스케 일행은 처음에 여관을 잡고는 우선 난센의 공적 길드로 향했다.

이번 목적은 직공들을 조사하는 것이다. 가능하면 실력 좋은 직공을 탑에 초대하고 싶기에 공적 길드의 의뢰 정보를 통해 그걸 어느 정도 봐둘 생각이었다.

초대하고 싶은 건 주로 건축 관련 직공이다. 현재 5층은 건물의 수요에 비해 공급이 따라가지 못하고 있다. 탑의 신력 PT를 사용하면 지을 수 있지만, 가능하면 그 방법은 쓰고 싶지 않았다.

코스케는 마을은 최대한 사람의 손으로 짓는 게 좋다고 생각하고 있기 때문이다.

공적 길드를 찾은 코스케 일행은 입구에 들어가자마자 바로 있는 식당 겸 술집에서 많은 시선을 받았다.

아무리 생각해도 미츠키 때문이지만, 이건 언제나 그렇기에 코스케는 무시하기로 했다. 그러나 바로 그 시선이 여느 때와 다르다는 걸 깨달았다. 그 식당에 있는 다른 누군가와 비교하듯 왕복하고 있다.

식당 한곳에 사람 눈을 피하듯 식사하는 2인조 여성이 미츠키에게는 미치지 못하더라도 상당한 미인이었기 때문이다.

한 명은 성직자가 입는 로브를 걸치고 있다. 다른 한 명은 사냥꾼 풍 옷을 입었지만, 그보다도 특징적인 것이 엘프답게 끝이 뾰족한 귀다.

그런 두 사람을 잠깐 확인한 코스케는 딱히 아무 일도 없었다는 듯 길드 카드를 갱신하기 위해 카운터로 향했다.

콜레트는 수프 안의 채소를 찌르며 내심 지긋지긋해하고 있었다.

자신의 용모가 휴먼에게 매력적이라는 건 지금까지의 여행을 통해 잘 알고 있었다. 자기 종족인 엘프 중에서 꼽아도 자신의 용모는 상위였으니까. 하물며 휴먼에게는 말할 것도 없다.

게다가 자신 맞은편에 앉은 파티 멤버 실비아도 자신에게 밀리지 않는 용모를 가졌다. 이런데 눈길을 끌지 않을 수는 없다.

그건 잘 알고 있었지만, 식사 정도는 되도록 차분하게 하고 싶었다.

"콜레트. 마음은 이해하지만, 어서 먹지 않으면 식을 텐데요?"

콜레트의 모습을 보다 못했는지 실비아가 어서 먹으라고 재촉했다.

"알고 있기는 하지만, 말이지."

콜레트는 그렇게 말하며 한숨을 쉬었다.

엘프라는 종족은 사람의 시선 같은 낌새에 특히 민감하다. 식사 중에 시선을 모으는 걸 알고 있기에 정말로 먹기 힘들었다.

"아니면, 여기서 식사는 그만두고 다른 곳으로 옮길까요?"

실비아의 제안에 순간 수긍할 뻔했지만, 결국 고개를 내저었다.

자신도 그런 생각을 몇 번 했었다. 그러나 눈앞에 있는 식사의 식재료를 고려하면 이걸 헛되이 낭비하는 건 콜레트가 가진 엘프의 긍지가 용납하지 않았다.

식재료는 모두 자연이 베푼 은혜다. 엘프인 자신이 그걸 헛되이 버릴 수는 없었다. 오랫동안 함께 지낸 관계인 실비아도 그건 알고 있었기에 그 이상 말을 덧붙이지는 않았다.

콜레트가 어떻게든 시선을 참으며 식사를 이어가던 그때, 그것이 일어났다.

입구 문이 열리며 그쪽에 시선이 쏠린 것이다.

잠깐이라면 자주 있는 일이다. 들어온 사람을 한 번 확인하는 건 모험가의 버릇이라 해도 좋다. 그러나, 그게 계속 이어지는 건 좀처럼 없다. 그 좀처럼 없는 일이 일어났다.

원인은 입구를 보고 바로 이해했다. 들어온 2인조 중 여성 쪽이다.

같은 여성도 무심코 한숨을 내쉴 만한 미모에 더해서, 요염하다고 할 만큼 굴곡이 뚜렷한 몸매의 소유자였다. 치마 기장이 무릎에 닿는 메이드복을 입은 그 여성은 길드 안에 있는 모든 이들의 시선을 모으면서도 딱히 아랑곳하지 않고 다른 남성 한 명과 함께 걷고 있었다.

식당 안에 있는 남성진의 시선은 틀림없이 여성이 가슴에 솟은 커다란 두 개의 산으로 쏠려있다. 남성 쪽은 크게 와닿지 않는 용모였기에 거의 주목받지 않고 있다.

다행인지 불행인지 주변의 시선이 떨어졌기에 콜레트는 남은 식사를 해치우기로 했다. 지금 콜레트는 모르는 2인조보다도 식사가 더 신경 쓰였다. 대신 이미 식사를 마친 실비아가 두 사람을 관찰하고 있으니까 나중에 어땠는지 물어보면 된다.

식사는 얼마 남지 않았기에 바로 끝낼 수 있었다.

콜레트가 식사를 마치는 걸 계산했는지 실비아가 말을 걸어왔다. 주목받고 있는 두 사람은 지금 카운터로 갔다.

"콜레트. 알아챘나요?"

갑자기 실비아가 그런 말을 꺼내자, 콜레트가 고개를 갸웃했다.

"무슨 일 있었어?"

"저 2인조 중 남성 쪽이 우리를 보고 있었어요."

남자의 눈이 자신들을 바라봤다는 걸 듣자, 콜레트가 여느 때의 일이라고 착각해버린 건 경험상 어쩔 수 없었다.

그러나 그런 콜레트의 표정으로 그녀의 마음을 짐작한 실비아는 고개를 내저었다.

"그 시선은, 그런 부류가 아니었어요."

"그렇다면 뭔데?"

저 두 사람은 한 번도 만난 적이 없다. 여성은 물론이고 남성도 본 기억이 없다.

실비아는 콜레트의 의문에 고개를 내저었다.

"아무리 그래도 거기까지는 몰라요. 콜레트는요?"

"나도 기억이 없네."

콜레트는 그렇게 말하며 고개를 내저었고, 실비아는 다시 남성을 바라봤다.

"그런가요."

"뭐, 생각해 봤자 별수 없지. 용건이 있다면 저쪽에서 올 거야."

"그렇겠죠."

실비아가 뭔가 마음에 걸린다는 말투였기에 콜레트는 고개를 갸웃했다.

"뭔데? 저 두 사람한테 뭔가 있어?"

"아뇨. 아무것도 아니에요. 아마 기분 탓일 거예요."

콜레트는 실비아의 그 말을 듣고 생각을 바꿨다.

실비아가 이런 말을 할 때는 반드시 뭔가 일어난다. 좋은 의미든 나쁜 의미든.

그게 무엇인지는 아직 알 수 없지만, 주의하는 게 좋겠지.

그리고 실비아의 그 예감은 훌륭하게 적중하게 되었다.

◆

다른 마을에서 활동하려면 길드 카드를 각각의 마을에서 갱신할 필요가 있다. 이번에 하는 갱신도 가지고 있는 카드를 공적 길드 창구에 제시하기만 하면 된다.

갱신에 걸리는 행위를 하지 않은 코스케 일행은 바로 난센 마을에서의 갱신을 인정받았고, 수속도 간단히 끝났다.

두 사람 몫의 갱신을 마친 뒤 예정한 게시판 체크를 진행했다.

게시판에 있는 의뢰는 기본적으로는 일반적인 것뿐이고, 특수한 의뢰는 거의 없다. 그런 안건은 신뢰할 수 있는 파티나 인물에게 개별적으로 의뢰하는 게 대부분이다.

후자의 의뢰는 인재가 필요한 길드가 직공의 실력을 파악하고자 내는 것이다. 이때 좋은 작품을 만들면 헤드헌팅을 받는 거다.

직공은 큰 길드에 들어가거나 부모에게서 자식에게 기술을 전수하는 경우가 있다. 부모에게서 자식으로 기술을 전수하는 경우는 길드 게시판에서 의뢰를 체크하기도 한다.

코스케 일행은 직공 관련 의뢰에서 어떤 종류의 의뢰가 어디에서 나오는지 체크하려고 했다. 이걸로 모든 걸 파악할 수 있는 건 아니지만, 어느 정도의 경향은 볼 수 있다고 슈미트가 귀띔해 줬기 때문이다.

상인이라고 한마디로 뭉뚱그리지만, 다양한 분야가 있다. 개인으로 활동하는 직공은 공적 길드를 이용해 분야별로 생산 활동에 나서기도 하기에 게시판에서 찾을 수 있을 거다.

이건 슈미트가 새로운 수입처를 확보하기 위해 체크하던 방법 중 하나였다고 한다.

미츠키와 둘이서 게시판을 체크하던 중, 코스케에게 말을 걸어온 자가 있었다.

"여어, 이봐. 잠깐 얼굴 좀 보자고."

코스케가 돌아보자, 험상궂은 얼굴을 한 그야말로 난폭한 풍모의 남자가 히죽거리며 코스케를 내려다보고 있었다. 주변을 보니 뒤에도 마찬가지로 이쪽을 히죽거리며 바라보는 집단도 있다.

그걸 확인한 코스케가 '흔한 전개가 시작됐네~.'라고 생각한 건, 류센에서는 이런 일이 일어나지 않았으니 어쩔 수 없는 일이었다. 그렇다고 진지하게 어울려줄 생각은 당연히 없었지만.

귀찮다는 듯이 대놓고 한숨을 쉰 코스케가 남자를 바라봤다.

"하아. 무슨 일이죠? 저는 게시판의 의뢰를 살피고 있는데요?"

"어차피 너 같은 녀석은 크게 벌지도 못하잖아? 친절한 이 몸이 돈 많이 버는 일을 구해 주려고 해서 말이지?"

코스케는 변함없이 히죽거리는 표정으로 이쪽을 바라보는 남자에게 단호하게 말했다.

"됐습니다. 자기 일 정도는 자기가 찾을 수 있어요. 용건이 그것뿐이라면 우리를 방해하지 마세요."

"이 자식! 사람의 친절을 뭐라고……. 야, 무시하지 마!!"

목소리를 무시하고 게시판을 보는 코스케를 붙잡기 위해 남자가 손을 내밀었다.

그러나, 그 손은 코스케에게 닿지 않았다. 남자와 코스케 사이로 끼어든 자가 그 손을 잡아서 그대로 그를 내던진 것이다.

상황을 살피던 주변인들이 무슨 일인지 알지 못할 만큼 빠른 속도였다. 내동댕이쳐진 본인조차 잘 모르겠다는 듯 내던진 상대를 바라봤다.

"그래그래. 코스케 님께서 이제 용건이 없다고 말씀하시니까 그쯤 해두라고. 뭔가 더 하겠다면 내가 상대해 주겠어."

물론 미츠키였다.

참고로, 코스케의 발밑에서는 나나와 원리가 위협하고 있었다.

진정하라는 듯 두 마리의 목덜미를 쓰다듬으며 일어선 코스케는 길드 카운터를 보며 미츠키에게 말했다.

"뭔가 일을 찾을 상황이 아니게 된 것 같으니, 나갈까. 카운터 사람들의 시선이 무서우니까."

길드 접수대에 있는 다수의 직원이 이쪽을 주목하고 있었다. 길드 안에서의 분쟁은 엄금이니까.

"그러게. 그러자."

코스케가 제안하자, 미츠키도 의미심장하게 웃으며 동의했다. 그리고 두 사람은 바닥에서 구르는 남자를 무시하고 그대로 공적 길드에서 나갔다.

(3) 진위안

"이봐, 기다리시지."

공적 길드를 나선 두 사람과 두 마리를 쫓아서 말을 걸어온 자가 있었다. 조금 전의 남자와 그 동료들이다.

장소는 공적 길드에서 나가서 바로 있는 큰길이다.

"이럴 때는 어이없어해야 하나. 아니면 놀라야 하나."

예상한 행동을 보이는 남자들을 본 코스케는 무심코 그런 소감을 남겼다.

아니, 상상을 뛰어넘게 멍청한 행동이라고 바꿔 말해야 할까. 시비를 걸 것은 예상했지만, 인적이 없는 곳에서 덤벼들 것이라고 봤기 때문이다. 설마 큰길에서 당당하게 시비를 걸 줄은 몰랐다.

코스케가 중얼거린 말을 똑똑히 들은 미츠키가 아무래도 좋은 조언을 던졌다.

"일단 놀라면 될 것 같은데?"

"헉~ 무, 무슨 일이냐?!(어색)"

명백하게 남자들을 바보 취급하는 코스케와 미츠키의 대화를 듣고 남자들이 아우성쳤다.

"야, 바보 취급하지 말라고!!"

"그 여자는 좀 하는 모양이지만, 우리를 당해낼 수 있다고 생각하는 건 아니겠지?"

"이 몸에게 창피를 줬겠다!"

남자들이 차례차례 떠들어댔지만, 미츠키의 힘을 아는 코스케가 보기에는 개 짖는 소리만큼도 감흥이 없었다. 개는 갑자기 짖기도 하니까 놀라기라도 하지.

그 소란을 듣자 역시 주변 사람들의 주목이 쏠렸다. 단, 이런 건 일상다반사인지 대부분은 또 이거냐는 시선을 보냈다.

코스케는 그런 시선을 느끼며 남자들에게 말했다.

"아니, 당해내고 자시고, 아까 그걸로 자신들과의 실력차를 느끼지 못했어?"

"시끄러워. 아무리 그 여자가 강하더라도, 우리 다섯 명에게 둘러싸이고도 당해낼 것 같냐!"

어디에서 그런 자신감이 나오는지는 모르겠지만, 그 남자의 목소리를 계기로 남자들이 검을 뽑았다.

그러자 그 모습을 본 주변 구경꾼들이 웅성거렸다. 주로 남자들을 비난하는 내용이다.

"시끄러워! 구경꾼은 닥치고 있어!!"

남자가 고함치자 구경꾼들이 입을 다물었다. 아마 불똥이 튀는 건 싫은 것이리라.

한편, 남자들이 검을 뽑는 걸 본 코스케는 반대로 안도의 한숨을 쉬었다.

"이걸로 정당방위 성립, 이려나?"

이 세계에서는 검을 뽑아서 대치하는 시점에서 살의가 있다고 인정받는다. 코스케는 그걸 누군가에게 들은 적이 있다.

"아무리 그래도 거기까지 신경 쓸 필요는 없지 않을까?"

미츠키의 말에 코스케는 고개를 갸웃했다.

"그런가? 아무래도 세세한 부분은 잘 모르겠단 말이지. 뭐, 됐나. 미츠키, 일단 죽이지는 마."

"코우히도 아니고, 거기까지 하지는 않아."

"코우히라면 하는구나……."

코스케는 저도 모르게 아련한 시선을 보내고 말았다.

"아마 당신에게 시비를 건 시점에서 아웃 아닐까?"

"아……."

왠지 납득하게 된 코스케였다.

여전히 긴장감이 없는 두 사람을 보고 인내심이 바닥난 남자들이 움직였다.

남자들도 나름 실력자인지 그저 돌진하는 것만이 아니라 네 명은 미츠키를 덮치고, 남은 한 명은 코스케를 상대하는 구도다. 역시 길드 안에서 봤던 미츠키의 강함을 고려한 것이리라.

그러나 그 작전은 전혀 성공적이지 못했다. 미츠키가 바로 정리해버렸으니까. 수중에 있는 검을 뽑지도 않았다.

우선, 자신에게 오던 네 명을 무시하고 코스케에게 향하던 남자를 내던져서 기절시켰다. 아까처럼 넘어뜨리기만 하는 힘 조절은 하지 않았다. 힘껏 지면에 내동댕이쳤다.

이어서 네 명 쪽은 돌아와서 순서대로 두들겨 패서 쓰러뜨렸다.

남자들도 가만히 있었던 건 아니지만, 미츠키의 스피드를 전혀 따라가지 못했다. 순식간에 세 명을 맨손으로 기절시킨 미츠키는 마지막 한 명의 검을 빼앗아 그걸 남자의 목덜미에 들이밀었다. 길드 안에서 코스케에게 시비를 걸었던 남자다.

자신에게 들이민 검을 본 남자는 얼굴을 실룩였다.

"히익. 미, 미안해. 사과할 테니까 용서해 줘."

남자가 한심한 목소리를 내자, 미츠키는 살짝 고개를 갸웃했다.

"어머. 뭐에 사과하는 걸까?"

"다, 당신들에게 시비를 건 것 말이야!"

미츠키가 어쩌겠느냐며 코스케를 바라봤다.

"너희가 지금까지 똑같이 시비를 걸었던 상대도 똑같은 말을 하지 않았어? 너희는 그걸 용서했나?"

코스케는 그들이 상습범이라고 간파했다. 주변 분위기에서도 그걸 알 수 있다.

"……."

남자는 코스케의 말을 듣자 침묵했다.

"그렇겠지. 너희 같은 놈들은 그런 짓은 절대 안 하지."

"어, 어떻게 해야, 용서해 줄 거야?"

"글쎄. 어떻게 할까……."

코스케는 고민하듯 팔짱을 끼고 남자를 바라봤다. 실제로 착지점을 고민하고 있었다. 이대로 놓아주면 다시 똑같은 짓을 반복할 거고, 무엇보다 또 자신들을 습격할 수도 있다고 생각했으니까.

"일단, 너는 똑같은 짓을 할 것 같으니까 두 번 다시 검을 잡지 못하게 만드는 게 어떨까?"

"노……농담, 이지?"

물론 농담이지만, 기왕 협박하고 있으니까 굳이 입 밖으로 말할 생각은 없었다.

코스케는 남자를 무시하고 미츠키를 바라봤다. 미츠키도 코스케의 생각을 간파한 듯 고개를 끄덕이고 손에 든 검을 휘둘렀다.

남자는 도망치려 했지만, 미츠키의 압박감에 눌려 다리에서 힘이 빠져 움직이지 못했다.

미츠키가 검을 휘둘러 남자의 자주 쓰는 팔을 잘라내려던 순간, 숨을 삼키며 낌새를 지켜보던 주변 사람들 속에서 그 행위를 막는 소리가 들렸다.

"기다리세요……!!"

미츠키의 검을 막은 건 여성의 목소리였다. 관중들의 주목이 그쪽으로 쏠렸다.

구경꾼을 헤치고 로브 차림의 실비아가 나왔다. 공적 길드 식당에 있던 2인조 여성 중 한 명이다. 황급히 달려왔는지 조금 숨을 헐떡였고, 예쁜 스트레이트 금발도 지금은 흐트러져 있다.

"왜 막는 거야? 너도 관계자야?"

미츠키는 압박감에 눌려서 떨고 있는 남자에게 검을 들이민 채 험악한 표정으로 실비아를 바라봤다.

"아니에요. 하지만 그 이상의 제재는 지나친 것 아닌가요?"

"지나쳐……? 그래. 마침 잘됐네. 당신, 진위안 쓸 수 있어?"

갑작스러운 질문에 실비아가 당황했다.

"갑자기 뭔가요?"

《진위안》이란 성직자가 범죄를 저지른 자의 진위를 파악하기 위해 주로 쓰는 것이다.

실비아가 입은 로브는 이 세계에 있는 교회의 로브다. 어느 정도 힘을 가진 무녀라면 《진위안》을 익히고 있어도 이상하지 않다.

의아해하는 실비아에게 미츠키가 설명을 덧붙였다.

"이 남자에게 써 줄래? 내가 써도 되겠지만, 그럼 당신은 납득하지 않을 거잖아?"

왠지 귀찮은 일이 벌어졌다고 생각한 미츠키는 설득을 포기하고 그런 말을 꺼냈다.

"그렇지 않아요! 하지만, 저보고 쓰라고 한다면, 쓰겠어요."

어째서인지 가슴을 펴며 말하는 실비아를 본 미츠키는 한숨을 쉬었다.

"하아. 이제 알았어. 그런 일에 시간을 써도 소용없으니까, 내

뒤에 중첩해서 걸라고."

미츠키는 그렇게 말하고는 바로 남자를 향해 《진위안》을 사용했다.

미츠키가 성구(주문)도 없이 《진위안》을 사용하자 실비아는 순간 눈을 동그랗게 떴지만, 바로 자신도 《진위안》을 중첩해서 걸었다.

《진위안》은 이른바 거짓말 탐지기 같은 것이다. 이 스킬에 걸린 자가 거짓말을 하면 붉게 빛나고, 거짓말을 하지 않으면 푸르게 빛난다.

참고로 이 《진위안》은, 사실 사용하는 쪽에서 간단히 부정을 저지를 수 있다. 《진위안》으로 나온 결과를 숨기고 다른 빛으로 덮으면 될 뿐이다. 빛의 마법에서도 초보 중의 초보인지라 거의 아무도 알아낼 수 없다.

그렇기에 《진위안》의 감정은 신뢰할 수 있는 자가 하는 게 정석이다. 이번에는 제삼자이자 성직자인 실비아가 그 역할을 맡았다.

미츠키가 실비아에게 제안한 건 당사자가 쓰면 믿을 수 없다고 생각하기 때문이다.

"그럼……. 내 질문에 대답해 주겠어?"

미츠키는 검을 들이밀며 남자를 마주 봤다.

"뭐…… 뭘 묻고 싶은 거냐?"

"우선은……. 그래. 당신들. 지금까지 똑같은 짓을 자주 했지?"

"무, 무슨 소리냐……?"

남자의 주변이 빨개졌다.

"너 말이야. 시치미를 떼봤자 소용없으니 제대로 대답하는 게 좋을 거야?"

"마……말도 안 돼……."

"그래그래. 그런 건 됐으니까."

미츠키가 부정하려는 남자의 말을 가로막듯 말하면서 살짝 압박 감을 올리자, 남자는 다시 몸을 떨었다.

"아, 알았어. 제대로 대답할게……. 대답할 테니까, 그건 그만 둬……!"

그러나 미츠키가 압박감을 주고 있는 건 남자뿐이기에 주변에는 전해지지 않았다. 그래서 주변 사람들은 남자가 저렇게나 무서워 하는 건 조금 전 전투 때문이라 생각했다.

"그럼 계속할까. 지금까지 똑같은 짓을 해서 수많은 여성에게 해를 끼쳤겠지?"

"뭣……?!"

미츠키의 갑작스러운 질문에 실비아가 눈을 크게 뜨며 남자를 봤다.

남자는 말이 없었다. 그 주변은 푸른 빛에 휩싸여 있다.

"일단 말해두는데, 무언이어도 의미는 없어. 뭐, 무녀님이 알기 만 하면 되니까 딱히 당신이 어떻게 하든 상관없지만."

남자는 조금 전부터 식은땀만 흘리고 있었다. 어째서 이제 막 만 난 여자가 이런 것까지 알고 있는가, 혹시 다른 것도 알고 있는 게 아닌가 의심하기 시작한 거다.

"그럼 다음. 그 여성의 파티 멤버를 몇 명이나 죽였지?"

"알겠냐! 기, 기다려! 정말로 기억나지 않아. 일일이 세보지도 않았어!"

"그래. 예상대로의 쓰레기 같은 대답 고마워."

미츠키와 그 남자의 대화를 듣던 실비아도, 주변 사람들도 모두 말문이 막힐 수밖에 없었다.

이 남자는 모험가 사이에서는 거칠고 난폭하다고 알려져 있었지만, 이 정도일 줄은 몰랐기 때문이다. 이런 인물이 당당히 거리를 활보하고 있었으니 주변 사람들도 전율하고 있었다.

그러나 이어지는 미츠키의 추궁에 다시 숨을 삼키게 되었다.

"그래서, 당신 같은 사람이 왜 태평하게 마을을 활보하고 있는 거야?"

"무슨 뜻이냐······?"

영문을 모르고 의아한 듯 말한 남자에게 미츠키가 고개를 내저 었다.

"시간 낭비니까 그런 건 필요 없어. 아니면, 확실하게 물어보는 게 나을까?"

"······."

이번에야말로 무언을 관철하려던 남자는 미츠키가 검을 목에 들이밀자 체념했다.

"아아, 그래!! 우리는 사법관에게 붙잡혀도 풀려날 수 있는 연줄 이 있다고······!"

"그래. 정말 고마워."

미츠키는 방긋 웃고는 실비아를 돌아봤다.

실비아와 주변 사람들은 남자의 고백에 완전히 할 말을 잃었다. 남자의 범행 자체도 그렇지만, 그 이상으로 이런 범죄자와 이 마을의 사법관이 연결되어 있어서 범죄를 눈감아줬다는 것이 충격이었다.

놀라지 말라는 게 무리이리라.

"알겠어? 이게 내가 이 남자를 제재하려는 이유야."

"하, 하지만······. 그건······!!"

미츠키가 그렇게 말하자 실비아는 그래도 사적 제재는 안 된다고 말하려 했지만, 말을 이을 수 없었다. 심판해야 할 사법관 자체를 믿을 수 없었으니까. 《진위안》을 직접 사용한 이상 미츠키의 말이 올바르다는 것도 안다.

그러나 어째서 미츠키가 이런 걸 처음부터 알고 있었는지, 실비아는 의문이 들 수밖에 없었다.

그런 주변의 반응을 보자, 어째서인지 미츠키가 검을 집어넣으며 말했다.

"뭐, 제재할 의미가 없어지긴 했지만."

"무슨 뜻이죠?"

"어머. 이런 거리에서 나불나불 떠들었잖아. 이제 이런 남자 따위, 지금까지 이용한 녀석들에게도 살려둘 필요성이 없어졌겠지? 오히려 쓸데없는 말을 떠들기 전에 처분할 거야."

미츠키의 말을 듣고 처음으로 깨달았는지, 남자가 눈을 크게 떴다. 그리고 이판사판인지 갑자기 일어나서 포효를 내지르며 미츠키에게 달려들었다.

그러나 미츠키는 그걸 가볍게 흘려버리고는 주먹으로 급소를 후려쳐서 남자를 기절시켰다.

"자, 끝. 이제는 순회병이 정리해 주겠네. 여러 의미로."

미츠키는 그렇게 말하며 남자들을 내버려 두고 코스케에게 걸어갔다.

실비아는 그걸 묵묵히 지켜볼 수밖에 없었다.

그때, 나나나 원리와 함께 미츠키가 하는 일을 묵묵히 지켜보던 코스케에게 어떤 여성이 다가와 말을 걸어왔다.

길드 식당에서 실비아와 함께 있던 콜레트다. 어째서인지 어이없는 표정을 짓고 있다.

"당신의 파트너, 저질렀네."

"으~음……. 오히려 막지 않는 편이 여러 의미에서 뒤탈 없이 끝났을 텐데?"

"그렇기는, 하지만."

콜레트는 한숨을 쉬었다.

막을 수 있었다면 막았겠지만, 그때는 막을 수 없었다. 그리고 미츠키와 남자의 대화를 들으면서 아차 싶었지만, 때는 이미 늦었다.

"본인은 눈치채지 못한 모양이니까, 당신이 주의를 줄 수밖에 없겠지?"

"여기서는, 우리에게 맡겨달라고 말해 줘야 하는 거 아니야?"

"그거, 정말로 말해도 돼……?"

코스케의 대답을 듣자, 콜레트는 말이 막혔다. 코스케 일행에게 관여하면 여러 일에 말려들지도 모른다는 예감이 들었기 때문이다. 그리고 그 예감은 훌륭히 적중하게 된다.

그런 생각을 하면서 콜레트는 혼자 한숨을 푹 쉬었다.

예상 밖의 일이 이러나 주변이 소란스러운 와중, 콜레트는 실비아에게 다가갔다.

서둘러 이 자리를 떠나야 한다. 순회병이 오기 전에. 어차피 주변 사람들이 순회병에게 미츠키와 실비아에 대해 말할 테니까 그 전에 실비아와 이야기를 해두고 싶었다.

멍하니 미츠키와 남자들을 바라보던 실비아를 데리고 나온 콜레트는 코스케 일행과 함께 그 자리를 떠났다.

"바로 여관에 가서 짐을 챙기고 나오자."

콜레트는 여관을 향해 걸어가며 실비아에게 말했다.

그걸 듣자, 실비아는 의아한 표정을 지으며 코스케와 콜레트를 바라봤다.

"무슨 뜻인가요?"

"하아……. 역시 눈치채지 못했네."

평소의 실비아라면 눈치챘을 테고, 조금 전처럼 섣불리 소동에 끼어들지는 않는다. 그러나 코스케 일행의 소란을 봤을 때부터 평소와 낌새가 달랐다.

"그 사람이 떠봤을 때 남자의 표정, 기억하고 있잖아?"

"떠봤다?"

"정말로 왜 그래? 평소의 당신이라면 눈치챘을걸?"

그때 미츠키는 명백하게 남자의 이야기를 유도해서 물었다. 아무리 생각해도 처음부터 남자의 악행을 의심했다고밖에 볼 수 없다.

콜레트가 우회적으로 그렇게 말했지만, 그래도 실비아는 잠시 침묵하다가 바로 깨달았는지 얼굴을 새파랗게 물들였다.

"죄송해요."

남자나 동료가 조직에 살해당할 가능성이 있다는 것은, 그 소동에 끼어든 실비아도 대상이 될 가능성이 있다는 뜻이다. 평범하게 소동에 끼어들었을 뿐이라면 모를까, 실비아는 《진위안》을 사용했다. 직접적인 증인이 될 수 있는 존재를 내버려 둘 리가 없다.

"딱히 사과할 필요는 없어. 그보다도, 당신이 그런 행동을 보였다는 게 놀라운데?"

그때 실비아는 충동적으로 움직였다고밖에 볼 수 없었다.

실비아는 함께 따라오는 코스케를 잠깐 바라봤다.

"어째서인지 그때는, 막아야겠다고 생각했을 뿐이에요. 저분이, 그런 행위에 얽히면 안 되는 것 같아서……."

"흐~응. 혹시, 첫눈에 반했어?"

코스케를 힐끔 바라보며 물어본 콜레트는, 실비아의 생각지도 못한 반응을 보고 '어라.' 하는 생각이 들었다.

"무무무, 무슨……?!"

허둥대면서도 코스케를 힐끔 바라보는 실비아는 아무리 봐도 답을 말해 주고 있다고밖에 보이지 않았다.

그 반응을 본 코스케는 뭐라 말 못 할 표정을 지었다. 실비아 같은 미인이 이런 반응을 보이는 건 처음이라서, 기쁘기는 하지만 어떻게 해야 좋을지 알 수 없었다.

콜레트가 이때 이렇게 말한 건 침울해진 실비아를 놀리기 위한 농담이었다. 솔직히 코스케의 용모는 첫눈에 반할 타입으로 보이지 않는다. 하물며 대화조차 나눈 적이 없었으니까 이런 반응은 예상 밖이었다.

"농담, 이었는데……."

콜레트가 중얼거리자, 실비아는 움직임을 우뚝 멈추더니 얼굴을 더욱 붉히면서 콜레트를 노려봤다. 그러나 빨간 얼굴 탓에 박력은 전혀 없었다.

"콜~레, 트~."

"아니아니, 잠깐잠깐. 오히려 나는 실비아의 반응이 더 의외인데?"

양손으로 진정하라는 제스처를 보이고, 콜레트는 친구에게 물었다.

"그, 그러니까, 그런 게 아니에요. 단지, 왠지 모르게 조금 신경이 쓰였을 뿐이라……."

실비아는 변함없이 코스케를 힐끔힐끔 바라보면서 변명하듯 말했다.

콜레트는 그런 걸 첫눈에 반했다고 하는 게 아니냐고 생각했지만, 자꾸 지적해 봤자 이야기가 진전되지 않고 복잡해지기만 할 것 같아서 일단 보류했다.

"뭐, 상관없지만. 그건 넘어가고, 여관 짐을 가지고 나오자."

"알았어요."

서둘러 여관을 떠나는 게 좋다는 걸 깨달은 실비아도 빨간 얼굴로 끄덕였다.

콜레트와 실비아가 여관을 떠날 준비를 하는 사이, 코스케와 미츠키는 밖에서 두 사람을 기다렸다. 코스케의 발미에는 나나와 원리가 장난치고 있다.

기다리는 동안 미츠키가 물었다.

"그 두 사람을 동료로 들이려고?"

"응. 가능하면, 말이지."

"이유를 물어봐도 돼?"

거의 대화할 시간이 없었던 두 사람을 코스케가 신경 쓰는 이유가 짐작 가지 않았다. 표정을 보면, 두 사람이 미인이라는 이유만 있는 건 아니라는 걸 알 수 있다.

"에세나가 말이지. 저 엘프가 신경 쓰이는 모양이더라고."

그걸 듣자 미츠키는 납득한 듯 끄덕였다.

코스케와 세계수 에세나는 서로 연결되어 있다. 그건 탑을 나와서도 마찬가지다. 어디를 가더라도 그 상태인지는 확인하지 못했지만, 적어도 센트럴 대륙 안에서는 괜찮다는 건 지금까지 마을을 방문하면서 알게 되었다.

그 에세나가 엘프를 신경 쓰고 있다면, 코스케가 굳이 연결고리를 가지려는 이유도 이해가 갔다.

"그렇구나. 틀림없이 미인에게 호의를 받았으니까 노리고 있는 줄 알았어."

실비아의 그 태도를 보면 코스케를 어떻게 생각하고 있는지 뻔히 보인다.

"응. 뭐, 그것도 부정하지는 않아."

코스케가 즉답하자 미츠키는 웃었다.

어쩐지 코우히나 미츠키는 코스케 주변에 여성이 늘어나는 걸 싫어하지 않고 있다. 오히려 적극적으로 늘리는 걸 노린다는 느낌도 든다. 그건 슈레인의 사례나 평소 태도를 봐도 명백했다.

억지로 권하지는 않지만, 코스케가 신경을 쓰는 여성과 일부러 붙여주려는 움직임은 보인다. 두 사람의 진의는 알 수 없지만, 코스케에게 딱히 악의가 있는 건 아니었기에 내버려 두고 있다.

"그 무녀는 신관복에 가려져서 알기 어렵지만, 코스케 님이 좋아하는 가슴도 꽤 있어 보이던데? 어쩌면 나보다 클지도?"

"진짜로……?!"

코스케는 미츠키의 쓸데없는 정보에 무심코 반응하고 말았다.

그런 대화를 하던 와중 미츠키가 이변을 눈치챘다.

"어머. 벌써 나온 모양인데?"

미츠키의 말에 코스케가 인상을 찌푸렸다.

"캑. 반응이 빠르네. 생각보다 조직적인 건가?"

"글쎄? 어떻게 할 거야?"

미츠키가 그렇게 말하며 고개를 갸웃했다.

소동을 일으키고 나서 거의 시간이 지나지 않았다. 이 시간에 네 명의 위치를 찾아낸 것이니, 어느 정도 정보 수집력이 있다고 생각하는 게 좋으리라.

"어디 보자……. 나나, 원리. 저쪽에서 덤벼들면 반격해도 좋아. 포위하고 있는 모양이니까, 바로 움직임이 있을 거야."

코스케는 그렇게 말하면서 나나와 원리의 줄을 풀어줬다. 두 마리는 바로 덮치지 않고 코스케의 지시를 따라 얌전히 있었다.

그로부터 잠시 뒤, 습격자들이 행동을 일으켰다. 다짜고짜 덮쳐 온 것이다.

그걸 신호로 나나와 원리가 움직였다. 코스케는 그 자리에서 움직이지 않고, 미츠키는 날아오는 화살이나 덮쳐오는 자를 차례차례 정리했다.

소동을 들었는지 콜레트와 실비아도 왔다.

코스케가 두 사람이 여관에 있을 때 습격해와서 다행이라며 가슴을 쓸어내리는 사이, 전투는 끝났다. 미츠키 덕분에 열 명 정도의 습격자를 쓰러뜨리는 데 5분도 걸리지 않았다.

그 결과를 본 두 여성이 얼굴을 실룩거렸지만, 코스케는 신경 쓰지 않기로 했다.

"빨리 왔네."

쓰러진 습격자를 보면서 콜레트가 다가왔다. 습격자가 오는 게 빨랐다는 건지, 아니면 토벌이 빨랐다는 건지 판단하지 못한 코스케는 애매하게 끄덕였다.

"그보다도, 당장 이 마을을 나가자."

이렇게 빨리 습격했다는 건, 코스케 일행이 묵던 여관도 알아냈을 것이다. 그렇다면 바로 이 마을에서 나가는 게 낫다.

그런 결론을 내린 일행은 어느 정도 짐을 맡겨두고 있던 코스케 일행의 여관에서 짐을 수거하고 바로 난센 마을을 떠나기로 했다.

(4) 두 개의 칭호

코스케 일행은 마을 검문에서 제지당하는 걸 경계했지만, 딱히 아무 일 없이 통과했다. 어느 정도 지위에 있는 인간이 얽힌 일인지는 알 수 없지만, 적어도 바로 검문에 지시를 내릴 정도는 아니라는 뜻이리라. 만약 그런 인물이 관여하고 있다면 상당한 거물이라는 뜻이겠지만.

코스케는 마을 바깥까지 걸어가면서 실비아의 콜레트의 스테이터스를 확인했다.

콜레트에게는, 과연 그렇다고 납득할 만한 칭호가 붙어있었다. 【에세나의 무녀】라는 칭호다.

북대륙 엘프의 숲에서 만난 셰릴을 생각하면, 이 칭호는 콜레트가 탑에 있는 세계수의 무녀로 인식되고 있다는 의미다. 에세나가 신경 쓰고 있기 때문인지, 이 칭호가 있기에 에세나가 신경 쓰고 있는 건지는 확실하지 않지만.

그리고 다른 한쪽인 실비아에게도 신경 쓰이는 칭호가 붙어있었다. 【에리스의 무녀】라는 칭호다.

(에리사미르가 아니라 에리스?)

코스케는 그렇게 생각했지만, 에리스라는 이름은 짐작 가는 게 너무 많다.

에리사미르 신은 이 세계에서 신앙하는 삼대신 중 하나다. 그러나 에리스와 에리사미르 신이 동일 존재인지는 [상춘정]에서도 듣지 못했기 때문에 코스케는 알 수 없었다.

이런 길거리에서 물어도 되는 건지 알 수 없었기에, 코스케는 나중에 물어보려고 생각했다.

코스케 일행은 난센 마을에서 어느 정도 떨어진 곳에서 잠시 멈췄다.

지금까지 딱히 이렇다 할 이야기도 나누지 않았기에, 여기서 앞으로 어떻게 할지를 정하기로 한 거다.

콜레트와 실비아는 미츠키의 전력을 의지하여 코스케 일행의 파티에 들어가기 위해 교섭할 생각이었다. 두 사람은 난색을 보이리라 예상했지만, 대화는 예상과는 달리 바로 끝나버렸다.

"우리를 당신들의 파티에 넣어주실 수 있을까요?"

콜레트에게 떠밀린 실비아가 제안하자 코스케가 대답했다.

"응. 좋아."

고작 그것뿐이었다.

코스케의 파티는 이렇게나 강한 미츠키가 있다. 두 사람이 들어오지 않아도 곤란할 일은 거의 없다. 그렇기에 콜레트와 실비아는 가입하기 위해 이런저런 조건을 붙여야겠다고 생각하고 있었다. 그게 상식이었으니까.

장기전을 각오하고 최대한 자신들이 불리하지 않게 교섭하려던 두 사람은 바로 무조건으로 가입을 허가해 주자 놀라움과 함께 얼이 빠져버렸다.

"헉?! 아니? 괜찮아……?!"

콜레트가 놀라자, 코스케는 고개를 갸웃했다.

"응. 괜찮아. …무슨 문제라도 있어?"

"아니, 없어. 없는데……. 정말로 괜찮아?"

"저기……. 코스케, 씨? 이런 경우에는 조건을 다는 게 당연한 거예요. 부탁드리는 건 저희 쪽이니까요."

실비아의 조언(?)을 듣자, 코스케는 납득하며 끄덕였다.

"아아. 과연. 그런 거였나."

"그런 거랍니다."

그렇게 말하며 서로 고개를 끄덕이는 코스케와 실비아를 보자 콜레트는 쓴웃음을 지을 수밖에 없었다.

"있잖아, 실비아. 우리가 불리해지는 건 말하지 않는 게 좋지 않을까?"

"그거야말로 헛수고예요. 코스케 씨는 처음부터 조건을 달려는 생각도 없었던 모양이니까요."

"아니, 그렇지는 않은데. 단지, 만약 내가 이걸 말해버리면 거절할 수 없는 조건이 될지도 모르겠어. 특히 콜레트 씨에게는."

코스케가 그렇게 말하자, 콜레트는 고개를 한 번 내젓고는 의문의 표정을 보였다.

"이름은 편하게 불러도 돼. 그나저나 거절할 수 없다는 게 대체 무슨 소리야?"

"그러면 나도 편하게 부르지. 뭐, 거절할 수 없다기보다는, 거절하지 않는다는 거겠지만……."

코스케의 애매한 말을 듣자, 콜레트는 눈썹을 오므렸다.

"뭐, 됐다. 에세나, 나와도 돼."

코스케가 부르자, 에세나가 나타났다.

갑자기 소녀가 튀어나오자 콜레트도 실비아도 눈을 동그랗게 떴다.

코스케 옆에 나타난 에세나는 콜레트에게 뚜벅뚜벅 걸어와서 그대로 확 끌어안았다.

"뭐……뭐야? 이 아이……? 아니, 설마?!"

끌어안긴 콜레트는 처음에는 당황한 모습을 보였지만, 도중부터 에세나가 요정이라는 걸 눈치챘는지 놀라움을 내비쳤다.

"어, 어째서 이런 곳에 요정이……?!"

"흐응~. 대단하네. 역시 엘프. 보기만 해도 요정이라는 걸 알 수 있구나."

실비아는 콜레트가 요정이라고 발언한 것에 놀랐다. 실비아는 에세나가 요정이라는 걸 몰랐으니까.

콜레트는 코스케의 말에 고개를 가로저었다.

"설마. 아무리 그래도 보기만 해서는 눈치채지 못해. 이 아이가 접촉했으니까 알게 된 거야."

콜레트는 에세나의 머리를 쓰다듬으며 정정했다. 에세나는 그녀가 머리를 쓰다듬자 기분 좋은 듯 눈을 감고 그대로 몸을 맡겼다.

그 모습을 보고 분위기가 풀어지는 걸 느낀 코스케는 다시 콜레트에게 폭탄을 투하했다.

"그렇구나. 에세나는 세계수의 요정인데 말이지. 그걸 눈치채다니 굉장하지 않아?"

"흐응. 그건 희귀하네."

코스케의 말을 깊이 생각하지 않고 대답했던 콜레트는 순간 귀에 들어온 말을 오른쪽에서 왼쪽으로 흘려버릴 뻔했다.

그러나, 그 의미를 깨닫고 무심코 크게 외치고 말았다.

"세, 세계수의 요정이라니. 거……거짓말이지?!"

다른 요정의 존재는 엘프도 어느 정도 알고 있지만, 세계수의 요정은 하이 엘프의 인식대로 거의 전설상의 존재다.

콜레트가 목소리를 높이자, 코스케는 입 앞에 검지를 세워서 목소리를 줄이라고 재촉했다. 주변에는 아무도 없지만, 내용이 내용인 만큼 과하게 경계해두는 게 딱 좋다.

에세나도 콜레트를 안은 채 놀란 표정을 보였다.

"아……. 미, 미안."

"아니 뭐, 어쩔 수 없겠지만. 또 하나 있는데, 괜찮을까?"

"자……잠깐 기다려. 일단 진정할 테니까."

코스케가 굳이 양해를 구하자, 또 뭔가 있다고 짐작한 콜레트는 심호흡을 한 번 했다.

참고로 실비아는 콜레트의 경악에 따라가지 못하고 멍한 표정이었다. 세계수에 관한 이야기는 엘프의 내부 비밀에 가까우니 휴먼인 실비아가 모르는 건 어쩔 수 없다.

어떻게든 안정을 되찾은 콜레트가 코스케에게 시선을 보냈다.

"주, 준비됐어. 얼마든지 말해."

콜레트는 각오를 다졌지만, 코스케의 다음 말은 지금까지 자신이 살아온 인생 최대급의 경악을 불러왔다.

"아무래도 콜레트가, 에세나의 무녀로 선택된 모양인데……."

"억?!"

각오를 다졌는데도 불구하고 콜레트는 목소리가 되지 못한 비명을 지르고 말았다. 그걸 재미있다는 표정으로 바라보는 코스케와 의아한 표정으로 바라보는 실비아, 에세나.

잠시 뒤, 혼자 놀라는 게 불합리해진 콜레트는 원망스러운 표정으로 코스케에게 물었다.

"무슨 뜻이야?"

"아니, 그건 나도 몰라. 내가 선택한 게 아니니까."

코스케가 변명하자 콜레트는 말을 이어가려 했지만, 자신의 발밑에서 들려온 귀여운 목소리가 가로막았다.

"코~레트. 에세나의 무녀, 시러?"

"시, 싫은 건 아니거든? 단지, 조금 놀랐을 뿐이야."

에세나가 슬픈 표정을 보이자, 콜레트는 황급히 고개를 저으며 부정했다. 그걸 듣자 에세나는 기쁜 듯이 말을 이었다.

"코~스케, 에세나의 아빠. 코~레트, 엄마."

에세나가 기쁜 듯 말하자, 콜레트는 완전히 굳어졌다.

"콜레트……?"

그리고 옆에서 친구의 목소리가 들리자, 콜레트는 어째서인지 식은땀을 흘리게 되었다.

"기, 기다려. 실비아. 아무리 그래도 오늘 막 만난 상대와 나 사이에 이런 커다란 아이가 있을 리 없잖아?!"

"그런가요? 엘프의 비밀 중에 그런 건 없나요?"

"그런 게 있겠냐고! 그런 편리한 게 있었다면 종족 전체가 출산율로 고민하지 않아!"

콜레트의 변명(?)을 듣자, 실비아는 마지못해 납득한 기색을 보였다.

그 모습에 안심한 콜레트는 싱글벙글 웃고 있는 코스케를 노려봤다.

"왜 너는 그렇게 기뻐 보이는데?!"

"아니 뭐, 콜레트 같은 미인이 아내라고 하는데 기쁘지 않을 남자가 있다면 여기에 데려와 줬으면 하는데?"

"저기 말이야."

코스케의 그 말로 다시 불쾌해진 친구를 본 콜레트는 질색했다. 처음에 생각한 방향과는 전혀 다른 고생을 하게 될 줄이야. 콜레트는 예상도 하지 못했다.

◆

　아스가르드의 종교는 다신교가 기본이다. 정확히 말하면, 각각의 교회에서는 메인이 되는 주신을 모시고 있지만 동시에 다른 신을 모시는 것도 당연하게 이루어진다.

　고대에는 극히 잠깐이었지만 이 세계에 실제로 신들이 강림했었기에, 다수의 신이 있다는 건 부정할 여지가 없다. 그 신들은 각각 관장하는 게 달라서, 아스가르드의 사람들은 자신에게 맞는 신을 선택해서 신앙하고 있다.

　또한, 한 사람의 신앙 대상은 한 신만이 아니고, 다수의 신을 신앙하는 것도 극히 일반적으로 이루어진다. 그 이유는 단순하게, 세상 만물에 다양한 신이 존재하고 있기에 생활하면서 다수의 신을 신앙하는 게 자연스러운 흐름이 되었기 때문이다. 하나의 신만으로 좁혀서 신앙하는 건 그 신을 모시는 신관이나 무녀 정도다.

　신들이 직접 다수의 신을 신앙하는 걸 거절했다면 이렇게 되지는 않았겠지만, 딱히 막지도 않고 오히려 추천하는 모습도 보였기에 다수를 신앙하는 것이 극히 일반적인 모습이 되었다. 어째서 신들이 다수 신앙을 추천하는지는 예로부터 성직자들 사이에서 논의가 벌어졌지만, 현재까지 해답은 나오지 않았다.

　그렇기에 많은 신들을 신앙하는 아스가르드에서 일반인들은 모든 신들을 파악하지 못하고 있다. 각각의 교회에서 금서로 지정된 서적에 나오는 신들도 있고, 그걸 읽을 수 있는 고위 성직자들만 아는 신도 존재하기 때문이다.

또한, 성직자를 규합하는 종교 조직도 당연히 존재한다. 그러나 조직이라고 해도 강고하게 뭉쳐있는 조직이라기보다는 어느 정도 넓은 지역을 규합하는 커다란 신전이 있고, 그 규합하는 신전끼리는 종적인 연결보다 횡적인 연결이 강하다. 물론 지명도가 높은 신전은 영향력도 크지만, 모든 신전을 규합하는 중심적인 신전이라는 건 없다.

그렇기에 사람들은 성직자의 모임을 단순히 신전이라 부르거나 ○○지역(또는 지방) 교회라 부르고 있었다.

◆

실비아는 코스케와 콜레트의 대화를 시큰둥하게 들으면서도 이건 질투 같은 게 아니라고 쓸데없이 자신을 타일렀지만, 그래도 에세나의 엄마 발언에는 동요를 감출 수 없었다. 그 전부터 주변에는 뻔히 보였지만, 본인은 어떻게든 억누르고 있다고 생각하고 있었다.

사태가 여기까지 이르자 실비아도 자신의 마음을 알게 되었지만, 그래도 의문이긴 했다. 오늘까지 대화는 물론이고 만난 적도 없었던 상대다. 자신이 누군가에게 첫눈에 반하는 타입이라고 생각해 본 적이 없었기에, 어째서라는 마음도 있었다. 코스케의 얼굴도 딱히 좋아하는 타입은 아니다.

어떻게든 자신의 마음을 정리해 보려던 실비아에게 코스케가 고개를 갸웃하며 질문했다.

"실비아 씨……. 실비아는 에리스 신이라고 알아?"

무심코 씨를 붙여서 부르려던 코스케는 실비아의 슬픈 시선을 보고 반사적으로 반말로 바꿔 물었다.

"에리스 신……이요?"

"아니. 에리스 신이라기보다는, 에리사미르 신의 다른 이름을 에리스라고 부른다거나?"

실비아는 코스케의 질문을 듣고 고민했다.

에리사미르 신은 자신의 종파에서 믿는 신이다. 지금은 신전에서 나왔지만, 신앙 자체를 포기한 건 아니다. 신전에 재적하던 시절에는 금서라 불리던 책도 읽을 기회가 있었기에, 에리사미르 신에 대한 지식은 어지간한 이들에게 밀리지 않는다고 자부한다.

그 실비아도 코스케의 질문에는 고개를 내저을 수밖에 없었다.

"뭐라 말씀드릴 수가 없네요."

"무슨 말이야?"

"에리사미르 님이 에리스라 불리는 기록이 있는 서적이 전혀 없지는 않아요. 하지만 그건 그 신께서 그렇게 부르는 걸 허락한 신들만이 부르는 정도에요."

"아아. 그렇구나."

실비아는 그 이야기를 듣고 납득한 코스케를 의아하게 여겼다.

까놓고 말해서, 코스케는 그렇게 신앙심이 깊어 보이지 않는다. 정확히 말하면 신전에 깊이 얽혀있는 것처럼 보이지 않는다. 그런 코스케가 에리사미르 신을 에리스라 부르는 이야기를 알고 있다고는 생각할 수 없었다.

실제로 옆에 있는 콜레트는 그런 호칭도 있느냐며 감탄하고 있었다.

"콜레트. 착각하지 않는 게 좋아요. 어디까지나 그렇게 부르는 걸 허락한 상대에게만 부르게 하는 것이며, 그 외에는 에리스라고 부르게 하지 않으니까요."

"그래? 그 상대는 누군데?"

"제가 아는 한도라면, 스피카 신과 자미르 신 정도네요."

실비아가 말한 두 신은 모두 이 세계 사람이라면 모를 리가 없을 만큼 메이저한 신이다.

참고로 에리사미르 신과 합쳐서 삼대신이라 불리기도 한다.

"그렇구나."

섣불리 입에 담아도 되는 이름이 아니라는 뜻이리라.

갑자기 그런 걸 물어본 코스케를 의아하게 여긴 실비아가 고개를 갸웃하며 물었다.

"그런데, 어째서 지금 그런 이야기를?"

"아아, 응. 그 질문에 대답하기 전에 묻고 싶은 게 있는데…….
실비아는 넋받이를 해 본 적 있어?"

또 전문적인 이야기가 나오자 실비아는 어리둥절한 표정을 지었다.

"그야 물론, 무녀는 그게 전문이니까요. 당연히 있어요."

그렇게 말하며 가슴을 편 실비아는 코스케가 어느 부분으로 잠깐 시선을 돌린 걸 느꼈지만 일부러 무시했다. 부끄러운 기분은 들었지만, 싫은 기분은 아니었다는 게 커다란 이유다.

"그렇다면 잠시 그걸 부탁하고 싶은데 괜찮을까?"

"그건 물론 상관없지만, 갑자기 왜 그러시는 건가요?"

"이것저것 설명하려면 그게 제일 빠를 거야. 아마도."

코스케의 영문 모를 설명을 들은 실비아가 다시 고개를 갸웃했다.

"네……? 뭐, 좋아요. 언제든 괜찮아요."

실비아가 그렇게 말하자, 코스케는 실비아의 오른손을 잡고 성구를 영창했다.

"코스케의 이름으로 그를 불러내노라. 실비아에게 강림하여, 나오라 에리스."

실비아는 코스케의 그 성구에 맞춰서 자기 안에 다른 무언가가 들어오는 걸 느꼈다.

거기까지는 지금까지 해온 넋받이와 거의 다르지 않았다. 그러나, 이어서 느껴지는 막대한 신기(神氣)를 느끼고 저도 모르게 정신이 날아갈 것만 같아서 황급히 정신을 강하게 유지했다.

그 직후, 자신의 입에서 자신이 아닌 누군가의 말이 나왔다. 그음색은 명백하게 다른 사람의 것이었다.

"저기 말이죠, 코스케 님. 아무리 그래도 이런 억지 호출은 좀 아니지 않나요?"

실비아의 입에서 본인이 아닌 다른 목소리가 나오자 콜레트가 눈을 동그랗게 떴다. 코스케는 그걸 옆에서 바라보면서 실비아

(에리스)를 향해 얼버무리듯 웃었다.

"아하하하……. 아니, 실비아라면 괜찮을 것 같았는데……. 안 되나?"

"안 되는 건 아니지만, 이런 호출은 장시간 유지할 수 없어요. 패스도 이어졌으니, 저는 이만 떨어질게요?"

"응. 이번에는 실비아가 이해해 주는 게 목적이었으니까, 다음에는 제대로 정식으로 할게."

"그렇게 해 주세요. 그럼 다음에."

코스케가 순식간에 대화를 끝내자, 실비아는 자기 몸에서 그 기척이 나가는 걸 느꼈다. 그러나 그 이후에 막대한 신기의 잔향이 남자 한동안 멍하니 있을 수밖에 없었다.

그런 실비아를 코스케가 걱정스레 들여다봤다.

"괜찮아? 좀 억지였나?"

"아뇨……. 잠깐만 기다려 주세요. 갑작스러운 일이라, 마음의 정리가 되지 않아서요……."

몸 안에 있는 신기의 잔향은 실비아가 믿는 신전에서 가까이 느꼈던 것이다. 정확히 말하면 그것보다 월등히 강대했다. 그게 무엇을 의미하는지 실비아가 모를 리는 없었지만, 그래도 믿을 수 없다는 마음이 강했다. 그러나 지금 일어난 일을 부정하지도 못했기에 어떻게든 마음의 정리를 하려고 했다.

연이어 일어난 믿을 수 없는 일 앞에서, 실비아는 지금까지의 무녀 인생을 걸고 어떻게든 정신 통일을 이뤄낼 수 있었다.

겨우 차분함을 되찾은 실비아가 코스케를 바라봤다.

"죄송합니다. 어떻게든 진정했어요."

"다행이네. 몸은 괜찮아?"

코스케가 후우, 하고 숨을 내쉬자 실비아는 고개를 끄덕였다.

"네. 애초에 신내림은 몸에 영향을 거의 주지 않으니까요. 강림하는 신이나 강림하는 방법에 따라 다르지만요."

"하하하하."

실비아가 눈을 게슴츠레 뜨자, 코스케는 메마른 웃음을 보일 수밖에 없었다.

"잠깐 기다려. 신내림을 했다면, 설마 지금 그게 신?"

두 사람의 대화를 듣던 콜레트가 당황하며 끼어들었다. 명백하게 다른 사람이라는 걸 알 수 있는 목소리로 이야기를 시작한 실비아를 보고 콜레트도 지금까지 당황하고 있었다.

당황한 콜레트에게 실비아가 진지하게 대답했다.

"네. 맞아요. 에리사미르 님이셨어요."

"뭐? 에……에리사미르 님이라니…….

그 이름을 듣자 콜레트는 무심코 머리를 감싸 쥐었다.

그도 그렇다. 삼대신으로 꼽히는 에리사미르는 애초에 이 세계에 간단히 나타나는 존재가 아니다. 지금처럼 간편한 작업으로 올리가 없다. 이 세계의 상식으로는.

어떻게든 회복한 콜레트가 한숨을 쉬었다.

"하아. 뭔가 이것저것 하고 싶은 말은 있지만, 오늘은 이제 지쳐버렸어."

"정말이에요. 저도 조금 쉬고 싶네요."

연이어서 말도 안 되는 일이 눈앞에서 일어나자, 두 사람은 지금까지 느껴본 적 없는 피로를 느꼈다.

"그럼 일단 여기서 하는 대화는 이만 끝내기로 할까?"

"그러자."

"그래요."

코스케의 말에 콜레트와 실비아도 동의하며 끄덕였다.

언제까지고 이곳에 있을 수도 없기에 코스케는 두 사람을 데리고 미츠키의 전이 마법을 써서 탑 기슭으로 돌아왔다. 이때, 나중을 고려해서 일부러 추적자가 알 수 있게 해놨다.

(5) 모르는 사이에 결판

난센 마을의 어느 장소.

그곳에 있는 건물의 한 방에서 부하에게 보고받는 인물이 있었다.

"놓쳤다고?"

"네. 마을을 나가는 것까지는 추격했습니다만, 미행자가 보는 앞에서 뿌리치고 사라졌다고 합니다. 아마 전이 마법으로 보인다고 하더군요."

"칫. 쓸모없는 것들 같으니……."

혀를 차며 짜증을 낸 남자는 일단 기분을 달래기 위해 파이프를 입에 물었다. 전이 마법이라는 고등 기술로 도망쳤다는 사실은 머리에서 무시했다.

"흥. 뭐, 좋아. 마을에서 나갔다면 볼일은 없지. 다시 마을로 돌아올 때는…… 알고 있겠지?"

남자가 확인하듯 시선을 주자 보고하던 인물이 고개를 끄덕였다.

"알고 있습니다."

"그럼 물러가라."

남은 남자는 한동안 파이프를 뻐끔거리면서 대화로 중단된 작업을 재개했다.

◆

난센 마을을 빠르게 떠난 코스케 일행은 마을에서 멀리 떨어졌다는 인상을 주기 위해 미행자가 알 수 있게 마법으로 전이해서 탑 기슭까지 돌아왔다.

코스케 일행을 노리는 게 어느 정도 규모의 조직인지는 알 수 없지만, 대응 속도가 빨랐기에 어느 정도 커다란 조직으로 보였다. 그렇기에 일부러 미행자를 데리고 도망쳤지만, 어디까지 의미가 있을지는 크게 신경 쓰지 않고 있다.

전이 마법을 추격하는 건 불가능한 데다, 탑에 틀어박히면 거의 상관없어지니까.

갑자기 마법으로 전이하게 된 콜레트와 실비아는 지금 자신들이 어디에 있는지 알 수 없었다. 그렇기에 눈앞에 갑자기 나타난 거대한 하얀 탑을 보고 멍해진 것은 어쩔 수 없는 일이었다.

"이건, 탑?"

멍하니 탑을 올려다보던 콜레트의 말을 코스케가 긍정했다.

"응. 맞아. 센트럴 대륙 중앙에 있는 탑이지."

"앗?! 설마 천궁탑인가요?"

실비아의 의문에 코스케가 고개를 기울였다. 이 탑에 그런 이름이 붙어있다는 건 처음 들었으니까. 공략하기 전에 정보를 모을 때도 들은 적이 없었다.

"천궁탑? 이 탑, 그렇게 부르고 있었어?"

"아뇨. 예전부터 그렇게 부르던 게 아니라, 최근에 공략되었다는 소문이 흘러서 그때부터 불리기 시작한 이름인데……."

고개를 갸웃한 코스케에게 콜레트가 설명해 줬다. 아무래도 최근 모험가 사이에서 그 이름이 소문으로 퍼지게 된 모양이었다.

코스케는 콜레트의 말을 듣고 공략했을 때 아마미야(천궁)라는 이름으로 등록했다는 걸 떠올렸다.

(아~. 그게 그대로 다른 탑의 소유자에게 전해져서 이 대륙까지 소문으로 흘러온 건가.)

실은 관리 화면에는 다른 대륙에 있는 탑 소유자의 이름을 표시하는 기능이 있다. 코스케는 다른 탑 소유자들도 그와 똑같이 이 탑 소유자의 이름을 봤으리라 추측했다.

"하지만 문은 닫혀있는 모양이네요. 어떻게 안에 들어가죠?"

"아아. 그건 이렇게……."

실비아의 의문에 대답하고자 코스케가 문에 손을 댔다.

그러자 코스케를 중심으로 반지름 2미터 정도가 희미한 빛에 휩싸였다.

"이 빛 안으로 들어가……. 남겨지면 주변 마물이 덤벼들 테니까 조심하고."

코스케의 말을 듣자마자 콜레트와 실비아는 황급히 빛 속으로 들어왔다. 당연하지만 나나와 윈리는 이미 빛 속에 들어와 있다.

그리고 미츠키가 제일 마지막으로 들어왔다.

"이제 됐지? 그럼 날아간다?"

코스케가 그렇게 말하자, 그 자리에서 전원이 사라졌다.

관리층으로 돌아온 코스케 일행을 맞이한 건 마침 76층에서 돌아온 슈레인이었다.

"어라, 코스케 공. 벌써 돌아왔느냐?"

"아아, 슈레인. 다녀왔어. 뭐, 이런저런 일이 있어서."

"이런저런 일이라니……. 나간 지 아직 며칠밖에 지나지 않았건만. 역시나, 라고 해야 하려나."

실비아와 콜레트를 데려온 걸 본 슈레인이 뭔가 미묘한 평가를 내리자 코스케는 반론하려 했지만, 옆에서 수긍하는 미츠키를 깨닫고 포기했다. 뭘 말해도 소용없다는 건 미츠키의 반응을 봐도 명백했다.

"슈레인이 나를 어떻게 평가하고 있는지 한번 차분히 물어보고

싫네……."

"그럴 마음도 없으면서, 무의식적으로 낚싯줄을 드리우며 사냥
감을 잡는 낚시꾼일까?"

조금 고민하다 나온 슈레인의 대답을 들은 코스케는 펄쩍 뛰었다.

"너무해!"

"고작 며칠 만에 사냥감을 둘이나 낚아와 놓고서 무슨 소리냐."

슈레인은 그렇게 말하며 콜레트와 실비아를 바라봤다.

"끄응. 따, 딱히 두 사람과는 그런 관계가 아닌데……."

"그런가? ……흠."

슈레인은 고개를 끄덕이고는 다시 두 사람을 바라봤다.

"코스케 공은 나를 흥분시키고는 전혀 손대지 않는 한심한 남자
이니 말이다. 기억해두는 게 좋아."

그 말을 듣자, 실비아와 콜레트는 즉시 반응했다.

"저저, 저는 그런 관계가 아니에요."

"나도 그래!"

"흠, 그렇느냐? 내가 보아하니 한 명은 이미 함락, 다른 한 명도
앞으로 한 발짝 같은데……. 과연 어떨지?"

마지막 말은 미츠키에게 시선을 보내며 한 질문이었다.

"역시 슈레인이네."

"""미츠키……?!"""

미츠키의 간결한 대답에 세 사람의 말이 멋진 하모니를 이뤘다.

그러나 정작 미츠키는 나 몰라라 하는 표정이었고, 그걸 들은 슈
레인은 역시나 하고 수긍했다.

"언제까지고 서서 이야기하지 말고 앉아서 이야기하시는 게 어떨까요?"

일행이 전이문이 있는 방에서 전혀 움직이지 않자, 안에 있던 코우히가 어이없다는 표정으로 나왔다. 마침 잘됐다는 듯이 코스케가 관리층 거실로 이동하기 시작하자 전원이 따라왔다.

겨우 마음을 진정시킨 코스케가 콜레트와 실비아를 보며 입을 열었다.

"천궁탑에 어서 와. 일단 내가 이곳의 관리장을 맡고 있습니다."

"아~, 응. 그건 왠지 모르게 알고 있었으니까."

"아……. 그래."

콜레트가 태연하게 대답하고 실비아도 끄덕이는 걸 보자, 코스케는 풀썩 고개를 수그렸다.

세계수의 요정을 내보내더니 콜레트를 그 무녀라고 하거나, 삼대신 중 하나를 농담처럼 편하게 강신시켰던 코스케가 이제 와서 탑의 관리자라고 해도 놀라지는 않는다. 미츠키의 전투력을 목격했으니 더더욱 그렇다.

그런 대화를 듣던 코우히가 콜레트를 보며 물었다.

"그런데 주인님. 이쪽 엘프는 혹시……?"

"그래, 맞아. 에세나에게 선택받은 모양이야."

"그런가요! 다행이네요. 이제 겨우 저도 관리에서 빠져나올 수 있겠어요!"

코우히는 그렇게 말하며 코스케의 대답도 거의 듣지 않고 희희낙락 콜레트를 데리고 가버렸다. 콜레트는 머리 위에 의문부호를

띄우면서 코우히에게 팔을 잡혀 끌려갔다.

권한 양도를 위해 관리실, 그리고 세계수가 있는 73층으로 가려는 것이리라. 코스케도 그럴 생각이었기에 딱히 만류하지 않았다.

순식간에 일어난 일이었기에, 실비아는 그저 멍하니 바라볼 수밖에 없었다. 남은 실비아에게 설명하는 건 코스케의 역할이다. 그래도 당분간 실비아에게 어느 층을 맡기지는 않겠다고 생각하고 있었기에, 탑 관리에 관한 건 간단한 설명으로 끝냈다.

그보다도 코스케가 실비아에게 기대하는 건 에리스와의 연결고리다. 이 관리층에 그걸 위한 곳도 만들 생각이었던 코스케는 실비아와 함께 관리 화면으로 설치할 수 있는 시설을 보며 하나씩 하나씩 필요한 걸 골라봤지만, 모두 갖추려면 아무리 용을 써도 신력 PT가 부족하다.

결국 최소한의 신전만 짓고 이후에는 바깥에서 들여와서 보충하기로 했다.

◆

도르와 사라사는 난센 마을에 있는 어느 여관방에서 잠깐 대화를 나누고 있었다. 지금까지 두 사람이 해오던 작업이 오늘 밤 움직이기 때문이다.

방에 가져온 음료수를 마시면서 도르가 창문으로 눈을 돌렸다.

"슬슬 시작되나?"

"그래. 그토록 밥상을 차려 줬으면 완벽하게 끝내 줘야지."

두 사람은 코스케 일행이 난센을 찾았을 때 얽히게 된 어둠을 오늘까지 조사해오고 있었다.

코스케 일행을 습격한 자의 배후 관계부터 그 연결고리까지 모든 것을 조사했고, 그 증거를 완벽하게 벌해 줄 수 있는 관계자에게 뿌렸다. 물론 도르나 사라사가 겉으로 드러날 수 있는 건 하나도 남기지 않았다.

그런 행동이 결실을 맺어서, 겨우 그 관계자가 오늘 움직인다는 증거를 잡았다.

"동감이야. 하지만 여기서 관망할 가능성도……."

도르의 말에 사라사가 고개를 갸웃했다.

"글쎄? 그렇게 나온다면 이 마을을 쓰는 건 그만두라고 진언하는 게 좋지 않을까?"

"그래. 그건 그렇지. 하지만 그걸 판단하는 거 코스케 님이다. 게다가 아무리 그래도 그 정도로 심하게 썩었다고는 생각하기 힘들어."

도르는 딱히 마을 주민들을 생각해서 말한 게 아니다. 코스케가 이런 움직임을 알게 되었을 때를 생각한 것이었다.

도르의 염려를 이해한 사라사가 고개를 가로저었다.

"뭐, 지금은 더 생각해 소용없어. 우선은 결과를 기다리자."

"그래야겠군."

도르가 사라사의 말에 동의하듯 끄덕였다.

여관방에서 이루어지는 이 대화는 도청 방지용 결계를 확실하게

치고 이루어진 까닭에 대화 내용을 아는 사람은 아무도 없었다.

난센에 있는 고급 주택가 한곳에서, 이 마을의 향후 운명을 바꾸게 되는 커다란 움직임이 있었다. 평소에 이 시간이라면 조용한 구획이지만, 이날은 무수한 병사가 모였다.

그 집단은 주택가의 어느 집을 포위하고 있었다. 집주인이 도망치는 걸 막기 위해 이만한 숫자의 병사가 모인 것이다.

경비병의 대상이 된 그 인물은 집 안에서 큰소리를 내질렀다.

"이건 대체 무슨 소란이냐!"

주인의 말을 듣자, 이곳에 모인 병사의 대장이 어깨를 으쓱하며 종이 한 장을 꺼냈다.

"죄송합니다. 당신에게 체포장이 나왔으니 확인해 주시죠."

"이 나에게 체포장이라고! 대체 무슨 권한으로……?!"

가볍게 넘겨버리려던 주인은 그 체포장에 적혀있는 이름을 보고 말을 멈췄다.

그 변화를 눈치챈 대장이 히죽 웃었다.

"거참 대단하네요. 대표부터 시작해서 이 마을 명사들의 이름이 줄지어 있으니까요. 이렇게나 굉장한 서명은 처음 봤습니다."

업무상 권력 있는 사람의 서명을 많이 봐온 대장도 이런 이름이 한 자리에 모여 있는 서류는 처음 봤다.

빈정대듯 말하는 대장의 말은 전혀 귀에 들어오지 않았는지, 집주인은 대장의 손에서 빼앗은 체포장을 들고 부들부들 떨었다.

"마, 말도 안 돼……. 대체 무슨 일이……."

"뭐 단적으로 말해서 당신은 너무 과했어. 뭐, 그건 넘어가고, 자세한 이야기는 대기소에서 들어볼까. 이만한 서명이 모여 있으니까. 평소처럼 도망칠 수 있으리라 생각하지는 말라고."

현실을 들이밀기 위해 말투를 바꾼 대장을 번뜩 노려봤지만, 주인이 할 수 있는 건 그것뿐이었다. 이제 산들바람 수준조차 못 되는 그 시선을 받은 대장은 나 몰라라 하는 표정으로 말을 이었다.

"그렇게 되었으니, 동행 부탁드립니다."

일단 정중한 태도를 보이고는 있지만, 그 내용은 강제였다.

이 체포장이 있는 이상, 주인도 거스를 수는 없었다.

이 집주인이 경비대에 사로잡혀서 실형 처분을 받았다는 것이 마을 사람들에게 알려진 것은 다음 날 아침이 되어서였다.

◆

실비아는 갑작스러운 상황을 따라가지 못하고 주변을 살폈다.

취침하기 위해 침대에 들어갔고, 정신이 들었을 때는 이곳에 있었다. 주변을 돌아봐도 하얗고 네모난 벽에 둘러싸여 있고, 다른 건 아무것도 보이지 않았다.

눈앞에는 여성 한 명이 서 있을 뿐이다.

"실비아. 이곳에서는 시간이 경과하지 않지만, 시간을 들여서 좋은 것도 아니니 짧게 이야기하겠습니다."

"네? 저, 저기, 여기는 어디죠? 당신은…… 에리사미르 님?!"

문득 그 여성이 누구인지 이해한 실비아가 황급히 고개를 숙였다.

"이곳은 당신의 정신 속이라고 해야 할까요. 정확히 말하면 아니지만요. 뭐, 그건 넘어가고, 지금 이때 말해두고 싶은 게 있어서 이런 형태를 취하게 되었습니다."

"저, 저기, 알겠습니다."

여전히 잘 알 수는 없었지만, 실비아는 일단 수긍했다.

애초에 어째서 갑자기 에리사미르 신이 이런 형태로 자신을 만나러 왔는지 알 수 없었다.

"저에 관해서는 이후에 제대로 시간을 잡아서 이야기할 수도 있겠죠. 지금은 다른 이야기가 있습니다. 당신의 짝사랑 상대는 쉽지 않겠지만, 저는 당신을 응원하고 있으니 잘해 보세요."

"윽?!"

에리사미르 신의 그 말을 듣자 실비아는 당황했다.

그걸 본 에리사미르 신은 살짝 미소 지었다.

"당신에게는 유감이게도, 독점할 수는 없겠지만요."

"아, 아뇨 그건, 확실히 유감이지만, 딱히……. 아니, 무슨 말을 하게 하시는 건가요!"

무심코 최고신 중 한 명에게 태클을 걸고 말았다.

실비아는 무심코 입을 손으로 막았지만, 에리사미르 신은 딱히 신경 쓰는 기색 없이 살짝 웃었다.

"후후. 뭐, 그렇게 되었으니, 아무튼 내 존재는 신경 쓰지 말고 잘해 보세요."

"감사합니다……."

에리사미르 신이 격려해 주는 이유를 알 수 없었던 실비아는 고개를 갸웃했지만, 에리사미르 신은 개의치 않고 말을 이었다.

"그리고……."

이후, 에리사미르 신은 어떤 용건을 실비아에게 전달하고는 그자리에서 모습을 감췄다.

그 자리에 홀로 남은 실비아는 앞으로 어떻게 해야 할지 몰라 조금 당황했지만, 정신이 들자 침대 안에서 눈을 뜨게 되었다.

이 선물이 실비아가 망설임을 털어내는 계기가 되었……는지는 본인만이 아는 것이며, 결국 이때의 일이 실비아의 입에서 다른 사람에게 전해지는 일은 평생 없었다.

◆

실비아가 꿈에서 에리사미르 신과 만난 다음 날.

코스케와 실비아는 어느 준비를 위해 바삐 돌아다녔다. 무슨 일이냐면, 실비아가 받은 에리스의 계시를 실행하기 위한 것이다.

그걸 위해 관리층에 새로운 방을 추가했고, 그 방에는 실비아의 지시에 따라 장식된 다양한 신구가 놓였다.

그리고 준비가 완료된 방 중앙에는 의식용 신관복을 입은 실비아와 강신을 실행하는 코스케가 서 있었다.

코스케와 실비아의 모습을 콜레트와 슈레인이 약간 불안한 듯 지켜봤다.

방 안에는 코우히와 미츠키도 있지만, 이쪽은 여느 때와 마찬가지로 딱히 불안한 기색이 없다. 두 번째니까 딱히 불안하게 여길 필요가 없다고 생각한 거다.

그런 네 사람의 주목을 받으며 저번과 마찬가지로 코스케의 입에서 성구가 흘러나왔다.

성구가 끝난 다음 순간, 방 안에 강한 신기가 가득 찼다. 그리고 실비아를 보자, 예전에도 느꼈던 다른 기척이 감돌았다.

"겨우 환경이 갖춰졌나요."

두 번째 신내림이지만, 코스케는 실비아의 입에서 에리스의 목소리가 들리는 것을 어색하게 느끼면서 끄덕였다.

"그렇기는 한데, 이런 걸로 괜찮겠어?"

준비라고 해도 급조한 것이다. 실비아의 말로는 본격적인 걸 준비하지는 못했다고 한다.

코스케가 그렇게 묻자, 실비아에게 강신한 에리스는 딱히 문제없다는 듯 끄덕였다.

"괜찮습니다. 애초에 제대로 된 조건만 갖춰진다면 비싼 술법 도구 같은 건 필요 없으니까요."

에리스는 충실하게 수행을 쌓던 신관이나 무녀가 들으면 졸도할 말을 하면서 말을 이었다.

"그건 넘어가고, 실비아를 생각하면 너무 오래 이야기할 수는 없습니다. 본론에 들어가서…… 코스케 님. 지금을 즐기고 있으신가요?"

무슨 말을 하는 건지 이해하지 못한 코스케는 잠시 멍하니 있었지만, 곧바로 미소를 지었다.

"물론."

코스케의 웃음을 보자 에리스도 웃었다.

"그건 다행이네요. 그분이 말씀하신 대로, 당신은 자신이 하고 싶은 대로 자유롭게 움직여주시면 됩니다. 코우히나 미츠키가 있다고 해서 괜히 사양하실 필요는 없거든요?"

에리스의 말에 코스케는 쓴웃음을 지었다. 코우히나 미츠키를 써서 요란하게 움직이면 세상을 여러모로 바꾸게 될지도 모른다고 생각해서 사양하고 있었는데, 그것도 완벽하게 간파하고 있다는 걸 알 수 있었다.

그래도 이미 이 탑을 공략한 시점에서 세상을 바꿀 한 걸음을 내디딘 셈이지만.

"걱정하지 않아도 지금은 이곳을 관리하는 게 즐거워."

"그렇습니까. 그건 다행이네요. 코우히와 미츠키를 동시에 선택한 코스케 님께서 앞으로 어떤 길을 나아가시는지, 그분과 함께 기대하고 있겠습니다."

"아~, 응. 뭐, 적당히 노력하겠습니다."

코스케의 미묘한 대답을 듣자, 에리스는 살짝 웃었다.

"그야말로 코스케 님다운 대답이네요. 그러면 이만. 슬슬 시간이 다 된 모양입니다."

갑자기 에리스가 시간이 다 됐다고 말했다. 더 길어져 봤자 실비아에게 부담만 줄 것이다. 사정을 이해한 코스케도 수긍했다.

"그래. 그럼, 또 보자고."

코스케가 그렇게 말하자, 방 안에 가득했던 에리스의 신기가 사라졌다.

◆

무슨 인과인지 영혼의 존재로 [상춘정]에 흘러든 코스케.

그런 코스케가 다음에 살아가기로 결정한 아스가르드라는 세계에서는 코우히와 미츠키라는 두 명의 치트가 기다리고 있었다. 그두 사람을 데리고 탑의 공략을 달성한 코스케는 탑의 관리와 운영을 해나가게 된다.

그 후에도 탑에 마을을 짓거나, 여러 종족을 받아들이는 등 지금까지 없었던 방법으로 탑의 관리를 진행해나간다.

그런 코스케와는 상관없이, 역사상 최초인 탑 공략 달성에 들끓는 센트럴 대륙.

그러나 이 독특한 탑 관리법을 포함한 코스케의 생각 자체가 앞으로 찾아올 대륙의 대변혁을 알리는 첫걸음이 된다는 것은, 코스케를 포함해서 이 세계에 살아가는 모두가 예상하지 못했다.

(탑을 관리해 보자 1권 끝)

「저는 주인님만 계신다면 어디라도 괜찮은데요?」

코우히

코스케의 영혼을 보호해준 여신 아수라가 코스케를 서포트하기 위해 창조했다. 금발 금안, 여섯 장의 하얀 날개를 가진 미녀. 성실하지만 융통성이 없는 구석도 있다. 전투 능력이 치트급으로 뛰어나고, 아무튼 주인님인 코스케가 제일.

캐릭터 디자인 공개

캐릭터 소개와 함께 사메가미 씨의 캐릭터 디자인을 공개!

코스케

평범한 회사원이었지만 귀가 중 사고를 당해 영혼이 이세계로 오게 되었고, 센트럴 대륙에서 새로운 인생을 시작한다. 대륙 중앙에서 아무도 돌파하지 못한 탑을 공략하여 관리자가 되었다. 지극히 평범한 외모&성격이지만, 전용 서포터인 코우히와 미츠키를 시작으로 미녀들을 속속 포로로 만든다?!

「차라리 탑을 거점으로 쓸 수 없을까 해서 말이야.」

에세나

탑에 심은 세계수에 깃든 정령. 자신
이 인정한 사람 앞에만 모습을 드러
낸다는 전설 속 존재. 세계수의 성장
과 함께 외모도 변하지만, 현재는 초
등학생 여자아이처럼 생겼다. 약간
서툴지만 말도 할 수 있다.

「코~스케
에세나의 아빠!」

「코스케 님 말고 누가 있는데?」

미츠키

코우히와 마찬가지로 코스케를 위해 아수라가 창조했다. 은발 은안, 여섯 장의 날개를 가진 미녀로, 처세술 좋은 예쁜 누나 같은 분위기를 드러내고 있다. 치트급 전투 능력의 소유자로, 코스케가 제일인 것도 코우히와 다르지 않다.

293

실비아

콜레트의 파티 동료인 휴먼 미녀. 예
전에는 신전에 재적하던 무녀이고,
신전을 나온 지금도 여신 에리사미를
를 신앙하고 있다. 코스케에게 첫눈
에 반하는데?!

「왠지 모르게 **신경이 쓰였을** 뿐이라……」

「준비됐어.
얼마든지 말해.」

콜레트

휴먼인 실비아와 파티를 맺고 있는
엘프 미녀. 그 미모 때문에 주변의 주
목받기 쉽지만, 기척에 민감한지라
바깥에서 식사도 편하게 하지 못하는
상황을 지긋지긋하게 여긴다.

슈미트 아나키

코스케 일행이 우연히 만난 상인으로, 뛰어난 장사 수완을 가졌다.

나나

소환진에서 소환된 회색 늑대.

원리

소환진에서 소환된 회색 요호(여우 요괴).

슈레인 버밀리니아

「코스케 공은 나를 흥분시키고는 전혀 손대지 않는 한심한 남자이니 말이다.」

탑에 배치된 버밀리니아 성의 주인이자 흡혈귀. 미츠키가 소환했다. 은발 적안의 요염한 미녀로, 고풍스러운 어조가 특징. 코스케의 피 맛을 좋아한다.

후기

여러분, 처음 뵙겠습니다. 소슈라고 합니다.

『탑을 관리해 보자』를 구입해 주셔서 정말 감사합니다. 전투는 완전 꽝인 이세계 환생 주인공, 그리고 그 주인공을 뒷받침하는 두 명의 치트 캐릭터가 탑을 관리한다는 조금 별난(?) 이야기를 즐겁게 봐주셨길 바랍니다.

이 작품은 〈소설가가 되자〉라는 사이트에 연재하는 작품(이하, WEB판)입니다. 제가 그 사이트에 투고를 시작한 계기는 매일 투고하는 선구자들의 작품을 읽는 사이에 작심삼일 기질이 심한 자신이 해 보면 어떨까 하고 편하게 생각했던 게 시작입니다. 해 보니 의외로 계속하게 되더군요.

이 작품이 서적화된 것은 '나로우콘'이라는 노벨 콘테스트에서 수상했기 때문입니다. 그 연락이 왔을 때는 설마, 라는 게 솔직한 감상이었습니다.

당초에는 하나하나 늘어가는 즐겨찾기 등록(독자가 마음에 든 작품을 등록하는 시스템)이 기쁘고 또 기뻐서 깨작깨작 투고를 이어가고 있었습니다. 그 결과가 콘테스트 수상, 그리고 본작 출판이니까 정말로 무슨 일이 벌어질지 알 수 없는 법이네요. 저를 〈소설가가 되자〉라는 사이트에 이끌어주신 작품에 이 자리를 빌려 감사하고 싶습니다. 그 작품이 없었다면 『탑을 관리해 보자』는 이 세상에 태어나지 못했을 겁니다.

이 작품을 서적으로 내면서 웹판에 비해 어느 정도 변경점을 추가했습니다. 그래도 스토리가 크게 달라진 건 아니고, 한 권의 책으로 읽을 수 있게 하기 위한 변경입니다. 가장 마지막에 에리스와 대화하는 장면이 가장 큰 예시겠죠.

본작의 제목은 『탑을 관리해 보자』인데요. 말 그대로 주인공이 탑을 관리하는 이야기입니다. 던전 마스터가 되어 침입자를 격퇴하거나, 혹은 친해져서 운영하는 이야기는 세상에 많이 있는데, 위로 뻗어가는 탑을 지배해서 관리하는 이야기는 별로 많지 않네. 그럼 내가 써볼까? 이 이야기는 이런 지극히 단순한 이유로 생겨났습니다. 게다가 본작에서 주인공이 그렇게 강하지 않은 건, 탑에 틀어박혀서 이것저것 하는 거니까 딱히 주인공이 강하지 않아도 되겠네. 그럼 히로인을 강하게 만드는 게 재미있지 않을까 하는 단순한(?) 이유입니다.

그럼 슬슬 공간이 없어졌으니 마지막으로 감사의 멘트로 들어가겠습니다.

우선 이 작품의 서적화 기회를 주신 신키겐샤 관계자 여러분. 그리고 처음 하는 서적화 작업에 여러 서포트를 해 주신 담당 편집자님. 저의 엉성한 설명에도 불구하고 훌륭한 일러스트를 그려 주신 사메가미 님. 그리고 무엇보다 이 작품을 구입해 주신 여러분. 어느 하나가 빠졌다면 이 책이 세상에 나올 일은 없었을 겁니다.

모든 분께 최대한의 감사를 바치겠습니다.

소슈

이색 관리자 라이프

탑을 관리해 보자 2
(글 : 소슈/그림 : 사메가미)

스토리 제2막 개막!

계속되는 발전을 목표로
탑에서 벗어나 새로운 마을을 찾은 코스케.
그곳에서 기다리는 것은
운명적인 만남과 트러블?!

오는 10월 출간 예정!

탑을 관리해 보자 1

2023년 08월 16일 제1판 인쇄
2022년 08월 23일 제1판 발행

지음 소슈
일러스트 사메가미

발행 영상출판미디어(주)
등록번호 제 2002-000003호
주소 07551 서울특별시 강서구 양천로 570 NH서울타워 19층
대표전화 02-2013-5665

ISBN 979-11-380-3194-3
ISBN 979-11-380-3193-6 (세트)

구매 시 파손된 도서는 구매처에서 교환하실 수 있습니다.
기타 불편사항, 문의사항이 있으신 독자님께서는 노블엔진 홈페이지
[http://novelengine.com] 에서 Q&A 게시판을 이용해 주시기 바랍니다.

애니메이션 시즌 2 2023년 4월 스타트!
인기 이세계 판타지, 제26탄!

이세계는 스마트폰과 함께.

26

아이들도 여덟 명이 합류해 더욱 소란스러워진 토야와 그 주변.
익숙해지면 질수록 교류도 늘어,
토야는 아이들의 여러 취미와 요구에 시달리게 되는데?!
그 규모는 작은 것에서부터 전 세계를 내달리는 것까지 다양하고……

아이들을 위해서라면 어디든지 가겠어!
즐겁고 느긋한 이세계 판타지, 드라마 CD 특별한정판과 함께 등장!

후유하라 파토라 지음 / 우사츠카 에이지 일러스트

영상출판
미디어㈜

아픈 건 싫으니까
방어력에 올인하려고 합니다
1~11

게임 지식이 부족해서 스테이터스 포인트를 모조리 VIT(방어력)에 투자한 메이플.

움직임도 굼뜨고, 마법도 못 쓰고, 급기야 토끼한테도 희롱당하는 지경.

어라? 근데 하나도 안 아프네……. 그 이전에, 대미지 제로?

스테이터스를 방어력에 올인한 탓에 입수한 스킬 【절대방어】.

추가로 일격필살의 카운터 스킬까지 터득하는데――?!

온갖 공격을 무효화하고, 치사급 맹독 스킬로 적을 유린해 나가는 『이동형 요새』 뉴비가

자신이 얼마나 이상한지도 모르고 나갑니다!

유우미칸 지음 / 코인 일러스트

영상출판
미디어㈜